全频带阻塞干扰

主编 姚海军 刘慈欣

海峡出版发行集团
THE STRAITS PUBLISHING & DISTRIBUTING GROUP
福建少年儿童出版社
FUJIAN CHILDREN'S PUBLISHING HOUSE

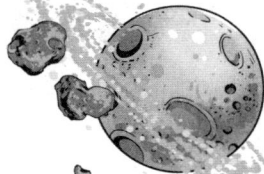

图书在版编目（CIP）数据

全频带阻塞干扰 / 姚海军 , 刘慈欣主编 . — 福州 : 福建少年儿童出版社 , 2024.5

（中国科幻经典大系）

ISBN 978-7-5395-7702-9

Ⅰ . ①全… Ⅱ . ①姚… ②刘… Ⅲ . ①幻想小说—小说集—中国—当代 Ⅳ . ① I247.7

中国版本图书馆 CIP 数据核字（2021）第 218378 号

"中国科幻经典大系"入选"福建省优秀出版项目"

中国科幻经典大系

QUANPINDAI ZUSE GANRAO

全频带阻塞干扰

主编： 姚海军　刘慈欣
出版发行： 福建少年儿童出版社
社址： 福州市东水路 76 号 17 层（邮编：350001）
经销： 福建新华发行（集团）有限责任公司
印刷： 福州印团网印刷有限公司
地址： 福州市仓山区建新镇十字亭路 4 号
开本： 700 毫米×1000 毫米　1/16
字数： 196 千字
印张： 14.75
版次： 2024 年 5 月第 1 版
印次： 2024 年 5 月第 1 次印刷
ISBN 978-7-5395-7702-9
定价： 38.00 元

如有印、装质量问题，影响阅读，请直接与承印者联系调换。

联系电话： 0591-87881810

前　言

在时光列车即将驶入 21 世纪之际，我国著名科幻作家叶永烈先生在福建少年儿童出版社的支持下，主编了洋洋大观的六卷本"中国科幻小说世纪回眸丛书"，用精心遴选的 300 万字作品，勾勒出 20 世纪科幻文学发展的基本样貌。叶永烈先生不仅是一位影响深远、对科幻文学有着独到观察的科幻小说家，他在科幻史料的发掘和研究方面，也做了许多开创性工作。因此，"中国科幻小说世纪回眸丛书"在今天仍然是回望 20 世纪科幻文学的上佳读本。

叶永烈先生对科幻文学的未来抱有很高的期望，他在该丛书序言中甚至提议："以后在每个世纪末，都出版一套'中国科幻小说世纪回眸丛书'。"但令人痛心的是，2020 年，叶永烈先生过早地离开了我们。出版界的朋友始终铭记他生前的愿望，曾在福建少年儿童出版社工作多年、曾任福建人民出版社社长的房向东先生和福建少年儿童出版社现任社长陈远先生多次相约，希望我能与刘慈欣一起续编"中国科幻小说世纪回眸丛书"。

21 世纪不是才刚刚开始吗？当我抛出这样的疑问时，两位出版人不约而同给出了一个相同的理由：虽然 21 世纪只过去了 20 年，但这 20 年是中国科幻迄今为止最为光彩夺目的 20 年，我们有理由提前实施叶永烈先生的计划。

我深以为然。

自进入 21 世纪，我国科幻便进入了高速发展的快车道——

以吴岩、韩松、柳文扬、何夕、星河、潘海天、凌晨、杨平、赵海虹等为代表的新生代作家，进一步壮大了他们在 20 世纪最后 10 年悄然发起的新科幻运动，为科幻文学带来青春的律动和类型的大幅拓展。

1993 年偶然闯入科幻世界的王晋康，迅速在世纪之交成为中国科幻重要期刊《科幻世界》的台柱子作家，他的一系列短篇《生命之歌》《七重外壳》《终极爆炸》，以及后来的长篇《十字》《与吾同在》《蚁生》《逃出母宇宙》，为 21 世纪的中国科幻增加了文化上的厚重和哲学层面的思辨。

1999 年，中国科幻界另一位明星作家刘慈欣闪亮登场，并在其后的 10

年里密集发表了《流浪地球》《乡村教师》《中国太阳》等一系列高水准的中短篇佳作。2006年，刘慈欣的《三体》开始在《科幻世界》连载，一时洛阳纸贵。紧接着，2008年和2010年刘慈欣又相继出版了《三体2·黑暗森林》和《三体3·死神永生》，将《三体》三部曲发展成一个无与伦比的恢宏宇宙。2015年8月23日，刘慈欣的《三体》（英文版）获第73届世界科幻大会颁发的雨果奖最佳长篇小说奖，这是亚洲作家首次获得雨果奖，为中国科幻以及中国科幻与世界科幻的对话交流开创了全新局面。

《三体》引发了前所未有的科幻热潮，这一热潮甚至波及海外。《三体》在北美、欧洲以及日本都创造了中国科幻小说的销售纪录，并赢得了良好的口碑。《三体》在今天仍然备受关注，因此，最近10年也被很多评论家称为"后三体时代"。

"后三体时代"几乎无处不闪耀着《三体》的辉光，但就在这辉光中，新星的力量在悄然执着地生长。郝景芳、陈楸帆、江波、宝树、张冉、七月、拉拉、迟卉、长铗、谢云宁、夏笳、程婧波、顾适、阿缺、杨晚晴、梁清散、钛艺、廖舒波……新一代的科幻作家（亦称更新代作家）以更为敏锐的眼光审视并界定科幻的意义，试图在文化传统和国际潮流、现实和未来、科技和伦理的交织中找到立足的锚点。更让人惊喜的是，当下科幻舞台的中心，不仅有新生代、更新代，王诺诺、索何夫、陈梓钧、昼温、念语等90后作家也已经崭露头角。美国著名科幻作家大卫·布林预言，世界科幻的未来在中国。我想，有才华的年轻人不断涌现，应该是这预言最坚实的支撑吧。

科幻的繁荣，意味着我们无法仅以《三体》为轴心对这20年进行评说。中国科幻之所以丰富多彩，根本原因在于它的包容性。21世纪以来，以"何慈康"（指何夕、刘慈欣、王晋康）为代表的"核心科幻"取得了令人瞩目的成就，拥趸众多；韩松式"边缘科幻"也一直特立独行，绽放异彩。可以说正是由于有韩松式作家的存在，中国科幻才成为一个完美的大宇宙。韩松被认为是被严重低估的科幻作家，他的小说既有对当下至为深刻的洞察，也有对未来最为大胆的寓言式狂想，对飞氘、糖匪、陈楸帆等更新代科幻作家产生了深刻影响。

科幻的繁荣，还意味着针对不同年龄层读者创作分工的完成。在原本被认为属于儿童文学的科幻小说日益成人化的同时，在科幻的内部，少儿科幻分支开始重新被认识，并迅速发展。一方面，专门为儿童写作的科幻作家异军突起，包括杨鹏、赵华、马传思、王林柏、陆杨、彭柳蓉、超侠等，其中赵华、马传思、王林柏凭借自己的科幻创作获得了全国优秀儿童文学奖；另一方面，成人科幻作家进入少儿科幻领域也渐成趋势，王晋康、刘慈欣、吴岩、星河、江波、宝树等均创作了少儿科幻作品，吴岩的《中国轨道》也获得了全国优秀儿童文学奖。

这套"中国科幻经典大系"虽然未直接沿袭叶永烈先生"中国科幻小说世纪回眸丛书"的书名，但基本遵照了后者的编辑体例，将21世纪第一个20年科幻小说的主要创作成果分为12册呈献给广大读者，其中很多作品都获得了中国科幻银河奖、华语科幻星云奖等重要奖项，亦有不少作品被译成英、日、法、意等语言在国外发表。其中，《北京折叠》甚至获得了世界科幻大奖雨果奖，作者郝景芳也因此成为第二位捧得雨果奖奖杯的中国科幻作家。

佳作纷呈，但篇幅有限。因此，关于本丛书的选编，有几点需要说明：

一、因便利性等原因，本丛书未包含中国港澳台地区的科幻作品，将来有机会另补一编。

二、21世纪第一个20年科幻创作繁盛，为尽量多收录中短篇佳作，本丛书未收录长中篇及长篇作品。

三、同样因为篇幅有限，无法收录很多作家的全部代表作，我们只能优中选优。

四、个别作品因为版权原因，故未收录。

五、本丛书的编选由我和慈欣共同完成。我初选后，交由慈欣审定。慈欣阅读量惊人，很高兴和他一起完成这项有意义的工作。

六、感谢所有入选作者对主编工作的支持，感谢福建少年儿童出版社对本丛书选编工作的大力支持。福建少年儿童出版社是一家有科幻出版传统的出版社，20世纪90年代推出的"世界科幻小说精品丛书"、六卷本的"科幻之路"和六卷本的"中国科幻小说世纪回眸丛书"均影响深远。希望福建少年儿童出版社每隔20年，都能出一套"中国科幻经典大系"，直到22世纪，汇编成蔚为大观的第二套"中国科幻小说世纪回眸丛书"。

目　录

◆
第13届银河奖获奖作品

全频带阻塞干扰

刘慈欣

深深的敬意献给俄罗斯人民，他们的文学影响了我的一生。

在战场电磁干扰形式选择上，本手册主张采用对某一特定频率或信道所进行的瞄准式干扰，而不主张实施同时干扰一个较宽频带的阻塞式干扰，因为后者对己方的电磁通信和电子支援措施也会产生影响。

——摘自 1993 年美国陆军《电子战手册》

1月5日，斯摩棱斯克前线

失陷的城市已经看不见了，战线在一夜之间后退了 40 千米。

在凌晨的天光下，雪原呈现一种寒冷的暗蓝色。在远方的各个方向上，被击中的目标冒出一道道黑色的烟柱，几乎无风，这些烟柱垂直地向高空升去，好像是连接天地的一条条细长的黑纱。顺着这些烟柱向上看，卡琳娜吃了一惊：刚刚显现晨光的天空被一团巨大的白色乱麻充塞着，这纷乱的白色线条仿佛是一个精神错乱的巨人疯狂地画在天上的。那是混杂在一起的歼击机的航迹，是俄罗斯空军和北约空军为争夺制空权进行的一夜激战留下的。来自空中和远方的精确打击也持续了一夜，在一位非专业人士看来，打击似乎并不密集，爆炸声每隔几秒钟甚至几分钟才响一次，但卡琳娜知道，每一次爆炸都意味着一个重要目标被击中，几乎不会打空。这一声声爆炸，仿佛是昨夜这篇黑色文章中的一个个闪光的标点符号。当凌晨到来时，卡琳娜不知道防线还剩下多少力量，甚至不知道防线是否还存在，似乎整个世界只有她一人在抵抗。

　　卡琳娜少校所在的电子对抗排是在半夜被毁灭的，当时这个排所在的位置上落下了六颗激光制导炸弹。卡琳娜侥幸逃生，那辆装载干扰机的BMP-2装甲车还在燃烧，这个排的其他电子战车辆现在都变成散落在周围雪地上的一堆堆黑色金属块。卡琳娜所在的弹坑中的余热正在散去，她感觉到了寒冷。她用手撑着坐直身体，右手触到了一团黏糊糊的冰冷绵软的东西，看去像一个沾满了黑色弹灰的泥团。她突然意识到那是一块残肉，她不知道它属于人身体的哪一部分，更不知道属于哪个人。在昨夜的那次致命打击中，一名中尉、两名少尉和八名士兵阵亡了。卡琳娜呕吐起来，但除了酸水什么也没吐出来。她拼命地把双手放在雪里擦，想把手上的血迹擦掉，但那黑红色的血迹在寒冷中很快在手上凝固，还是那么醒目。

　　令人窒息的死寂已持续了半个小时，这意味着新一轮的地面进攻就要开始了。卡琳娜拧大了别在左肩上的对讲机的音量，但传出的只有沙沙的噪声。突然，有几句模糊的话语传了出来，仿佛是大雾中隐约飞过的几只鸟儿。

　　"……06观察站报告，1437阵地正面，M1A2 37辆，平均间隔60米；布莱德雷运兵车41辆，距M1A2攻击前锋500米；M1A2 24辆，勒克莱尔8辆，正在向1633阵地侧翼迂回，已越过同1437的接合部。1437，1633，1752，准备接敌！"

　　卡琳娜克制住因寒冷和恐惧引起的颤抖，使地平线在望远镜的视野中稳定下来，她看到了天边出现的一团团模糊的雪雾，给地平线镶上了一道毛茸茸的镶边。

　　这时卡琳娜听到了身后传来的发动机的轰鸣声，一排T90式坦克越过她的位置冲向敌人，在后面，更多的俄罗斯坦克正在越过高速公路的路基。卡琳娜又听到了另一种轰鸣声，敌人的攻击直升机群在前方的天空中出现，它们队形整齐，在黎明惨白的天空中形成一片黑色的点阵。卡琳娜周围坦克的发烟管启动了，随着一阵低沉的爆破声，阵地笼罩在一片白色的烟雾中。透过白雾的缝隙，她看到俄罗斯的直升机群正从头顶掠过。

坦克上的 125 毫米炮疾风骤雨般地响了起来，白雾变成了疯狂闪烁的粉红色光幕。几乎与此同时，第一批敌人的炮弹落了下来，白雾中粉红色的光芒被爆炸产生的刺眼蓝白色闪电所代替。卡琳娜伏在弹坑的底部，她感到身下的大地在密集的巨响中像一张震动的鼓皮，身边的泥土和小石块被震得飞起好高，落满了她的后背。在这爆炸声中，还可隐约听到反坦克导弹发射时的嘶鸣声。卡琳娜感到整个宇宙都在这撕人心肺的巨响中化为碎片，并向无限深处坠落……就在她的神经几乎崩溃时，这场坦克战结束了，它只持续了约 30 秒钟。

当白雾和浓烟散去时，卡琳娜看到面前的雪地上散布着被击中的俄罗斯坦克燃起的一堆堆裹着黑烟的熊熊大火。她举目望去，不用望远镜也能看到，远方同样有一大片被击毁的北约坦克，它们看上去是雪原上一个个冒出浓烟的黑点。但更多的敌方坦克正越过那一片残骸冲过来，它们裹在由履带搅起的一团团雪雾中，艾布拉姆斯那凶猛的扁宽前部不时从雪雾中露出来，仿佛是一只只从海浪中冲出的恶龟，滑膛炮炮口的闪光不时亮起，好像恶龟闪亮的眼睛……低空中，直升机的混战仍在继续，卡琳娜看到一架阿帕奇在不远的半空爆炸；一架米 28 拖着漏出的燃料，摇晃着掠过她的头顶，在几十米之外坠地，炸成了一团火球。近距空空导弹的尾迹，在低空拉出了无数条平行的白线……

卡琳娜听到"咣"的一声响，她转身一看，不远处一辆被击中冒出浓烟的 T90 后部的底门打开了，没看到人出来，只见门下方垂下一只手。卡琳娜从弹坑中跃出，冲到那辆坦克后面抓住那只手向外拉，车内响起一声沉闷的爆炸，一股灼热的气浪把卡琳娜向后冲了几步远。她的手上抓住了一团黏软的很烫的东西，那是从坦克手的手上拉脱的一团烧熟的皮肤。卡琳娜抬头看到一股火焰从底门中喷出，她通过底门，看到车内已成了一座小型的炼狱，在那暗红色的透明的火焰中，坦克手一动不动的身影清晰可见，像在水中一样波动着。

　　卡琳娜又听到两声尖啸，这是她左前方的一个导弹班把最后的两枚反坦克导弹发射出去，其中一枚有线制导的赛格导弹成功地击毁了一辆艾布拉姆斯；另一枚无线制导的导弹则被干扰，向斜上方冲去，失去了目标。这时，那个导弹班的六个人撤出掩体向卡琳娜所在的弹坑跑来。一架科曼奇直升机向他们俯冲下来，它那棱角分明的机体看上去像一只凶猛的鳄鱼。一长排机枪子弹打在雪地上，击起的雪和土如同一道突然立起又很快倒下的栅栏。这栅栏从那支小小的队伍中穿过，击倒了其中的四个人，只有一名中尉和一名士兵到达了弹坑。这时卡琳娜才注意到，那名中尉戴着的坦克防震帽，可能取自一辆已被击毁的坦克。他们每人手中都拿着一具反坦克火箭筒。跳进弹坑后，中尉首先向距他们最近的一辆敌坦克射击，击中了那辆 M1A2 的正面，诱发了它的反应装甲，火箭弹和反应装甲的爆炸声混在一起，听起来很怪异。坦克冲出了爆炸的烟雾，反应装甲的残片挂在它前面，像一件破烂的衣衫。那名年轻的士兵继续对着它瞄准，他手中的火箭筒随着坦克的起伏而抖动，一直没有把握击发。当距他们只有四五十米的坦克冲进一个低洼地时，那名士兵只能站到弹坑的边缘向斜下方瞄准，他手中的火箭筒与那辆艾布拉姆斯的 120 毫米炮同时响了。坦克的炮手情急之中发射的是一发不会爆炸的贫铀穿甲弹。初速每秒 800 米的炮弹击中了那个士兵，把他的上半身打成了一团飞溅的血花！火箭击中了艾布拉姆斯，聚能爆炸的热流切穿了它的装甲，车体冒出了浓烟。但那个钢铁怪兽仍拖着浓烟向他们冲来，直冲到距他们 20 米左右，才在车体内的一声爆炸中停了下来，那声爆炸把它炮塔的顶盖高高掀了上去。

　　紧接着，北约的坦克阵线从他们周围通过，地皮在履带沉重的撞击下微微颤抖。但这些坦克对他俩所在的弹坑并没有理会。当第一波坦克冲过去后，中尉一把拉住卡琳娜的手，拉着她跃出弹坑，来到一辆已布满弹痕的吉普车旁。在 200 多米远处，第二波装甲车正快速冲过来。

"躺下装死！"中尉说。卡琳娜于是躺到了吉普车的轮子边，闭上双眼。"睁开眼更像！"中尉又说，并在她脸上抹了一把不知是谁的血。他也躺下，与卡琳娜成直角，头紧挨着卡琳娜的头，他的钢盔滚到了一边，粗硬的头发扎着卡琳娜的太阳穴。卡琳娜睁大双眼，看着几乎被浓烟吞没的天空。

两三分钟后，一辆半履带式布莱德雷运兵车在距他们十几米处停下来，从车上跳下几名身穿蓝白相间雪地迷彩服的美军士兵，他们中大部分平端着枪成散兵线向前去了，只有一个朝这辆吉普车走来。卡琳娜看到两只沾满雪尘的伞兵靴踏到了紧靠她脸的地方，她能清楚地看到插在伞兵靴上的匕首刀柄上 82 空降师的标志：一匹帕加索斯飞马。那个美国人伏身看她，他们的目光相遇了，卡琳娜尽最大努力使自己的目光呆滞无神，面对着那双透出惊愕的蓝色瞳仁。

"天哪！"

卡琳娜听到了一声惊叹，不知是惊叹这名肩上有一颗校星的姑娘的美丽，还是她那满脸血污的惨相，也许两者都有。他接着伸手解她领口的衣扣。卡琳娜浑身起了鸡皮疙瘩，把手向腰间的手枪移动了几厘米，但这个美国人只是扯下了她脖子上的标志牌。

他们等的时间比预想的长，敌人的坦克和装甲车源源不断地从他们身旁轰鸣着通过。卡琳娜感到自己的身体在雪地上快冻僵了，她这时竟想起了一首军队诗歌中的两句，那首诗是她在一本记述马特洛索夫事迹的旧书上读到的："士兵躺在雪地上，就像躺在天鹅绒上一样。"她得到博士学位的那天，曾把这两句诗写到日记上。那也是一个雪夜，她站在莫斯科大学科学之宫顶层的窗前，那夜的雪也真像天鹅绒，雪雾中，首都的万家灯火时隐时现。第二天她就报名参军了。

这时，有一辆吉普车在距他们不远处停了下来，三名北约军官在车上抽着雪茄聊天。这时，卡琳娜和中尉的周围空旷起来，他们跳上吉普车，中尉把车发动，沿着早已看好的路飞快驶去。他们身后响起了冲锋枪的射击声，子弹从头顶飞过，其中一颗打碎了一个后视镜。吉普车急拐进了一个燃烧着的居民点，敌人没有追过来。

"少校，你是博士，是吗？"中尉开着车问。

"你在哪儿认识的我？"

"我见过你和列夫森科元帅的儿子在一起。"

沉默了一会儿，中尉又说："现在，他的儿子可是世界上离战争最远的人了。"

"你这话什么意思？你要知道……"

"没什么意思，说说而已。"中尉淡淡地说，他们的心思都不在这个话题上，他们都在想着还抱有的那一线希望——

但愿整个战线只有这一处被突破。

1月5日，近日轨道，"万年风雪"号

米沙感到了一个人独居一座城市的孤独。

"万年风雪"号太空组合体确实有一座小城市那么大，它的体积相当于两艘巨型航空母舰，能容纳5000人同时在太空中生活。当组合体处于旋转重力状态时，里面甚至有一个游泳池和一条小河流，这在当今的太空工作环境中，可以说是绝无仅有的奢侈。但事实是，"万年风雪"号是自"和平"号以来俄罗斯航天界一贯的节俭思维的结果。它的设计思想是：在一个构造中组合太阳系内太空探索的所有功能，这样虽一次性投资巨大，但从长远看还是十分经济的。"万年风雪"号被西方戏称为太空的瑞士军刀，它既可以作为空间站在地球各个高度的轨道上运行，也可以方便地移动到绕月球轨道，或做行星际探索飞行。"万年风雪"号已进行过金星和火星飞行，并探测过小行星带。以它那巨大的体积，等于把一个研究

院搬到了太空中，就太空科学研究而言，它比西方那些数量众多但小巧玲珑的飞船具有更大的优势。

当"万年风雪"号准备开始前往木星做为期三年的航行时，战争爆发了。当时它上面的 100 多名乘员全都返回了地面，他们大部分是空军军官，只留下了米沙一个人。这时"万年风雪"号暴露出它的一个缺陷：在军事上它目标太大，且没有任何防御能力，没有预见到后来太空军事化的进程，是设计者的一个失误。战争爆发后，"万年风雪"号只能进行躲避飞行。飞向外太空是不行的，在木星轨道之内，有大量的北约无人航行器，它们都体积不大，武装或非武装，每一个对"万年风雪"号都是致命的威胁。于是，它只有飞向近日空间，"万年风雪"号引以为傲的主动制冷式热屏蔽系统，使它可以比目前人类的任何太空航行器都更接近太阳。现在"万年风雪"号已到达水星轨道，距太阳 5000 万千米，距地球一亿千米。

虽然"万年风雪"号上的大部分舱室已经关闭，但留给米沙的空间仍大得惊人。透过广阔的透明穹顶，比地球上看去大三倍的太阳在闪耀着，可以清楚地看到太阳表面的耀斑和紫色日冕中奇丽的日珥，有时甚至还可以看到太阳光球表面因对流而产生的米粒组织。这里的宁静是虚假的，外面，太阳抛出的粒子流和射电波的狂风巨浪在呼啸，"万年风雪"号就是这动荡海洋中漂浮的一粒小小的种子。

一束如游丝般的电波把米沙同地球连接起来，也把那遥远世界的忧虑带给了他。他刚刚得知，莫斯科近郊的控制中心已被巡航导弹摧毁，对"万年风雪"号的控制转由设在古比雪夫的第二控制中心执行。他每隔五个小时接收一份从地球传来的战争新闻。每到这时，他就想起了父亲。

1 月 5 日，俄罗斯军队总参谋部

米哈伊尔·谢米扬诺维奇·列夫森科元帅觉得自己面对着一堵墙，他面前实际是一张平放的莫斯科战区全息战场地图。而以前当他面对挂在墙上的宽大的纸制地图时，却能看到广阔而深邃的空间。他还是喜欢传统的地图。记不清有多少次，要找的位置在地图的最下方，他和参谋们只好趴在地上看——这画面现在想起来他还是会微微一笑。他又想起在多次演习前，在野战帐篷中用透明胶带把刚发下来的作战地图拼贴起来，他总贴不好，倒是第一次随他看演习的儿子一上手就比他贴得好……发现自己又想起儿子时，他警觉地打住了思绪。

　　作战室中只有他和西部集群司令两人，后者一根接一根地抽烟，他们凝神地盯着全息地图上方变幻的烟团，仿佛那就是严峻的战局。

　　西部集群司令说："北约在斯摩棱斯克一线的兵力已达 75 个师，攻击正面有 100 千米宽，已多处突破。"

　　"东线呢？"列夫森科元帅问。

　　"第 11 集团军的大部也倒向右翼，这您是知道的。右翼军队的兵力已达 24 个师，但他们对雅罗斯拉夫尔的攻击仍然是试探性的。"

　　地面的一次爆炸把微微的震动传了下来，作战室里布满了随着顶板上的挂灯而轻轻摇晃的影子。

　　"现在，已有人谈论退守莫斯科，凭借城市外围建筑和工事进行巷战了，像 70 多年前一样。"

　　"胡说八道！我们一旦从西线收缩，北约就可能从北部迂回，在加里宁同右翼军队会合，莫斯科将不战自乱。下一步的作战方针，第一是反击，第二是反击，第三还是反击！"

　　西部集群司令叹了一口气，无言地看着地图。

　　列夫森科元帅接着说："我知道西线力量不够，准备从东线抽调一个集团军加强西线。"

　　"什么？现在的雅罗斯拉夫尔防守已经很难了。"

列夫森科元帅笑了笑："现在相当多指挥官的误区，就是只从军事角度考虑问题，严峻的形势让我们钻进去出不来了。从目前的态势看，你认为右翼军队没有力量攻下雅罗斯拉夫尔吗？"

"我认为不是这样，像第 14 集团军这样的精锐部队，集中了如此密集的装甲和低空攻击力量，在没有遭受太大损失的情况下一天的推进还不到 15 千米，显然是有意放慢的。"

"这就对了，他们在观望，在观望西线战局！如果我们在西线夺回战场主动权，他们就会继续观望下去，甚至有可能在东线单方面停火。"

西部集群司令把刚拿出的一根烟夹在手上，忘了点火。

"东线的几个集团军的叛变确实是在我们背后捅了一刀，但一些指挥官在心理上把这当作借口，使我们的作战方针趋向消极，这种心态必须转变！当然，应当承认，要从根本上扭转战局，莫斯科战区的力量还不够，我们的最终希望寄托在增援的高加索集群和乌拉尔集群上。"

"较近的高加索集群要完成集结并进入出击位置，最少也需一个星期，考虑到制空权的因素，时间可能还要更长。"

1 月 5 日，莫斯科

卡琳娜和那位中尉的吉普车开进城时已是下午三点多，空袭警报刚刚响过，街上空荡荡的。

中尉长叹一口气说："少校，我真想念我那辆 T90 啊！四年前从装甲学院毕业的时候，也正是我失恋的时候，可刚到部队的我一看到那辆坦克，心情一下子由阴转晴了。我摸着它的装甲，光溜溜的，像摸着女孩子的手。嗨，那个女孩儿算什么，这才是男人真正的伴侣！可今天早上，它中了一颗'西北风'，唉，可能现在火还没灭呢……"

这时，城市西北方向传来密集的爆炸声，这是现代空袭中很少见的野蛮的面积型轰炸。

中尉仍沉浸在早上的战斗中："唉，不到 30 秒钟，整整一个坦克营就完了。"

"敌人的伤亡也很大。"卡琳娜说，"我注意观察了战果，双方被击毁的装甲目标的数量相差并不大。"

"双方坦克的对毁率大约 1 比 1.2 吧，直升机差一些，但也不会超过 1 比 1.4。"

"要是这样的话，战场的主动权应在我们这边，我们在数量上占很大优势，仗怎么会打成这样呢？"

中尉扭头看了卡琳娜一眼："你是搞电子战的，还不明白为什么？你们的那套玩意儿，什么第五代 C3I，什么三维战场显示，还有动态态势模拟，攻击方案优化之类的，在演习中很像回事，可一到实战中，我面前的液晶屏上显示最多的就两句：COMMUNICATION ERROR（通信错误）和 CLOUD NOT LOG IN（无法登录）。就说今天早上吧，我的正面和两翼的情况全不清楚，只接到一个命令：接敌。唉……假如再投入一半的增援兵力，敌人就不会在我们的位置突破。整个战线的情况，大概都这德性。"

卡琳娜知道，在刚刚过去的战斗中，双方在整个战线上投入的坦克总数可能超过一万辆，还有数目相当于坦克一半的武装直升机。

这时他们的车驶入了阿尔巴特街，昔日的步行街现在空空荡荡，古玩店和艺术品商店的门前堆着做工事的沙袋。

"我的那辆钢铁情人不亏本儿。"中尉仍沉浸在早上的战斗中不能自拔，"我肯定打中了一辆挑战者，但我最想打中的是一辆艾布拉姆斯，知道吗？一辆艾布拉姆斯……"

这时，卡琳娜指着一家古玩店的门口："那儿，我爷爷就死在那儿。"

"可这儿好像没有遭到空袭。"

"我说的是 20 年前的事了，那时我才四岁。那个冬天真冷啊。暖气停了，房间里结了冰，我只好抱着电视机取暖，听着总统在我怀中向俄罗斯人许诺一个温暖的冬天。我哭着喊冷，喊饿。爷爷默默地看着我，终于下了决心，拿出了他珍藏的勋章，带着我走了出去，来到这里。那时这儿是自由市场，从伏特加到政治观点，人们什么都卖。一个美国人看上了爷爷的勋章，但只肯出 40 美元。他说红旗勋章和红星勋章都不值钱的，但如果有赫梅利尼茨基勋章，他肯出 100 美元；光荣勋章，150 美元；纳希莫夫勋章，200 美元；乌沙科夫勋章，250 美元；最值钱的胜利勋章爷爷当然不可能有，那只授给元帅，但苏沃洛夫勋章也值钱，他可以出 450 美元……爷爷默默地走开了。我们沿着寒冷中的阿尔巴特街走啊走，后来爷爷走不动了，天也快黑了，他无力地坐到那家古玩店的台阶上，让我先回家。第二天人们发现他冻死在那里，一只手伸进怀中，握着他用鲜血换来的勋章，睁大双眼看着这个他在 70 多年前从古德里安的坦克群下拯救的城市……"

1月5日，俄罗斯军队总参谋部

一个星期以来，列夫森科元帅第一次走出了地下作战室，他踏着厚厚的白雪散步，同时寻找太阳。这时太阳已在挂满雪的松林后面落下了一半。在他的想象中，有一个小黑点正在夕阳那橘红色的表面缓缓移动，那是"万年风雪"号，他的儿子在上面，那是这个星球上离父亲最远的儿子了。

这件事在国内引起了许多流言蜚语，在国际上，敌人更是充分利用它，《纽约时报》用大得吓人的黑体字登出了一个标题：战争史上逃得最远的逃兵！下面是米沙的照片，照片的注脚是：在俄罗斯政府煽动三亿俄罗斯人用鲜血淹没入侵者时，他们最高军事统帅的儿子却乘着这个国家唯一的一艘巨型飞船，逃到了距战场一亿千米的地方，他是这个国家目前最安全的人了。

但列夫森科元帅的心中很坦然。从中学到博士后，米沙周围几乎没有人知道他父亲是谁。航天控制中心做出这个决定，仅仅是因为米沙的研究专业是恒星的数学模型，"万年风雪"号这次接近太阳，对他的研究是一次难得的机会，而组合体不能完全遥控飞行，上面至少应有一个人。总指挥也是后来从西方的新闻中才得知米沙的身份的。

另一方面，不管列夫森科元帅是否承认，在他的内心深处，确实希望儿子远离战争。这并不仅仅是出于血肉之情，列夫森科元帅总觉得自己的儿子不属于战争，是的，他是世界上最不属于战争的人了。但他又知道自己这想法有问题：谁是属于战争的？

况且，米沙就属于恒星吗？他喜欢恒星，把全部生命投入到对恒星的研究上面，他自己却是恒星的反面，他更像冥王星，像那颗寂静、寒冷的行星，孤独地运行在尘世之光照不到的遥远空间。米沙的性格，加上他那白皙清秀的外表，使人很容易觉得他像个女孩子。但列夫森科元帅心里清楚，儿子本质上一点也不像女孩子，很多女孩儿都怕孤独，但米沙喜欢孤独，孤独是他的营养、他的空气。

米沙是在民主德国出生的，儿子的生日对元帅来说是一生中最暗淡的一天。那天傍晚，还是少校的他，在西柏林蒂加尔登苏军烈士墓前，同部下一起为烈士们站 40 多年的最后一班岗。他的前面，是一群满脸笑容的西方军官，和几个牵着狼狗来换防的吊儿郎当的德国警察，还有那些高呼"红军滚出去"的光头新纳粹；他的身后，是大尉连长和士兵们含泪的眼睛。他控制不住自己，只好也让泪水模糊了这一切。天黑后回到已搬空的营地，在这回国前的最后一夜，他得知米沙出生了，但妻子因难产而死……回国后日子也很难，同从欧洲撤回的 40 万军人和 12 万文职人员一样，他没有住房，同米沙住在一间冬冷夏热的临时铁皮屋里。他昔日的同志为了生活什么都干，有的向黑社会出售武器，有的甚至到夜总会跳脱衣舞，但他一直像军人一样正直地生活着。米沙也在艰辛中默默地长大，同别的孩子不同，他似乎天生就会忍受，因为他有自己的世界。

早在上小学的时候，米沙每天都在自己的小房间里静悄悄地一人度过整个晚上。开始，元帅以为他是在看书，但有一次他无意中发现，儿子是站在窗前一动不动地看着星星。

"爸爸，我喜欢星星，我要看一辈子星星。"他这样对父亲说。

11岁生日那天，米沙向父亲提出了迄今为止唯一的一个要求：想要一架天文望远镜。这之前，他一直用列夫森科元帅的军用望远镜观察星星。后来，那架天文望远镜就成了米沙唯一的伙伴，他在阳台上看星星可以一直看到东方发白。有不多的几次，他们父子俩一起在阳台上看星星，元帅总是把望远镜对准夜空中看起来最亮的一颗星，但儿子不以为然地摇摇头："那颗没意思，爸爸。那是金星，金星是行星，我只喜欢恒星。"

但其他男孩子喜欢的东西米沙一点兴趣都没有。隔壁空降兵参谋长家的那个小胖子，偷拿父亲的手枪玩，结果走火把大腿打穿了；参谋部将军们的那些男孩子，如果能让爸爸领着到部队的靶场上打一次枪，就觉得得到最高的奖赏了。但男孩子对武器的这种天生的依恋，在米沙身上丝毫没有表现出来，从这点来说他确实不像男孩子。元帅对此很不安，他几乎无法容忍自己的儿子对武器无动于衷，以至于后来他做出了一件至今想起来仍让他很不好意思的事：有一次，他把自己的那支马卡洛夫式手枪悄悄放到了儿子的书桌上。放学回来后不久，米沙就拿着枪从他的小房间中出来，他像女人那样拿枪，小心地握着枪管。他把枪轻轻地放到父亲面前，淡淡地说："爸，以后别把这东西乱放。"

在对待米沙的前途问题上，元帅是一个开明的人，他不像自己周围的那些将军，一心让儿子甚至女儿延续自己的军旅生涯。但米沙离父亲的事业确实太远太远了。

列夫森科元帅不是一个脾气暴躁的人，但作为一名全军统帅，他不止一次在上万名官兵面前斥责手下的将军。但对米沙，他从来没有发过火。这固然因为米沙一直默默地沿着自己的轨道成长，很少让父亲操心。更重要的是，米沙身上似乎生来就有一种非同寻常的超脱的气质，这气质有时甚至让列夫森科元帅感到有些敬畏。就如同他在花盆中随意埋下一颗种子，却长出了绝世珍稀的植物。他敬畏地看着这植物一天天成长，小心地呵护着它，等着它开出花朵。他的期望没有落空，儿子现在已成为世界上最出色的天体物理学家。

这时太阳已在松林后面完全落下去，地上的雪由白色变成浅蓝色。列夫森科元帅收回了思绪，回到了地下作战室。开作战会议的人都到齐了，包括西部集群和高加索集群的主要指挥官。另外还有更多的电子战指挥官，他们从少将到上尉都有，大部分是刚从前线回来的。作战室里正在进行一场激烈的争论，争论的双方是西部集群的陆战部队和电子战部队的军官们。

"我们正确判明了敌人主攻方向的转变，"塔曼摩步师的费利托夫师长说，"我们的装甲力量和陆航低空攻击力量的机动性也并不差，但通信系统被干扰得一塌糊涂，C3I 指挥系统几乎瘫痪！集团军中的电子战单位，级别从营升到了团，从团又升到了师，这两年在这上面的资金投入比常规装备的投入都多，就这么个结果！"

负责指挥战区电子战的一位中将看了身边的卡琳娜一眼，同其他刚从前线归来的军官一样，她的迷彩服上满是污迹和焦痕，脸上还残留着血迹。中将说："卡琳娜少校在电子战研究方面很有造诣，同时也是总参派往前线的电子战观察员，她的看法可能更有说服力一些。"像卡琳娜这样的年轻的博士军官大多心直口快，无所顾忌，往往被人当枪使，这次也不例外。

卡琳娜站起来说："大校，话不能这么说！比起北约，我们这些年对C3I 的投入微不足道。"

"那电子反制呢？"师长问，"敌人能干扰我们，我们就不能干扰他们？我们的 C3I 瘫痪了，北约的却转得很好，像上了润滑油似的，今天早上我对面的陆战一师能那么快速地转变攻击方向就是一个证明！"

卡琳娜苦笑了一下："提起对敌干扰，费利托夫大校，不要忘了，就是在你们师的阵地上，你的人用枪顶着操作员的脑袋，使集团军电子对抗部队的干扰机停下来！"

"怎么回事？"列夫森科元帅问，这时人们才发现他走了进来，都起身敬礼。

"是这样。"师长对元帅解释说，"对我们的通信指挥系统来说，他们的干扰比北约的更厉害！在北约的干扰中，我们还能维持一定的无线通信，可他们的干扰机一开，就把我们全盖住了！"

卡琳娜说："可同时敌人也全被盖住了！这是我军目前实施电子反制可选择的唯一战略。北约目前在战场通信中，已广泛采用诸如跳频、直接序列扩频、零可控自适应天线、猝发、单频转发和频率捷变这类技术（跳频：发射机和接收机以同样的序列变换频率。直接序列扩频：使信号能量分散在很宽的频带上，以给侦听和干扰增加难度。零可控自适应天线：一种覆盖范围似肾形的天线，凹点指向天线无响应的敌方干扰机，以便在其他方向与己方天线通信。猝发：短时间采用宽频带或长时间采用很窄频带发送信息。频率捷变：在遭到干扰时自动改频），我们用频率瞄准方式进行干扰根本不起作用，只能采用全频带阻塞式干扰。"

第 5 集团军的一位上校质问："少校，北约采用的可全是频率瞄准式干扰，频带还相当窄，而我们的 C3I 系统也普遍采用了你提到的那些通信技术，为什么他们对我们的干扰那样有效呢？"

"这原因很简单。我们的 C3I 系统是建立在什么样的软硬件平台上？UNIX，LINUX，甚至 WINDOWS2010，CPU 是 INTER 和 AMD！这是用人家养的狗给自己看门！在这种情况下，敌人可以很快掌握诸如跳频规律之类的电子战情报，同时用更多更有效的纯软件攻击加强其干扰效果。总参谋部曾经大力推广过国产操作系统，但到了下面阻力重重，你们集团军就是一个最顽固的堡垒……"

"好了，你们所说的问题和矛盾正是今天会议要解决的，开会！"列夫森科元帅打断了这场争论。

当大家在电子沙盘前坐好后，列夫森科元帅叫来一位少校参谋，这个身材细高的年轻人双眼眯缝着，好像不适应作战室中的光线。"介绍一下，这位是邦达连科少校，他的最大特点就是深度近视。他的眼镜与众不同，别人的眼镜镜片在镜框里边，他的镜片在镜框外面，哈，就像茶杯底那么厚啊！可我们现在看不到它了，早上邦达连科少校在吉普车遇到空袭时它被砸烂了，好像隐形眼镜也弄丢了。"

"报告首长，那是在五天前在明斯克，我的眼睛是在半年内变成这样的，这变化早些的话我就进不了伏龙芝军事学院了。"少校立正说。

虽然谁也不知道元帅为什么介绍这位少校，但人群中还是响起了几声低低的笑声。

"战争爆发以来的事实说明，虽然有白俄罗斯战场的失利，但在空中和陆上常规武器方面，我们并不比敌人差多少；但在电子战方面，我们的差距之大出乎意料。造成这样的局面有很深远的历史原因，这不是我们今天要讨论的。我们要明确的是以下一点：目前，电子战是我军夺回战争主动权的关键！我们首先必须承认敌人在电子战方面的优势，甚至是压倒性的优势，然后我们必须以我军现有的电子战软硬件条件为基础，制定出一套行之有效的战略战术，这套战略战术的目的，是要在短时间内，使我军和北约在电子战方面形成某种力量上的平衡。也许大家认为这不可能，因为我军20世纪末以来的战争理论主要是基于局部有限战争的，对目前在军事上如此强大的敌人的全面进攻确实研究得不够。在这样严峻的形势下，我们必须以一种全新的方式思考，下面我要介绍的统帅部的新的电子战战略，就可以看作是运用这种思维的结果。"

灯灭了，电脑屏幕和电子沙盘都关闭了，重重的防辐射门也紧紧关闭，作战室淹没于伸手不见五指的黑暗之中。

"是我让关的灯。"黑暗中传来元帅的声音。

时间在黑暗和沉默中慢慢流逝，这样过了有一分钟。

"大家现在有什么感觉？"列夫森科元帅问。

没有人问答，浓重的黑暗使军官们仿佛沉没在夜之海的海底，他们觉得呼吸都有些困难。

"安德烈将军，你说说看。"

"就像这几天在战场上的感觉。"第 5 集团军军长说。

黑暗中又响起了一阵低低的笑声。

"别的人呢，大概都与他有同感吧。"元帅说。

"当然，您想想，耳机里除了沙沙声什么也没有，屏幕上一片空白，对作战命令和周围的战场态势一无所知，可不就是这种感觉嘛！这黑暗，压得人喘不过气来啊！"

"但并非所有人都是这种感觉，邦达连科少校，你呢？"列夫森科元帅问。

邦达连科少校的声音从作战室的一角传来："我的感觉不像他们这么糟糕，在亮着灯的时候，我看周围也是模模糊糊的。"

"你甚至还有一种优越感吧？"列夫森科元帅问。

"是的，元帅。您可能听说过，在那次纽约大停电时，是一些瞎子带领人们走出摩天大楼的。"

"但安德烈将军的感觉也是可以理解的，他有一双鹰眼，还是个神枪手，他喝酒时常用手枪在十几米远处开酒瓶盖。想想他和邦达连科少校在这时用手枪决斗，可是一件很有意思的事。"

黑暗中的作战室又陷入了沉默，指挥官们都在思考。

灯亮了，人们都眯起了双眼，这与其说是不能适应这突然出现的亮光，不如说是对元帅刚刚暗示的思想感到震惊。

列夫森科元帅站起来说："我想，刚才我已把我军下一步的电子战新战略表达清楚了：全频带大功率的阻塞干扰，在电磁通信上，制造一个双方'共享'的全黑暗战场！"

"这样将使我军的战场指挥系统全面瘫痪！"有人惊恐地说。

"北约也一样！瞎大家一起瞎，聋大家一起聋，在这样的条件下同敌人达到电子战的力量平衡。这就是新战略的核心思想。"

"那总不至于让我们的通信兵骑摩托车去发布作战命令吧？"

"要是路不好，他们还得骑马。"列夫森科元帅说，"我们大致估计一下，这样的全频带阻塞干扰，至少可覆盖北约 70% 的战场通信系统，这就意味着他们的 C3I 系统全面瘫痪；同时还可使敌人 50% 至 60% 的远程打击武器失去作用，其中最明显的例子就是战斧巡航导弹。现在这种导弹的制导系统同上个世纪的比有了很大的改变，那时的战斧巡航导弹主要使用地形匹配和小型测高雷达来导航，现在这种导航方式只用作末端制导，而其射程的大部分依靠全球卫星定位系统。通用动力公司和麦克唐纳·道格拉斯公司认为他们所做的这种改进是一大进步，美国人太相信来自太空中的导航电波了，但 GPS 系统的电波传输一旦被干扰，战斧巡航导弹就成了瞎子。这种对 GPS 的依赖在北约大部分远程打击武器中都存在。在我们所设想的战场电磁条件出现时，就会逼着敌人同我们打常规战，充分发挥我们自己的优势。"

"我心里还是没底。"被从东线调往西线的第 12 集团军军长忧心忡忡地说，"在这样的战场通信条件下，我甚至怀疑我的集团军能不能从东线顺利地调到西线。"

"你肯定能的！"列夫森科元帅说，"这段距离，对库图佐夫来说很短，我不信今天的俄罗斯军队离了无线电就走不过去了！被现代化装备惯坏的，应该是美国人而不是我们。我知道，当整个战场都处于电磁黑暗中时，你们心中肯定感到恐惧，这时要记住，敌人比你们恐惧十倍！"

当看着卡琳娜的身影混在这群穿迷彩服的军官中、在作战室的出口消失的时候，列夫森科元帅的心悬了起来。她将重返前线，而她所在的电子战部队将是敌人火力最集中的地方。昨天，在同一亿千米远的儿子那来回延时达五分钟的通话中，元帅曾告诉他卡琳娜很好，但在早上的战斗中，她就险些没回来。

米沙和卡琳娜是在一次演习中认识的。那天元帅和儿子一起吃晚饭，同往常一样他们默默地吃着，米沙早逝的母亲在远处的镜框中默默地看着他们。米沙突然说："爸爸，我想起明天就是您的 51 岁生日了，我应该送您一件生日礼物。我是看见那架天文望远镜才想起来的，那件礼物真好。"

"送我几天时间吧。"儿子抬头静静地看着父亲。

"你有你的事业，我很高兴。但做父亲的想让儿子了解自己的事业，这总不算过分吧！明天你和我一起去看军事演习怎么样？"

米沙笑着点点头，他很少笑的。

这是本世纪国内规模最大的一场演习。演习开始的前夜，米沙对公路上那滚滚而过的钢铁洪流没什么兴趣，一下直升机，他就钻进野战帐篷，用透明胶带替父亲粘贴刚发下来的作战地图。在第二天演习的整个过程中，米沙也没表现出丝毫的兴趣，这早在列夫森科元帅的预料之中，但有一件事使他感到莫大的安慰。

上午进行的演习项目是一个装甲师进攻一个高地，米沙同一群地方官员一起坐在观摩台的北侧。这次观摩台的位置虽在安全距离上，但应那些猎奇的地方官员的要求，比过去大大靠前了。图-22 轰炸机群掠过高地上空，重磅航空炸弹雨点般地落下，使那座山头变成一个喷发的火山口。这时，那群地方官员才明白真实战场同电影里的区别。在那地动山摇的巨响中，他们全都用双臂抱住脑袋伏在桌子上，有几位女士甚至尖叫着往桌子下钻。但元帅看到，那里只有米沙一个人仍直直坐着，仍是那副冷漠的表情，静静地无动于衷地看着那座可怕的火山，任爆炸的火光在他的墨镜中狂闪。这时，一股暖流冲击着列夫森科元帅的心田：儿子，你的身上到底流着军人的血啊！

这天晚上，父子俩在白天的演习现场散步，远处，各种装甲车辆的前灯如繁星撒满山谷和平原，空气中还残留着淡淡的硝烟味。

"这场演习要花多少钱？"米沙问。

"直接费用大约三亿卢布。"

米沙叹了口气："我们的课题组，想搞第三代恒星演化模型，申请35万卢布经费都批不下来。"

列夫森科元帅把他早就想对儿子说的话说了出来："我们两个的世界相差太远了，你的恒星，最近的也有四光年吧，它同地球上的军队与战争真是毫不相干。我对你的事业所知不多，但很为之感到骄傲；作为军人，我们也是最想让儿子了解自己事业的人，哪一个父亲不把对儿子讲述自己的戎马生涯当作最大的幸福？而你对我的事业却总抱着一种冷漠的态度。事实上，我的事业是你的事业的基础和保障，一个国家，如果没有足够数量和质量的武装力量保证它的和平的话，像你从事的这种纯基础研究根本不可能进行。"

"爸爸，你把事情说反了。如果人们都像我们这样，用全部的生命去探索宇宙的话，他们就能领略到宇宙的美，一种宏大和深远的美，而一个对宇宙和自然的内在美有深刻感觉的人，是不会去发起战争的。"

"你这种想法真是幼稚到家了，如果战争是因为人们缺乏美感造成的，那和平可太容易了！"

"您以为让人类感受这种美就那么容易吗？"米沙指指夜空中灿烂的星海，"您看这些恒星，人们都知道它是美的，但有多少人能够真正体会到这种美的最深层呢？这无数的天体，它们从星云到黑洞的演化是那么壮丽，它们喷发的能量是那么巨大狂暴。但您知道吗？只用数量不多的几个优美的方程式就能精确地描述这一切，用这些方程式建造的数学模型能极其精确地预言恒星的一切行为。但至今我们建立的自己星球上大气层的数学模型，其精确度都要比它低几个数量级。"

列夫森科元帅点点头："这是可能的，据说人类对月球的了解比对地球海底的了解还要多。但你所说的对宇宙和自然深层次美的感受还是制止不了战争，没有人比爱因斯坦更能感受这种美了，原子弹不还是在他的建议下造出来的？"

"爱因斯坦在他的后期研究中没什么建树，很大程度上是由于他过多地研究神学、宗教。我不会走他的老路的。但，爸爸，到了需要的时候，我也会尽自己的责任的。"

米沙在演习区域待了五天，元帅不知儿子是什么时侯认识卡琳娜的，第一次看到他们在一起的时候，他们已经谈得很融洽了。他们谈恒星，而卡琳娜对此知道得很多。看着还是一个天真烂漫的女孩儿的卡琳娜，因为她的博士学位，早早就扛上了一颗校星，他的心里多少有些别扭，不过除此之外，他对卡琳娜的印象还是很好的。第二次见到米沙和卡琳娜在一起时，列夫森科元帅看到他们已有了一些亲密感，可他们谈话的内容让他很意外——他们在谈电子战。当时他们俩在距元帅的吉普车不远的一辆坦克边，他们的谈话并没有避开别人的意思。

元帅听到米沙说："你们现在只关注一些纯软件的高层次的东西，比如 C3I、病毒攻击、数字战场等等，可你想到没有，你们可能握着一把木头做的剑。"看着卡琳娜惊奇的目光，米沙继续说，"你想过这些东西的基础吗？也就是位于网络七层协议最下面的物理层。对于民用网络，可以使用像光纤和定向激光这样一些东西作为通信媒介；但对于用于战场的 C3I 系统，它的各个终端是快速移动和位置不定的，所以只能主要依赖电磁波来进行信息联结。而电磁波这东西，你知道，在干扰下像薄冰一样脆弱……"

元帅真的很吃惊，他从未与儿子交流过这些，米沙更不可能偷看他的机密文件，却把自己在电子战方面多年来形成的思想简明准确地表达出来了！米沙的这番话对卡琳娜的影响更大，居然使她偏离了自己的研究方向，研制出了一种代号"洪水"的电磁干扰装置。"洪水"的大小可以装入一辆装甲车，它能同时发出3KHz—30GHz的强烈的电磁干扰波，覆盖除毫米波之外的所有电磁通信波段。这种武器在西伯利亚某基地进行的第一次试验就为军队惹来了一屁股官司——"洪水"使附近那座城市的电磁波通信全部中断，手机不通了，电视机和收音机都收不到信号，对银行和股市的影响更是灾难性的，地方上把造成的损失说成了天文数字。"洪水"的灵感来自一种电磁炸弹，这种武器是通过高爆炸药在一次性线圈中产生强烈的电磁脉冲。所以"洪水"工作起来如同火箭发动机一样，产生的音响震破了附近的窗玻璃，这就决定了它只能远程遥控操作，而距它两三千米处的操作人员还得穿上防微波辐射的防护服。"洪水"在总装备部和总参的电子战指挥机构引起了很大的争论，很多人认为它没什么实战价值，在有限战场上使用它，就如同在巷战中使用核武器，对敌我的杀伤力都一样大。但在元帅的坚持下，"洪水"还是批量生产了两百多台。现在，在统帅部新的电子战战略中，它将担当主要角色。

儿子爱上了一个军中的姑娘，元帅深感意外，他的结论是米沙对卡琳娜的感情同她的职业无关。后来米沙带卡琳娜到家里来过几次，第一次卡琳娜穿着一件亮丽的连衣裙，走时元帅听到米沙对卡琳娜说："下次穿军装来。"这事使元帅否定了自己先前的结论，他现在知道，米沙爱上卡琳娜，与她是一名少校军官并非一点关系也没有。他又产生了演习第一天上午的那种感受，卡琳娜肩上的那颗校星他现在也觉得无比美丽了。

1月6日，莫斯科战区

强烈的电磁波在战区上空很快聚集，最后形成了巨大的电磁台风。战后人们回忆，当时在远离前线的山村里，人们看到动物和鸟儿骚动不安；在灯火管制的城市中，人们看到电视天线上感应出的微小火花……

从东线调往西线的第 12 集团军的一个装甲团正在疾速行军，团长站在停在路边的吉普车边，满意地看着漫天雪尘中疾速行进的部队。敌人的空袭远没有达到预料的强度，所以部队可以在白天赶路了。这时，三枚战斧导弹低低地从他们头顶掠过，冲压发动机低沉的嗡嗡声清晰可闻。不一会儿，远处响起了三声爆炸。团长身边的通信兵拿着只传出沙沙声的耳机无事可做，转头看看爆炸的方向，然后惊叫起来，让团长看。团长让通信兵不要大惊小怪，但旁边的一位少校营长也让他看，他就看了，然后困惑地摇了摇头。战斧巡航导弹不是每枚都能命中目标，但像这样三枚各自相距上千米落到空无一物的田野上，真是少见。

　　两架苏 -27 孤独地飞行在战区 5000 米上空。他们本来属于一支歼击机中队，但这个中队刚刚在海上同一支北约的 F22 中队发生了一场遭遇战，在空中混战中，他们和中队失散了。在以前，重新会合是轻而易举的事，但现在，无线电联络不通了，原来对于高速歼击机来说很狭小的空域现在在感觉上变得如宇宙一样广阔，要想会合如同大海捞针。这对长机和僚机只能紧贴着飞行，距离之近像在表演特技，只有这样，他们才能听到对方的无线电呼叫。

　　"左上方发现可疑目标，方位 220，仰角 30！"僚机报告，长机飞行员沿那个方位看去，冬日雪后的晴空一碧如洗，能见度极好，两架飞机向斜上方靠近目标观察。那个目标与他们同一方向飞行，但速度慢了许多，所以他们很快追上了它。

　　他们看清目标的形状后，发现那是一架北约的 E-4A 预警飞机。这是歼击机最不可能遇到的敌方飞机，就像一个人不可能看到自己的后脑勺一样。E-4A 预警飞机上的雷达监视面积可达 100 万平方千米，环视一圈只需 5 秒钟，它能发现远离防区 2000 千米处的目标，可以提供 40 分钟以上的预警时间，能发现 1000 千米—2000 千米范围里的 800 个—1000个电磁信号，它的每次扫描可询问和识别 2000 个海陆空各类目标。预警机从不需护航，它强有力的千里眼可使自己远远地避开歼击机的威胁。所以长机飞行员理所当然地认为这可能是一个圈套。他和僚机将四周的空域仔细搜索了一遍，明净寒冷的空中看不到任何东西，长机决定冒一次险。

"雷球雷球，我将发起攻击，你向 317 方位警戒，但注意不要超出目视距离！"

看着僚机向着他认为最可能有埋伏的方位飞去后，长机飞行员打开加力，猛拉操纵杆，苏 -27 拖着加速的黑烟，如一条仰起的眼镜蛇向斜上方的预警机扑去。这时 E-4A 也发现了向它逼近的威胁，它急忙向东南方向做逃脱的机动飞行，干扰热寻导弹的镁热弹不断地从机尾蹦出，那一串小小的光球仿佛是它那被吓出壳的灵魂。一架预警飞机在歼击机面前就如同一辆自行车在摩托车面前一样，是无法逃脱的。这时长机飞行员才感到他刚才给僚机的命令是多么自私。他在 E-4A 的后上方远远跟着它，欣赏着到手的猎物。E-4A 背上蓝白相间的雷达天线罩线条优美，像一件可人的玩具；它那粗大的白色机身，如同摆在盘子里的一只肥美的炖鸭，令他垂涎欲滴，又不忍下刀叉。但直觉使他不敢拖延，他首先用 30 毫米机炮做了一个点射，击碎了雷达天线罩，他看到，西屋公司制造的 AN/PY-3 型雷达天线的碎片飞散在空中，如圣诞节银色的纸花；接着他用机炮切断了 E-4A 的一个机翼；最后，他用射速达每分钟 6000 发的单管机炮射出的死亡之鞭，将已经翻滚下坠的 E-4A 拦腰切过，把它击成两截。苏 -27 沿着一条下降的盘旋线跟着两块坠落的机体。飞行员看到，人员和设备不停地从机舱中掉出来，就像从盒中掉出的糖果一样，有几朵伞花在空中绽开。他想起了在刚过去的空战中，一个战友被击落时的情景——一架 F22 三次从战友的降落伞上方掠过，把伞冲翻了，他看着战友像一块石头一样渐渐消失在大地的白色背景中。

同僚机会合后，双机编队以最快的速度脱离这个空域。他们仍觉得这可能是个圈套。

失散的飞机并不止那两架。在西线的上空，一架隶属于美国陆军骑一师的科曼奇在漫无目标地飞着，驾驶员沃克中尉却倍感兴奋。他刚从阿帕奇转飞科曼奇不久，对这种20世纪末才大量装备陆军的武装攻击直升机不太适应，他不适应科曼奇没有脚踏的操纵系统，并觉得它的双目头盔瞄准镜还不如阿帕奇的单目镜让人感到舒服，但他最不适应的还是坐在前面的攻击指挥员哈尼上尉。他们第一次见面时，哈尼说："中尉，你要清楚自己的位置，我是这架直升机的大脑，你只是它电子和机械部件的一部分，你要尽一个部件的责任！"而沃克最讨厌作为一个部件而存在。记得一位年近百岁的参加过二战的前海军飞行员参观他们的基地，他看了看科曼奇的座舱，摇摇头："唉，孩子们，我当年那架野马式，座舱里的仪表还不如现在的微波炉上的多，我最好的仪表是它！"他拍了拍沃克的屁股，"我们两代飞行员的区别，就是空中骑士和电脑操作员的区别。"沃克想当空中骑士，现在机会来了。在俄罗斯人那近乎变态的疯狂干扰下，这架直升机上的什么"作战任务设备一体化"系统、"目标探测系统"、"辅助目标探查分类系统"、"真实视觉场面发生器"，还有"资料突发系统"等等，全休克了！只剩下那两台1200马力的T800型引擎还在忠实地转动着。哈尼平时就是全凭那些电子玩意儿活着的，现在他那张喋喋不休的臭嘴也随着这些东西沉默下来。这时，他听到了内部送话系统传来的哈尼的话音："注意，发现目标，好像在左前方，好像在那个小山包旁边，有一支装甲部队，好像是敌人的，你看着办吧。"

沃克差点笑出声来，哈，这小子，听他以前是怎么指挥的：发现目标，方位133，T90式坦克17辆，BMP运兵车21辆，向391方位以平均速度43.5千米运动，平均间隔31.4米，按AJ041号优化攻击方案，从179方位以37度倾角进入……现在呢，他只能判断出"好像"有装甲部队，"好像"在"山包那边"。这还用你说？我早看见了！还让我看着办。你是废物了，哈尼，现在是我的天下，我要用屁股当仪表，做一个骑士了！这架科曼奇在我的手中创下的战绩将不辜负它那英勇的印第安部落的名字。

科曼奇向着那显而易见的目标冲去，把机上的 62 枚 27.5 英寸的蜂巢火箭全部发射出去，沃克陶醉地看着他那群拖着火尾的小蜜蜂欢快地向目标飞去，把敌人的车队淹没于一片火海之中。但当他迂回飞行观察战果时，却发现事情不对，地面上敌人的士兵没有隐蔽，而是全都站在雪地上冲他指点着，像是在破口大骂。沃克飞近一些，清楚地看到了一辆被击毁的装甲车上的那个标志，那是个三环同心圆，中间是蓝色，然后是一个白圈儿和一个红圈儿。沃克眼前一黑，感到世界变成了地狱，他也破口大骂起来："你个白痴，你瞎眼了？"

但沃克还是聪明地远远飞开，以防那些暴怒的法国佬还击。

"你个白痴，你现在大概在想到军事法庭上怎样把责任推给我，你推不掉的，你是负责目标甄别的，你要明白这一点！"

"也许……我们还有机会补救，"哈尼怯生生地说，"我又发现了一支部队，就在对面……"

"去你的吧！"沃克没好气地说。

"这次没错，他们正在同法国人交火！"

这下沃克又来了精神，他驾机向新目标冲去，看到对方主要是步兵，装甲力量不多，这倒证实了哈尼的判断。沃克把仅剩的四枚地狱火导弹发射出去，然后把加特林双管机枪的射速调到每分钟 1500 发并开始射击，他舒服地感觉到机枪通过机体传来的微微振动，看到地面敌人的散兵线被撒上了一层白色的"胡椒面"。但一名老练的武装直升机驾驶员的直觉告诉他有危险，他扭头一看，只见一枚肩扛式导弹刚刚从左下方一名站在吉普车上的士兵肩上发射出来。沃克手忙脚乱地发射了诱饵镁热弹，又向后方做摆脱飞行，但晚了些，那枚导弹拖着蛛丝般的白烟击中了科曼奇的机头下方。沃克从爆炸带来的短暂的昏眩中醒来时，发现直升机已坠落到雪地上。沃克拼命爬出全是白烟的机舱，在雪地上抱住一棵刚被螺旋桨齐腰砍断的树，回头看见前舱中被炸成肉酱的哈尼上尉。他又看到前方一群端着冲锋枪的士兵正在向他跑来。沃克颤抖着掏出手枪放到面前的雪地上，然后掏出俄语会话本读了起来："吾已方下无起，吾是战俘，日内瓦……"

他后脑挨了一枪托，肚子上又挨了一脚，当他翻倒在雪地上时却大笑起来。他可能被揍个半死。他看到了那些士兵衣领上波兰军队的鹰形领章标志。

1月7日，明斯克，北约军队作战指挥中心

"把那个该死的军医叫来！"托尼·帕克上将烦躁地喊道。当那名细长的上校军医跑到他面前时，将军恼怒地说："怎么搞的？你折腾了两次，我的假牙还在嗡嗡响！"

"将军，这是我见过的最奇怪的事，也许是您的神经系统有问题，要不我给您打一针局部麻醉？"

这时，一位少校参谋走过来说："将军，请把假牙给我，我有办法的。"帕克于是取下假牙，放到了少校递过来的纸巾上。

关于将军掉的两颗门牙，媒体的普遍说法是在波斯湾战争中他所在的坦克被击中时造成的，只有将军自己知道这不是真的。那次是断了下颚，牙则是更早些时候掉的。那是在克拉克空军基地，当时的世界好像除了火山灰外什么都没有：天是灰的，地是灰的，空气也是灰的，就连他和基地最后一批人员将要登上的那架大力神，机顶上也落了厚厚白白的一层灰。火山岩浆的暗红色火光在这灰色的深处时隐时现。那个菲律宾女职员还是找来了，说基地没了，她失业了，房子也压在火山灰下，让她和肚子里的孩子怎么活！她拉着他求他一定带她到美国去，他告诉她这不可能，于是她脱下高跟鞋朝他脸上打，打掉了他的两颗门牙。看着灰色的海水，帕克默念：我的孩子，现在你在哪儿？你是和母亲在马尼拉的贫民窟中度日

吗？你的父亲现在在某种程度上是为你而战，战后俄罗斯的民主政府上台后，北约的前锋将抵达中国边境，苏比克和克拉克将重新成为美国在太平洋上的海空军基地，那里将比 20 世纪更繁荣，你会在那儿找到工作的！如果你是个女孩，说不定像你妈妈（她叫什么来着，哦，阿莲娜）一样能认识个美国军官……

那位修牙的少校回来了，打断了将军的胡思乱想。将军接过那个纸巾上的假牙，装上，感受了几秒后惊奇地看着少校："嗯？你是怎么做到的？"

"将军，您的假牙响是因为它对电磁波产生了共振。"

将军盯着少校，分明不相信他的话。

"将军，真是这样！也许您以前也曾暴露在强烈的电磁波下，比如在雷达的照射范围里，但那些电磁波的频率同您的假牙的固有频率不吻合。而现在，空中所有频带的电磁波都很强烈，于是产生了这种情况。我把假牙进行了一些加工，使它的共振频率提高了许多，它现在仍然共振，但您感觉不到了。"

少校离开后，帕克将军的目光落到了电子作战图旁的一个座钟上，钟座是骑着大象的汉尼拔塑像，上面刻着"战必胜"三个字。原来它摆放在白宫的蓝厅，当时总统发现他的目光总落在那玩意儿上，就亲自拿起了那个在那儿放了一百多年的钟赠给了他。

"上帝保佑美国，将军，现在您就是上帝！"

帕克沉思了很久，缓缓地说："命令全线停止进攻，用全部空中力量搜寻并摧毁俄罗斯人的干扰源。"

1月8日，俄罗斯军队总参谋部

"敌人停止进攻了，你好像并不感到高兴。"列夫森科元帅对刚从前线归来的西部集群司令说。

"是高兴不起来，北约的全部空中力量已集中打击我们的干扰部队，这种打击确实是很奏效的。"

"这在我们的预料之中。"列夫森科元帅平静地说，"我们的战术在一开始会使敌人手足无措，但他们总会想出对付的办法的。用于阻塞式干扰的干扰机，由于其强烈的全频道发射，很容易被探测和摧毁。好在我们已争取了相当的时间，现在全部希望都寄托在两个集群的快速集结上了。"

"情况可能比预想的严峻，"西部集群司令说，"在我们失去电子战优势之前，可能没有给高加索集群进入出击位置留下足够的时间。"

西部集群司令走后，列夫森科元帅看着电子沙盘上的前线地形，想起了正处于敌人密集火力下的卡琳娜，由此又想起了米沙。那天，米沙回到家里，脸上青一块紫一块的。这之前他已听到传言，说他儿子是那所大学中唯一的一名反战分子，结果米沙就被同学们打了。

"我只是说不要轻言战争，我们真的不能同西方达成一种理智的和平吗？"米沙对父亲解释说。

元帅用他从未有过的严厉对儿子说："你知道自己的位置，你可以不说话，但以后绝不许出现类似的言行。"

米沙点点头。

晚上一进家门，元帅就告诉米沙："俄共上台了。"

米沙看了父亲一眼，淡淡地说："吃饭吧。"

再往后，西方宣布俄罗斯新政府为非法，杜波列夫组织极右联盟并发动内战，这些都不需要列夫森科元帅告诉米沙了，父子俩每天晚上都像往常一样默默地吃饭。直到有一天，米沙接航天基地的通知，打起行装走了。两天后，他乘航天飞机登上了在近地轨道运行的"万年风雪"号。又过了一周，战争全面爆发了，这是一场由空前强大的敌人从预料不到的方向发起的旨在彻底肢解俄罗斯的世界大战。

1月9日，近日轨道，"万年风雪"号掠过水星

由于"万年风雪"号的速度很快，它不可能成为水星的卫星，只能从这颗行星面对太阳的那一面高速掠过。这是人类第一次用肉眼直接对水星表面进行近距离观察。米沙看到，水星表面高达两千米的峭壁，蜿蜒数百千米，穿过布满巨大坑穴的平原。他还看到了被行星地质学家们称作"不可思议的地形"的名叫"卡托里萨"的盆地，它的直径有1300千米。它的不可思议之处在于，在水星的另一面，有一个面积相仿的盆地正对着它，人们猜测，这是一颗巨大的彗星撞击了水星，强烈的震波穿过了整个星体，在两个半球同时形成了极其相似的两个盆地。米沙还发现了许多新的令人激动的东西，他发现水星表面有许多明亮的光斑，当他在屏幕上把那些光斑放大后，激动得屏住了呼吸。

那是水星上的水银湖泊，它们每个的面积平均达上千平方千米。

米沙想象，在水星那漫长的白天，在那1800摄氏度的酷热下，站在水银湖岸边的情形。即使在狂风中，水银湖也会很平静，而水星没有大气，没有风，湖的表面如广阔的镜子平原，太阳和银河毫不失真地投射在上面。

"万年风雪"号掠过水星后，将继续靠近太阳，一直航行到它那由核聚变制冷装置支持的绝热层所能忍受的极限距离。太阳的高温将是它最好的掩护，北约的任何太空航行器都不可能飞进这个酷热的地狱。

看看这广阔的宇宙，再想想那一亿千米之外的母亲星球上的战争，米沙再次哀叹人类目光的狭隘。

1月10日，斯摩棱斯克前线

看着敌人渐渐靠近的散兵线，卡琳娜明白了为什么当周围的干扰点相继被摧毁后，只有她这里幸存下来——敌人想夺取一台完整的"洪水"。

这支由三架科曼奇和四架黑鹰组成的直升机群轻而易举地发现了这台"洪水"的位置。由于"洪水"巨大的电磁发射，对它的遥控只能通过光缆，

这又使敌人顺着光缆的走向发现了卡琳娜所在的距那台"洪水"3000 米的遥控站，这是一间被废弃的孤立的小库房。

那四架运载着 40 多名敌人步兵的黑鹰就在距库房不到 200 米处降落了。当时遥控站中除卡琳娜之外还有一名上尉和一名上士。上士听到引擎声响刚拉开库房的门，就被直升机上的狙击手射出的一颗子弹掀开了头盖骨。敌人随后的火力很谨慎也很节制，显然怕伤了库房里的他们想得到的设备，这就使得卡琳娜和那名上尉多坚守了一段时间。

现在，在卡琳娜的左前方，上尉的冲锋枪声沉默了，这枪声是她这时唯一的安慰。她看到在那个作为掩体的树桩后面，上尉的身体一动不动，一圈殷红的鲜血正在他周围的雪地上扩散。卡琳娜现在在库房前由几个沙袋堆成的简易掩体后面，她的脚下散落着八个冲锋枪弹夹，滚烫的枪管在沙袋上面的积雪中发出嘶嘶的声音。每当卡琳娜射击时，对面的敌人就卧倒，子弹在他们前面溅起一团团雪花，而半圆形包围圈另一个方向的敌人则跃起快步推进一段距离。现在，卡琳娜只剩下三个弹夹了，她开始打单发，这没有经验的举动等于告诉敌人她子弹不多了，使他们更快更大胆地推进。当卡琳娜再次换弹夹时，她听到沙袋顶上厚厚的积雪吱地响了一声，有什么东西从中飞快地钻了过来。她感到右胁被什么猛推了一下，没有疼痛，只有一阵很快扩散的麻木感，她感到温热的血顺着右侧身体流下去。她坚持着，几乎是漫无目的地打完了这个弹夹。当她伸手拿起沙袋顶上最后一个弹夹时，一颗子弹打断了她的前臂，弹夹掉到雪地上，只剩下一条与皮肤相连的手臂来回摆动。卡琳娜站起身，回头向库房门走去，她身后的雪地上留下了一条细细的血迹。当她拉开门时，又一颗子弹穿透了她的左肩。

这支由瑞特·唐纳森上尉率领的美国海军陆战队海豹突击队的一支小分队，谨慎地靠近库房。当唐纳森和两名陆战队员越过那名俄罗斯上士的尸体，踹开门冲进帐篷时，发现里面只有一名年轻女军官。她坐在他们的目标——"洪水"遥控仪旁边，一只被打断的手臂无力地垂在控制台上，对着显示屏上映出的影子。她用另一只手整理着自己的头发，不断滴下的鲜血在她的脚下积成了小小的血洼。她对着冲进来的美国人和那一排枪口笑了一下，算是打了招呼。唐纳森长出了一口气，但这口出来的气再也没有吸回去：他看到她整理头发的手从控制仪上拿起了一个墨绿色长圆形的东西，把它悬在半空中。唐纳森立刻认出那是一枚气体炸弹，由于是装备武装直升机的，体积很小。那东西由激光近炸信引爆，会在距地面半米处发生两次爆炸，第一次扩散气体炸药，第二次引爆炸药雾。现在就是一支箭也飞不出它的威力圈。

他朝她伸出一只手向下压着："镇静，少校，镇静下来，不要激动。"他朝周围示意了一下，陆战队员们的枪口垂了下来，"您听我说，事情没您想得那么严重，您将得到最好的医疗，您将被送到德国最好的医院，然后，会作为第一批交换的战俘……"少校又对他笑了一下，这使他多少受到了一些鼓励，"您完全没必要采用这么野蛮的方式。这是一场文明的战争，它本来是会很顺利的，这一点在 20 天前越过波俄边境时我就感觉到了。当时你们的大部分火力都被摧毁，只有零星的机枪声恰到好处地点缀着我们这场光荣而浪漫的远征。您看，一切都会很顺利的，没必要……"

"我还知道另一次更美妙的开始。"少校用纯正的英语说，她轻柔的声音如来自天堂，能让火焰熄灭、钢铁变软，"美丽的沙滩，有棕榈树，树上挂着欢迎的横幅。到处是漂亮的姑娘，留着齐腰的长发，穿着沙沙作响的丝裤，在年轻的士兵群中移动，用红色和粉红色的花环装点着他们，并羞怯地对着目瞪口呆的士兵们微笑……上尉，您知道这次登陆吗？"

唐纳森困惑地摇摇头。

"这就是 1965 年 3 月 8 日上午 9 点，在岘港，美国首批海军陆战队登上越南土地的情景，也是越战地面战争的开端。"

唐纳森觉得自己一下子掉进了冰窟窿，刚才的镇静瞬间消失了，他的呼吸急促起来，声音开始颤抖："不，别这样，少校，你这样对待我们是不公平的！我们没有杀过多少人，杀人的是他们！"他指着窗外半空中悬停着的直升机说，"是那些飞行员，还有那些在很远的航空母舰上操作电脑指引巡航导弹的先生。但他们也都是些体面的先生，他们所面对的目标都是屏幕上漂亮的彩色标记，他们按了一下按钮或动一下鼠标，耐心地等一会儿，那些标志就消失了。他们都是文明的先生，他们没有恶意，真的没有恶意……你在听我说吗？"

少校笑着点点头，谁说死神是丑恶恐怖的，死神真美。

"我有一个女朋友，她在马里兰大学读博士，她像您一样美丽，真的，她还参加反战游行……"我真该听她的，唐纳森想，"您在听我说吗？您也说点什么吧，求求您说点什么……"

美丽的少校最后对敌人微笑了一次："上尉，我尽责任了。"

赶来增援的俄军 104 摩步师的一支部队这时距那个"洪水"遥控站还有半千米距离。他们首先听到了一声沉闷的爆炸，并远远地看到那间孤立在宽阔田野中的小库房隐没于一团白雾之中；紧接着是一声比刚才响百倍的巨响，地动山摇，一团巨大的火球在库房的位置出现，火焰裹在黑色的浓烟中高高升起，化作一团高耸的蘑菇云，如绽放在天地之间的一朵绝美的生命之花。

1 月 11 日，俄罗斯军队总参谋部

"我知道你想要什么东西，别废话，说吧！"列夫森科元帅对高加索集群司令说。

"我想让前两天的战场电磁条件再持续四天。"

"你清楚，我们的战场干扰部队现在有 70% 已被摧毁，我现在连四个小时都无法给你了！"

"那我的集群无法按时到达出击位置，北约的空中打击大大迟滞了部

队的集结速度。"

"要是那样的话，您就把一颗子弹打进自己脑袋里去吧。现在敌人已逼近莫斯科，已到了 70 年前古德里安到过的位置。"

在走出地下作战室的途中，高加索集群司令在心里默念：莫斯科，坚持啊！

1 月 12 日，莫斯科防线

塔曼师师长费利托夫大校清楚，他们的阵地最多只能再承受一次进攻了。

敌人的空中打击和远程打击渐渐猛烈起来，而俄军的空中掩护却越来越少了。这个师的装甲力量和武装直升机都所剩无几，这最后的坚守几乎全靠血肉之躯了。

师长拖着被弹片削断的腿，挂着一支步枪走出掩蔽部。他看到战壕挖得不深，这也难怪，现在阵地上大部分都是伤员了。但他惊奇地发现，在战壕的前面构起了一道整齐的约半米高的胸墙。师长很奇怪这胸墙是用什么材料这么快筑起。他看到被雪覆盖的胸墙上伸出几根树枝一样的东西，走近一看，那是一只只惨白僵硬的手臂……他勃然大怒，一把抓住一位上校团长的衣领。

"谁让你们用士兵的尸体筑掩体的？"

"是我命令这样干的。"师参谋长的声音从师长身后平静地响起，"昨天晚上进入新阵地太快，这里又是一片农田，实在没有什么别的材料了。"

他们沉默对视着，参谋长额头绷带上流出的血在脸上一道道地冻结了。这样过了一会儿，他们两人沿战壕慢慢地走去，沿着这堵用青春和生命筑成的胸墙走去。师长的左手挂着做拐杖的步枪，右手扶正了钢盔，向着胸墙行军礼，他们在最后一次检阅自己的部队……他们路过了一个被炸断双腿的小士兵，从断腿中流出的血把下面的雪和土混成了红黑色的泥，这泥的表面现在又冻住了。小士兵正躺着把一颗反坦克手雷往自己怀里放，他抬起没有血色的脸，朝师长笑了笑："我要把这玩意儿塞进艾布拉姆斯的履带里。"

寒风卷起道道雪雾，发出凄厉的啸声，仿佛在演奏着一首上古时代的战歌。

"如果我比你先阵亡，请你也把我砌进这道墙里，这确实是一个好归宿。"师长说。

"我们两个不会相差太长时间的。"参谋长用他那特有的平静声音说。

1月12日，俄罗斯军队总参谋部

一个参谋来告诉列夫森科元帅，航天部部长急着要见他，事情很紧急，是有关米沙和电子战的事。

听到儿子的名字，列夫森科元帅心里一震。他已知道了卡琳娜阵亡的消息，同时他也无法想象一亿千米之外的米沙同电子战有什么关系，他甚至想象不出米沙现在和地球有什么关系。

部长一行人走了进来，他没有多说话，把一张3英寸光盘递给了列夫森科元帅："将军，这是我们一小时前收到的米沙从'万年风雪'号上发回的信息，后来他又补充说，这不是私人信息，希望您能当着所有有关人员的面播放它。"

作战室中的所有人听着来自一亿千米以外的声音："我从收到的战争新闻中得知，如果电磁干扰不能再持续三到四天的话，我们可能输掉这场战争。如果这是真的，爸爸，我能给您这段时间。

"以前，您总认为我所研究的恒星与现实相距太远，我自己也是这么认为，现在看来我们都错了。我记得对您提起过，恒星产生的能量虽然巨大，但它本身却是一个相对单纯和简单的系统。比如我们的太阳，组成它的只是两种最简单的元素氢和氦；它的运行也只是由核聚变和引力平衡两种机制构成，这样，同我们的地球相比，它的运行状态在数学模型上就比较容易把握了。现在，关于太阳的研究，我们已经建立了十分精确的太阳数学模型，这当中也有我做的工作。通过这个数学模型，我们可以对太阳的行为做出十分精确的预测。这就使我们可以利用一个微小的扰动，在短时间内局部打破太阳运行的某种平衡。方法很简单：用'万年风雪'精确撞击太阳表面的某点。

"也许您认为，这不过是把一块小石头投入海洋，但事实不是这样，爸爸，这是一粒沙子掉进了眼睛！

"从数学模型中我们得知，太阳是一个极其精细和敏感的能量平衡系统，如果计算得当，一个微小的扰动就能在太阳表面和相当的深度产生连锁反应，这种反应扩散开来，其局部平衡便会被打破。历史上有过这样的先例。最近的记载是在 1972 年 8 月初，在太阳表面一个很小的区域发生了一次剧烈的爆发，这次爆发引起了对地球产生巨大影响的一次电磁暴：飞机和轮船上的罗盘指针胡乱跳动，远距离无线电通信中断；在北极地区，夜空中闪动着炫目的红光；在乡村，电灯时亮时灭，如同处于雷暴的中心，这种效应在当时持续了一个多星期。现在比较可信的一种解释是，当时一颗比'万年风雪'号还小的天体撞击了太阳表面。这样的太阳表面平衡扰动在历史上一定多次发生，但大部分发生在人类发明无线电接收装置以前，所以没被察觉。这些对太阳表面的撞击都是随机的、偶然的，因而它们所能产生的平衡扰动在强度和范围上都是有限的。

"但'万年风雪'号对太阳的撞击点是经过精确计算的，它所产生的扰动比上面提到的自然产生的扰动要大几个数量级。这次扰动将使太阳向空间喷发出强烈的电磁辐射，这种辐射包括从极低频到极高频的所有频带的电磁波。同时，太阳射出的强烈的 X 射线将猛烈撞击对短波通信十分重要的电离层，从而改变电离层的性质，使通信中断。在扰动发生时，地球表面除毫米波外的绝大部分无线电通信将中断。这种效应在晚上可能相对弱一些，但在白天甚至超过了你们前两天进行的电磁干扰。据计算，这次扰动大约可持续一周。

"爸爸，以前我们两个人一直生活在相距遥远的两个世界中，我们很少互相交流。但现在，我们这两个世界融为一体，我们在为一个共同的目标而战，我为此自豪。爸爸，像您的每一个士兵一样，我在等着您的命令。"

航天部部长说："米哈伊尔博士所说的都是事实。去年，我们向太阳发射过一个探测器，它依据数学模型的计算对太阳表面进行了一次小型的撞击试验，证实了模型所预言的扰动。米哈伊尔博士和他的研究小组还提出了一个设想——将来也许可以用这种方法适当改变地球的气候。"

列夫森科元帅走进了一个小隔间，拿起了一个直通总统的红色电话，过了一会儿，他就从隔间走了出来。历史对这一时刻的记载是不同的，有人说他马上说出了那句话，也有人说他沉默了一分钟之久，但那句话是肯定的。

"告诉米沙，照他说的去做吧。"

1 月 12 日，近日轨道，"万年风雪"号冲向太阳

"万年风雪"号的十台核聚变发动机全部打开，每台发动机的喷口都喷出了长达上百千米的等离子体射流，它在做最后的轨道和姿态修正。

在"万年风雪"号的正前方，有一道巨大的美丽的日珥，那是从太阳表面盘旋而上的灼热的氢气气流。它像一条长长的轻纱，飘浮在太阳火的海洋上空，梦幻般地变幻着形状和姿态。它的两端都连着日球表面，形成了一座巨大的拱门。"万年风雪"号从高达 40 万千米的凯旋门正中缓缓地、庄严地通过。前方又出现了几道日珥，它们只有一头同太阳相连，另一头伸进了太空深处。发动机闪着蓝光的"万年风雪"号，像穿行在几棵大火树中的一只小小的萤火虫。后来，那蓝光渐渐熄灭，发动机停止了，"万年风雪"号的轨道已精确设定，剩下的一切都将由万有引力来完成了。

当飞船进入了太阳的上层大气日冕时，上方太空黑色的背景变成了紫红色，这紫红色的辉光弥漫了这里的所有空间。在下方，可以清楚地看到太阳色球中的景象。在那里，成千上万的针状体在闪闪发光，那些东西在19世纪就被天文学家们观察到了。它们是从太阳表面射向高空的发光的气体射流。这些射流使得太阳大气看上去像一片燃烧的大草原，每棵草都有上千米长。在这燃烧的大草原下面就是太阳的光球，那是无边无际的火的海洋。

从"万年风雪"号发回的最后的图像中，人们看到米沙从巨大的监视屏前起身，打开了透明穹顶外面的防护罩，壮丽的火的海洋展现在他面前，他想亲眼看看他童年梦幻中的世界。火之海在抖动变形，那是半米厚的绝热玻璃在熔化，很快那上百米高的玻璃壁化作一片透明的液体滚落下来。像一个初见海洋的人陶醉地面对海风，米沙伸开双臂迎接那向他呼啸而来的6000摄氏度的飓风。在摄像机和发射设备被烧熔之前发回的最后几秒钟图像中，可以看到米沙的身体燃烧了起来，最后他的整个身体都变成了一根跳动的火炬，和太阳的火海融为一体……

接下来的景象只能猜想了。"万年风雪"号的太阳能电池板和突出结构将首先熔化，这些熔化的部分由于其表面张力在飞船的表面形成一个个银色的小球。当"万年风雪"号越过了色球和日冕的交界处时，它的主体开始熔化；当它深入色球2000千米后，整个主体完全熔化了。一个个分开的金属液珠合并成一个巨大的银色液球，精确地沿着那已化为液体的计算机所设定的目标高速飞去。太阳大气的作用开始显示，液球的周围出现了一圈淡蓝色的火焰，这火焰向后拖了几百千米长，颜色向后由淡蓝渐变为黄色，在尾部变成美丽的橘红色。

最后，这美丽的火凤凰消失在浩瀚的火海之中。

1月13日，地球

人类回到了马可尼之前的世界。

入夜，即使在赤道地区，夜空也充满了涌动的极光。

面对着一片雪花的电视屏幕，大多数人只能猜测和想象那片激战中的广阔土地上的情形。

1月13日，莫斯科前线

帕克将军推开了企图把他拉上直升机的 82 空降师的师长和几名前线指挥官，举起望远镜继续看着远方。那里，俄罗斯人的阵线滚滚而来。

"定标 4000 米，9 号弹药装填，缓发引信，放！"

从来自后方的射击声中，帕克知道，还有不到 30 门 105 毫米的榴弹炮可以射击，这是他目前唯一可以用于防守的重武器了。

一小时前，这个阵地上唯一的一支装甲力量，德军的一个坦克营，以令人钦佩的勇气发起反冲锋，并取得了优秀的战果：在距此 8000 米处击毁了相当于他们坦克数目一倍半的俄罗斯坦克。但由于数量上的绝对劣势，他们在俄罗斯人的钢铁洪流面前如正午太阳下的露珠一样消失了。

"定标 3500 米，放！"

炮弹飞行的嘶鸣声过后，在俄罗斯人的坦克阵前面掀起了一道由泥土和火焰构成的高墙。但就如同洪水面前的一道塌方一样，塌下的泥土暂时挡住了洪水，洪水最终还是漫了过来。爆炸激起的泥土落下后，俄罗斯人的装甲前锋又在浓烟中显现出来。帕克看到他们的编队十分密集，如同在接受检阅。如在前几天用这种队形进攻是自取灭亡，但在现在，在北约的空中和远程打击火力几乎全部瘫痪的情况下，这却是一种可以采用的队形，它可以最大限度地集中装甲攻击力量，以确保在战线一点上的突破。

防线配置的失误是在帕克将军预料之中的，因为在这样的战场电磁条件下，要想准确快速地判明敌人的主攻方向几乎是不可能的。对下一步的防守他心中一片茫然，在 C3I 系统全面瘫痪的情况下，快速调整防御布局是十分困难的。

"定标 3000 米，放！"

"将军，您在找我？"法军司令若斯凯尔中将走了过来。他身边只跟着一名法军中校和一名直升机驾驶员。他没穿迷彩服，胸前的勋章和肩上的将星擦得亮亮的，却戴着钢盔并提着一支步枪，显得不伦不类。

"听说在我们的左翼，幼鹿师正在撤出阵地。"

"是的将军。"

"若斯凯尔将军，在我们的身后，70 万北约部队正在撤退，他们的成功突围取决于我们的坚固防守！"

"是取决于你们的坚固防守。"

"我能得到更明白的解释吗？"

"您什么都明白！你们对我们隐瞒了真实战局，你们早就知道右翼联盟的军队要在东线单方面停火！"

"作为北约军队最高指挥官，我有权这样做。将军，我想您也明白，您和您的部队有接受指挥的职责。"

············

"定标 2500 米，放！"

············

"我只遵守法兰西共和国总统的命令。"

"我不相信现在您能收到这样的命令。"

"几个月前就收到了，在爱丽舍宫的国庆招待会上，总统亲自向我说明了在这种情况下法国军队的行为准则。"

"你们这些戴高乐的杂种，这几十年来你们一直没变（1966 年戴高乐将军使法国退出北约军事一体化组织，这对当时冷战中的北约是一个严重打击）！"帕克终于失去控制。

"话别说得这么难听。将军，如果您不走，我也一个人留下来，我们一起光荣地战死在这广阔的雪原上。拿破仑在这儿也失败过，我们不丢人。"若斯凯尔向帕克挥动着那支 FAMS 法军制式步枪说。

…………

"定标 2000 米，放！"

…………

帕克慢慢地转过身来，面对着他面前的一群前线指挥官："请你们向坚守阵地的美军部队传达我下面的话：我们并非生来就是一支只能靠电脑才能打仗的军队，我们是一支来自庄稼汉的军队。几十年前，在瓜达卡那尔岛，我们在热带丛林中一个地洞一个地洞地同日本人争夺；在溪山，我们用圆锹挡开北越士兵的手榴弹；更远一些的时候，在那个寒冷的冬夜，伟大的华盛顿领着那些没有鞋穿的士兵渡过冰封的特连顿河，创造了历史……"

"定标 1500 米，放！"

"我命令，销毁文件和非战斗辎重……"

"定标 1200 米，放！"

帕克将军戴上钢盔，穿上防弹衣，并把他那把九毫米手枪别在左腋下。这时榴弹炮的射击声沉默了，炮手正把手榴弹填进炮膛中，接着响起了一阵杂乱的爆炸声。

"全体士兵……"帕克将军看着已像死亡屏障一样在他们面前展开的俄罗斯坦克群，说，"上刺刀！"

战场的浓烟后面，太阳时隐时现，给血战中的雪野投上变幻的光影。

◆ 第19届银河奖科幻小说奖获奖作品

674号公路

长铗

"嘿，伙计，去过 674 号公路吗？"红头发一条腿搭在保时捷敞篷车车门上，一只手搭在一个姑娘身上。

674 号公路？外乡人露出迷惘的神情，轻轻抽着鼻子，似乎不习惯尘土里弥漫的橡胶焦煳味。

"啊哈！他居然不知道 674 号公路！"红头发怪叫一声，他的同伴应声发出刺耳的呼哨。红头发以印度仪仗兵一般夸张的姿势一脚踩在油门上，保时捷喷出一股黑烟，两条深深的辙印像蛇信子般迅猛窜出，汹涌的尘土扑打着外乡人的车窗。

外乡人缓缓摇上车窗，打开车内唯一的电子设备：美国卫星地图，手指在屏幕上轻叩，轻松地找到了那个模糊的标记：卡里寇。若不是 270 千米外那个著名的白银矿，这个小镇也许早已从地图上消失了。

这里没有连锁店，没有大公司开的煤气站，没有几乎遍布美国每个小城镇的快餐分店，没有超市，没有加油站，没有石油公司，也没有玩偶盒商店。这儿就是卡里寇。

外乡人走进小镇唯一一家酒吧"拓殖者之家"，里面喧闹的人群顿时安静下来。酒鬼们把目光投向他，他们大多是矿工的儿子，目光就像探照灯般灼亮。外乡人脱掉他的皮外套，交给门口的侍应生，像是老顾客般径直朝吧台走去。德·丽尔夫人就站在吧台后面，她每天晚上都在这里。这儿的每个人都知道她，那些匆匆过客也惦记着她，还把她的芳名远播他乡。没错，她就是卡里寇最引人注目的存在：酒吧的老板娘。

"我想，你一定知道杰克·汉弥尔顿的故事，小姑娘。"外乡人抿出老到的微笑，他有一个棱角分明泛着钢灰色的坚硬下巴。

"哈，他居然叫我小姑娘！不过，我喜欢这个称呼。"德·丽尔夫人环顾左右，夸张地向她的顾客们炫耀她的新昵称。男人们敌意的目光射向外乡人，这里面包括那个红头发。外乡人一进门红头发就盯上他了——这个不知道674号公路的愣头青居然敢来"拓殖者之家"！

"当然，这方圆800千米之内的陈芝麻烂谷子我全知道！说吧，帅哥，你想听哪一段？"德·丽尔夫人摇曳着腰肢，玻璃杯里的红色液体漾了出来，有几星泡沫洒到了外乡人的脸上。

"674号公路。"外乡人一字一顿地说。

"哦，又是674号公路，每一个远道而来的小伙子都要听这一段，就像没断奶的孩子围在祖母的膝下要听格林童话。"老板娘故意提高声调让周围的人都能听到他们的交谈内容。男人们露出鄙夷的神色。的确，674号公路追捕的故事早已传遍远方，只有那些开着红色法拉利拉风的毛头小子才会兴冲冲地打听这些。

19世纪中下叶，美国西部淘金热热气未消的时候，在南加州的东部，又传出了发现银矿的消息，而且据说银的蕴藏量十分丰富。1881年3月的一天，三个探矿的人来到卡里寇安营扎寨，他们要在这里试一试运气。一天、两天、三天过去了，他们一无所获。第四天，随着一声欢呼，卡里寇的光辉历史拉开了帷幕。矿工们在这片赭红色的干燥土地上建立了三个小镇，卡里寇是其中最大的一个。卡里寇在英语里是粗印花棉布的意思，因为这里的山峦就像姑娘们的印花裙子一样漂亮。三个大型银矿、硼砂矿分布在三个小镇周围，从每个小镇到任意一个矿山都有一条路况不佳的公路连通，一共九条，构成这荒凉之境的交通网。

674号公路是九条公路中的一条，它连接了卡里寇和最大的那个矿山：白银谷。这条路为什么叫674号公路呢？这个数字并不是美国公路交通网的顺序编号，也许是为了纪念某个棒球明星的本垒打纪录，天知道。但有一点是可以肯定的，这是个不祥之数，在这短短 270 千米长的公路上，发生的交通事故难以计数，甚至从它建成使用的第一天起就被废置了。第一辆通过它的是一辆运砂车，人们还来不及称颂它在修建公路中的功勋，它便不争气地滚到深不可测的大峡谷里去了，于是人们相信这条砂石路是被魔鬼诅咒过的。有传说称印第安人的祖先沉睡在这条路下，他老人家打个哈欠就能把道奇卡车吹上天。住在卡里寇镇的矿工们要去白银谷，宁愿绕道走其他的路。

但是，真正使 674 号公路声名远播的，是 30 年前那场惊动 CNN（美国有限电视新闻网）的荒野大追捕。美国第 153 号通缉犯——赛车手出身的杰克·汉弥尔顿，在 50 辆警车的驱赶下，发疯般冲进了 674 号公路。警察们得意扬扬地看着他们的猎物绝尘而去，没有追赶，而是在 674 号公路与其他几条公路的交叉口设了路障，在公路两头的白银谷与卡里寇镇张开口袋。然后，警长先生就带领他的手下到"拓殖者之家"喝酒去了。

"他会后悔的，他会吓得尿裤子，当他看到满路的汽车残骸……"警长向酒吧里的所有观众如此宣布。

但是，后来后悔的是警长——杰克·汉弥尔顿在这条盲肠一样短的窄小公路上消失得无影无踪。蜿蜒在大峡谷边沿的 674 号公路，除了几个分岔口不可能有其他的出口，但是在路障处守候的警察却一无所获。有个蠢蛋发誓说自己听到了呼啸而过的引擎声，那剧烈的声波甚至吹动了他猪鬃一般粗的眉毛，可他却连个汽车影子也没见着。杰克·汉弥尔顿驾驶的是一辆 1953 年制造的克尔维特——黑色车身漆配以抛光处理底辐式车轮，嚣张的折叠式车顶就像响尾蛇的毒牙一般伸缩自如，搭载的 7.0 升 V8 引擎，高达 500 匹的最大输出马力与 550 牛米的扭矩令人瞠目。这辆速度怪兽是"通用"汽车设计大师哈里·厄尔的失败作品，只推出了 300 多辆便被迫停止生产，因为它暴烈的脾气、复杂而别扭的操控性能、单薄的安全系统令人望而生畏。杰克·汉弥尔顿却对它情有独钟。按理说，杰克·汉弥尔顿驾驶着这样一辆奇特的车亡命天涯应是很引人注目的，但他的确是连人带车蒸发了。直升机把这块巴掌大的满目疮痍的土地搜寻了个遍，最后悻悻而归。警长只好向追踪而来的失望透顶的 CNN（美国有限电视新闻网）记者宣布，那个坏蛋被大峡谷吞没了。

"这还不是故事的全部。"老板娘慵懒地喷了口酒气，脸上泛出红潮，几颗雀斑在红潮里若隐若现，她说，"最精彩的一段不属于杰克·汉弥尔顿那个疯子，而是阿弗莱·切。当然，不是每个人都能像我这样亲昵地叫他切，你懂吗，帅哥？"

"切？那个拙劣的赛车手阿弗莱·切？"外乡人讥诮道。

老板娘愠怒地扫了他一眼："你懂什么，毛头小子！切是他那个时代最伟大的赛车手，没人能比他更优秀！他是唯一跑完674号公路全程的人，我见证了他的辉煌！"

外乡人拍拍德·丽尔夫人的肩膀，安抚她波涛起伏的激动情绪："慢慢说，我洗耳恭听。"

德·丽尔怔怔地打量着外乡人骨节粗大的手指，目光柔和地笼罩在他壮硕的脖颈上，微微一笑："你也是个行家，小子。赛车手需要健硕的体魄，急转弯时脖子需要承受相当于自身重量五倍的离心力。切常跟我说一些赛车常识，但我常记不住，哈哈。那时我还是个小姑娘，他把我塞到他的赛车尾厢内，他说没有姑娘敢坐在他旁边，他要让我清醒着见证他逾越674号公路。他做到了！我虽然藏在车尾厢里，身体被绳子牢牢固定着，但还是吓了个半死。小子，坐过山车吗？虽然你眼睛闭着，但你还是能感觉到那种忽上忽下、心仿佛要从胸口冲出般的惊心动魄，不是吗？"

"我好奇的是，既然你待在车尾厢里，你怎么知道他不是在别的什么马路上兜了一圈呢？"

"你怀疑他？"德·丽尔夫人的目光变得严厉起来。

"我只是觉得这个世界太荒谬了。如果阿弗莱·切是纽博格林 12 小时耐力赛纪录的保持者，他还全程跑完魔鬼之路 674 号公路，那他怎么会在亚利桑那州宽阔的高速公路上飞出他的挡风窗玻璃呢？要知道，在那次交通事故中，他负全部责任。"

"够了！"德·丽尔夫人怒不可遏地将酒一把泼到外乡人的脸上。两个彪形大汉马上围拢过来。

"小子，你对我们的老板娘做了什么？你不介意坐一回地道的'矿井电梯'吧？"那两个大汉把粗壮的手臂探进外乡人的腋下，企图把这个北方口音的小子扔出去。外乡人的身子却纹丝不动。

"放下他！"黑暗中一个夹着浓痰的嘶哑嗓音说。

闹哄哄的四周立即安静下来，密集的人群闪出一条过道，一个人蹒跚着缓缓走近。来人满头苍发，脸上长满了肉疣，就像是铺了一层油亮的卵石。

"可是——"两个壮汉想解释什么，却又戛然而止，因为他们被来人犀利的目光刺得一噤。

"年轻人，跟我走一趟。"

外乡人面无表情地望望左右，跟着那个人蹒跚的步子走出酒吧。

红头发扒开百叶窗望向窗外："嗨，大家看，那小子的车没有后视镜！"

男人们挤到窗前观看，有人把啤酒瓶愤怒地摔在地上，因为这个新发现是一个巨大的挑衅。没有后视镜！因为没有人能赶上他！这里的顾客没有一个不是狂热的车手，矿山早已告别淘金时代的繁荣，674 号公路却把全世界的飙车小子都召集到了这里。

"那是一辆破车！"红头发鄙夷地朝窗外吐了口唾沫。诚然，相比他那辆鲜亮的御林军一般神气的红色保时捷，外乡人的车显得很寒碜。

"也许，那厚重的车厢改装一下可以装土豆。"红头发的调侃引起一阵哄笑。

"那是一辆好车。"一个悠长的声音说，但是自得其乐的人没有听到这句评断。挤在男人中间的德·丽尔夫人回过头来，看到一个衣衫褴褛的糟老头儿正在自斟自饮，他的脸像是被砂纸磨掉了半边，鼻子与眼睛连成一块，样子恐怖吓人。德·丽尔夫人认识这个老头儿，他肯定是这个小镇上的人，常常能在酒吧最偏僻的一张小桌上找到他的身影。有喝酒的主顾认出这个老头儿是在教堂里打杂的，雷耶博士收留了他。他是个酒鬼，却没有好的信誉，赖了不少酒账，都是雷耶博士帮他付的。

德·丽尔夫人很鄙夷这个老酒鬼的癫话，那是辆好车？胡扯！灰白色的车体，不少地方还脱了漆，都不知道多久没打蜡了，不过也确实打不了蜡了，该报废了。但是，它的排气管真粗！德·丽尔夫人的眼珠都快蹦出来了，她从来没有见过这么粗的排气管。不，她见过，那还是她风姿绰约的少女时代，同样风华正茂的切驾驶的跑车，就有如此夸张的排气管。她亲眼看见切给他心爱的四驱车装上这个丑陋的装置，就像机械师给大炮装上大口径炮管一样得意。

"他们叫我雷耶博士，但我宁愿你叫我牧师。我是这个小镇唯一的牧师。在宗教活动之余，我还供应汽车零配件。"那个硕大的头颅说。他苍白的头发愤怒地直立着，像雄狮般威严，下巴垂着薄而密的褶皱，就像是公鸡的肉垂。

"您是个多面手。"外乡人谦卑地恭维道。

"没办法，这个小镇人口太少，人们不得不身兼数职才能应付。"

"这里甚至有消防队！我来的时候看到了。消防队门口有一块小牌子，上面记载着卡里寇不同年份的人口。1881 年，40 人；1887 年，1200 人；1890 年，810 人；1951 年，20 人……"外乡人说。

"你的记忆力不错。小伙子，干哪行的，介意我问吗？"雷耶博士揭开一瓶窖藏葡萄酒，"嘣"的拔塞声在房间里显得格外悠长，余音消弭后整个房间便陷入令人窒息的沉默。

"我是个推销员，推销《圣经》。"

"你的业绩一定不错，买得起一辆好车。"雷耶博士的目光割过外乡人紧绷的脸皮。

外乡人脸一红，迅即恢复一个推销员才有的老练和镇静："这辆车是我父亲的遗产。我不是个好推销员，因为我这副面孔不讨乡下主妇们喜欢。"他似乎被自己的幽默逗乐了，他的爽朗大笑与他的口音一样，带有独特的北方风格。

雷耶博士递给外乡人一杯酒："卡里寇不是你应该来的地方，北方人，这里总共只有 80 个常住人口。"

外乡人止住笑，不自然地说："是的，和那些不知天高地厚的飙车小子一样，我也是慕 674 号公路之名而来，我是个赛车爱好者。"

"改装是多余的，懂吗，年轻人？比如你那辆宾利，它拥有一个英国克鲁的本特利工厂纯手工打磨的发动机，纯种大不列颠皇家血统，你为什么要把它伪装成笨重的德国货呢？"

"也许我是个外行。我本以为把发动机的位置后移 17 厘米，降低传动系统的高度，会带来更可靠的操控性。"外乡人波澜不惊地解释道。

"你是对的，这可以带来更低的车身重心，但这不是无限制高速公路，对于 674 号公路而言，过低的底盘无异于自杀。你想跑 674 号公路？"

外乡人坚毅地点点头。

雷耶博士凝神注视外乡人灰色的眸子良久，说："跟我来。"

外乡人跟在博士沉重的步伐后，走过教堂大厅的一排排长椅，进入一个堆满杂物的侧房，推开一道严实的铁门，沿简陋的梯子下到地下室。

"嗯？牧师，收购废铁也是您的业务之一？"

"如果你真的懂行的话，就知道这是另一个'白银谷'。"博士费力地俯下身子，吭哧吭哧地搬起一个增压涡轮，"1985，原产加拿大安省圣嘉芙莲市……这个，V124.8 升引擎，兰博基尼，1972 年产，全世界只剩下 12 台。这些都是 674 号公路上失事的汽车残骸，希望你的宾利不会成为我新的收藏。"

"我需要一个大涡轮增压器。"外乡人说。蓦地，他瞥见黑暗的一角里，一张灰尘密布的帆布下，匍匐着一个冷气逼人的铁家伙，就像一头久困樊篱的猛兽蛰伏不动，令人不寒而栗。

"嗨，小子，这儿。"红头发脚搁在方向盘上，打了个响指。

外乡人闷声闷气地走过去。他的身后立即围拢了几个朋克青年。

"小子，多久没洗脸了？我是说，你需要一块镜子、一块后视镜照照你自己。"

外乡人皱了皱眉。加利福尼亚下午的阳光跟桶装啤酒一样廉价，把光秃秃的旷野上卑微的人影晒得晕乎乎的。外乡人眯着眼，看见德·丽尔夫人正袅袅婷婷地走过来。

"我不喜欢多余的东西。"外乡人说。

"啊哈。"红头发怪叫一声，"我也一样。也许我该卸你一条多余的腿换上一个备用轮胎。"

他的伙伴附和着哄笑起来。

"什么乐着你们了，小伙子？"德·丽尔夫人用慵懒的调子问道——这个声音之于她的年龄的确是稚嫩了点。

"我在给这个新来的上课，告诉他不是每个人都可以在卡里寇飙车。夫人，告诉他我是谁！"红头发偏过头向他的女朋友噘起嘴，却被涂着鲜红指甲油的手指掐了一把。

"他上过《蜜蜂报》的头条。"德·丽尔夫人向外乡人介绍说，似乎已经忘掉了那天酒吧里的不快，"他叫亚当，他喜欢让警察追着屁股跑，曾经有过摆脱 30 辆警车围捕的纪录。洛杉矶的本·杰明警官恨死他了，听说那警官也是一名不错的车手，有一次差点逮住他……"

"哈，我一溜烟甩开了他。他是个蠢蛋，他应该感谢我，要是我真踩了刹车，他会被我的保时捷的钛合金装甲屁股顶到天上去。当初我真该废了他！要不，我也不用藏到这个鬼地方来……"

"行了行了。"德·丽尔夫人打断他，"这是你第几次重复自己的故事了？"

"夫人，你还没提我在伦敦的战绩呢。苏格兰场的那群吃白饭的浑球，开的是莲花、兰博基尼、路虎，硬是被我耍了个遍！最刺激的还是我在越南干的那一仗……"

"是韩国。"女朋友提醒他。

"都一样。"红头发漫不经心地嚼着口香糖。

"跟他的偶像一样，是个自大狂。"德·丽尔夫人朝外乡人挤挤眼。

"他的偶像是？"

"杰克·汉弥尔顿。"

一听到偶像的名字，喋喋不休的红头发亚当立即安静下来，歪着脑袋，斜着眼，挑衅地望着外乡人。

"真巧，"外乡人耸耸肩，"我的偶像是阿弗莱·切。"

德·丽尔夫人愣在原地。外乡人用壮硕的肩膀撞开周围的人墙，"砰"的一声拉开他那辆灰白色宾利的车门，远远地扬扬手："夫人，介意我载你一程吗？"

"你不是对切充满敌意吗？"德·丽尔夫人小心翼翼地坐在副驾驶位置上，好奇地打量着车内的装饰。没有车速表，没有转速表，没有油量表、里程表、机油压力表、气压表……一个也没有。她直冒冷汗。

"可恨的偶像。不矛盾。"外乡人找出一盘旧磁带，塞进录音机里，"克林特·克莱克的歌，喜欢吗？"

"当然。"

一个嘶哑苍凉的男低音舒缓地流淌出来，这音乐怎么这么耳熟呢？德·丽尔夫人偷望外乡人的侧面轮廓，阳光给他冷峻若削的脸颊笼上一层金边，那硬线条显得柔和了不少。

"你这车上什么也没有，你怎么……我是说，这安全吗？"德·丽尔夫人怯怯地问道，她想起自己年轻的时候，也是这样羞涩地问她崇拜的切一些白痴问题。

"眼睛会受欺骗，耳朵不会。用耳朵去听，变速箱内齿轮的啮合声是这个世界最美妙的声音。"

"你用香水？"德·丽尔夫人饶有兴致地打量着他，似乎不相信这个粗犷的男人也会使用香水，还是可爱的橘子味。

"香水？不，空气清新剂而已，这辆车有恶心的血腥味。"

"血腥味？"德·丽尔夫人不安地在座椅上扭动屁股。这棕红色的手工皮革椅套似乎无处不隐藏着血色的罪恶，掉漆的镀铬件反射着森森白光。

外乡人笑了："不是谋杀案，一次普通的交通事故而已。"

但敏感的女人很快有了新的担心："你确信你的车技没有问题？"

外乡人扳开锈迹斑斑的金属板，从里面扯出两根电线，只听见"砰"的一声，火花四射，引擎便轰隆隆地启动了。

"你觉得呢？"外乡人转头问她。

德·丽尔夫人耸耸肩，没有回答，心里却暗暗叫苦：天哪！是什么让我上了他的破车？见鬼！

鲜亮的保时捷窜到老宾利的旁边，红头发伸出一只手："伙计，可以出发了吗？"

西部慷慨的阳光斜射在这个寂静的小镇上，红褐色的山峦光秃秃的，光影在沟壑遍布的山体上游走，公路两旁稀稀落落的三角叶杨耷拉着几片枯叶，几乎没有风。三条公路在小镇的西头合拢，两辆对比鲜明的车对峙在岔路口。陆陆续续有人从小镇仅有的几幢建筑走出来，会集在这并不宽敞的岔路口，交头接耳。

"也许你应该下车检查一下车况，比如查看一下弹簧上的楔片，紧紧轮胎上的螺母什么的。"德·丽尔夫人看着窗外，红头发的几个朋友正扬着扳手，围拢在保时捷的旁边，上上下下地忙活。

外乡人没有回答，他的视线盯在正前方，似乎想用他的眼神杀死挡风窗上的一只苍蝇。

突然，车窗处出现了一个鬼脸，德·丽尔夫人惊得一退。

"滚开！老酒鬼。"她气急败坏地把糟老头的头往窗外推。

"我有话要跟小伙子说。"老头皮笑肉不笑地说，下嘴唇上挂着涎水，那满口的暴烈酒气令她作呕。

外乡人露出略为惊讶的表情："请讲。"

老头却示意他把头伸过来。

外乡人别扭地侧过他宽阔的肩膀，两个奇怪的男人就这样在德·丽尔夫人面前交流着什么。近在咫尺，她却一个字也没听清，但那老头的表情无疑是威胁与警告。

"他讲什么？"德·丽尔夫人摇上车窗。

"他让我把他的酒账付了。"外乡人回了她一个孩子般的笑脸。

"你被骗了。"德·丽尔夫人同情地望着他。

"怎么讲？"

"你听说过有那么一种人吗？没有工作，不务正业，专门在酒吧推销他们悲惨的人生，然后博取同情与酒钱，他就是那样一个人。"

"我没有听过他的故事，但我觉得为他付酒账是划算的。"

还很嫩，她心想。不知怎么，有一种叫作愁绪的东西悄悄笼上她的眉间，她开始担心什么，害怕什么，怜悯什么。年轻人，在这里年轻是最大的错误，懂吗？她想起了切，那个 25 岁便名噪天下、不可一世的切，他死的时候才 33 岁。有人说他的死只是意外，但她知道那绝不是意外，那是一个阴谋。唉，20 年过去了，回忆这些干什么呢？她有些咒怨自己，目光却落在外乡人的肩膀上，久久没有移开。

天色暗下来了，高原的阳光消退得像响尾蛇一样迅速，逐渐浓重的夜幕加重了她内心的忧郁。

"还等什么，胆小鬼？"红头发亚当朝车窗外吐了口唾沫。

"你先，674 号公路。"外乡人面无表情地回答。

"674 号？"亚当不敢相信自己的耳朵，在轰鸣的引擎声中，他撕破喉咙喊道，"那是条死路！"

外乡人没有回答，只是冷冷地笑着。

红头发亚当把口香糖狠狠拍在后视镜上："老子奉陪！"

保时捷像一条猩红的火舌喷了出去，卷起铺天盖地的尘土，空气里充斥着汽油味和焦糊的橡胶味。灰白色的宾利低吼一声，轮胎发出惨烈的嘶鸣，震得地面簌簌抖动。德·丽尔夫人上身猛一下撞在椅背上，一种令人窒息的压迫感扑面而来，她的喉咙里蹦出一个尖细的声音："你还是小姑娘吗？"她不禁有点懊恼了。其实没有人能听到她的声音，高达 150 分贝的噪声早已堵塞了所有人的耳孔。

世界在顷刻间变得模糊，窗外三角叶杨嗖嗖飞过。此刻，它们的影子紧密得就像自行车轮上旋转的辐条。颠簸与喧嚣中她终于明白了许多问题的答案：为什么不装转速表，为什么不装 GPS，为什么不装车控电脑……这些问题的答案是如此清晰，因为你的眼睛根本来不及关注这些，就连一眨眼、一侧目，都可能让汽车瞬间陷入失控。对手车尾甩下的尘雾遮蔽你的视线，层出不穷的弯道紧逼上来，你甚至来不及喘息，你所要做的便是紧盯路面——它就像一条暴戾恣睢的蟒蛇，不停地扭动身躯，时不时回头吐出冷飕飕的毒信子：一个高坎，一个水坑，或者干脆一道悬崖。

德·丽尔夫人的手指深深陷进座椅，胸口被安全带勒得生疼。她心有余悸地将视线从窗外收回，垂落到她的车手身上。他在想什么？也许此刻，只有这个还有一丝生疏感的年轻人才能带给她些许平静。

前面的车尾灯陡然亮了，现在是黑夜。加利福尼亚州的黑夜浓得像墨汁，它很贪婪，很饥饿，似在发出咕噜咕噜的胃的蠕动声。那灼目的血红车灯突然模糊了，不，是变大了。疲惫的对手放慢了车速。他害怕了？外乡人转转干涩的眼球，腹底涌出一个带胃酸味的咆哮：来吧！

前方的车子突然发生一个异动，一个女孩的尖叫声刺破夜空。外乡人的面色陡然变得凝重，他想起保时捷上还有一个妖艳的女孩，那种不谙世事却强作世故的孩子，她不应在车上。千万不要迷恋一个车手，速度是这个世界上最不可靠的东西。它就像吗啡，把你抛向高空，当你重回大地时才发现，一切都已经碎了。

他恍惚看见了红头发亚当的操作：松开刹车踏板，入弯的一瞬，左晃方向盘，车头一沉，再闪电般地大幅右转方向盘。保时捷整个车身横着滑过去，轮胎啮噬着沙石地面，剧烈的刹车声穿刺着耳膜，泥沙四溅。

漂亮的操纵！

"不要相信漂移。"外乡人想起父亲的忠告，"弯角是为抓地跑法而准备的，漂移永远比抓地跑法更慢。"

"坐稳了。"外乡人说。德·丽尔夫人纤细的脖子猛地倒向外乡人的肩膀，所有的禁忌与矜持都在一刹那崩溃，有个魔鬼般的声音说：让车和人一起摇滚吧！尖叫声像洪水决堤而出，撕心裂肺，吞没一切——很久没有这么吼过了。

"弯道已经过了。"外乡人冷静地说。

她汗涔涔地坐正身子，双腮火烫。真羞耻，她看到了玻璃上的自己。

"前面那辆车呢？"她问。

"在后面。"

红头发亚当怒不可遏地捶了一拳转速表："平生第一次被人超了弯！"

他的女朋友无力安抚他的愤怒，她被颠了个七荤八素，保时捷的豪华车厢被她吐了个一塌糊涂。

他左右扳动方向盘，却发现前面的宾利忽左忽右，亲密地堵在他面前，两条车轨缠绵得不可开交，使他无法超车。

"踢你屁股！"红头发亚当咆哮道，回头一看他有气无力的女朋友，又无奈地松开了油门踏板上的脚。他焦灼地瞥了一眼窗外，前车的尾灯光柱正好扫过这一片天空，他的瞳孔突了出来："那是什么？"红头发惊恐的声音迅速被深不可测的夜空吞没了。

仿佛一种冥冥中的感应，前面宾利的前轮突然抱死，在路面硬生生地犁出两道深沟。德·丽尔夫人觉得自己的心似要飞出挡风玻璃，却又被安全带扯了回来。

"发生了什么？"

回答她的是一声巨响，她看得真真切切，正前方摔下一个庞然大物，把路面撞出一个大窟窿，金属零件四处飞散，其中一个把宾利的挡风玻璃砸出一朵拳头大的雪花。

从天而降的是那辆色彩艳丽的保时捷，它的车前灯依旧忠实地工作着，斜射向漆黑的天空；车尾则摔了个稀巴烂，前轮兀自在半截斜支着的断轴上旋转着。

外乡人从残骸中拖出血肉模糊的红头发，把抽泣的他塞进宾利的车尾厢。

"她死了！她死了！"红头发亚当张牙舞爪地要与外乡人拼命，但很快被轻易地制伏了。外乡人检查了保时捷，那个女孩已经没气了。

外乡人怔怔地伫立良久。他想起三岔口老酒鬼的忠告，不禁问自己："那种不可一世的自信、争勇斗狠的张狂是否来得正常？我还能继续前进吗？或者我还可以掉转车头？"但是车后的景象让他凄然一笑，尾灯所指示的方向分明是黑黢黢的深渊，后轮胎甚至是悬空的。

"啊，那里！"德·丽尔夫人颤抖着伸出手臂。外乡人顺着她指的方向望去，正好看到一个黑影经过保时捷前车灯的光柱。那是一辆漆黑如墨的双座跑车，它在窄小的光柱里转瞬即逝，但它的红色尾灯依旧留在夜色中，忽明忽灭。外乡人明白了什么，迅速登车启动引擎，向那辆幽灵般的车追去。

这是个漫长的夜晚。外乡人记得很清楚，卫星地图上显示 674 号公路只有区区 270 千米长，但他的宾利却以 160 千米的时速行驶了整整一晚，火花不停地从引擎盖边上蹦出来，火花塞"噗噗噗"地呛咳着。很多次他几乎已经被黑色跑车甩掉了，但不久，那红色的尾灯又及时亮起，像是暮色里缥缥缈缈的亚历山大灯塔。天微微亮时，它又隐没在晨光之中。它就像是一个怪梦，消退得无影无踪，让清醒过来的他禁不住怀疑那是幻觉。

宾利跌跌撞撞地回到卡里寇镇，它的引擎爆掉了六个汽缸，引擎盖已经灼红了，烫得可以点燃香烟。外乡人怔怔地坐在驾驶座上，沉浸在迷惘的思绪之中。红头发拼命地踢车尾厢，外乡人却浑然不觉。

"柠檬味？这车厢里有柠檬味。"德·丽尔夫人突然肯定地说。

外乡人缓缓地扭过头来："你确定不是橘子味？"

没有人能真实地描述这场夜幕下的惊魂追逐，三个亲历者回来后居然都病倒了。很难用恐惧和精神上的刺激来解释他们莫名其妙的病症。他们的胃口变大了，身子却在急剧消瘦，像是有幽灵在悄悄摄取他们的魂魄与营养。

雷耶博士带走了他们——这个小镇上每一个濒临死亡的人都会被交给雷耶博士，他是唯一的牧师。在雷耶博士的精神治疗与老酒鬼的悉心照料下，他们竟奇迹般地恢复了健康。或许雷耶博士还有另一个职业：医生。

"真不知道该如何感谢您。"外乡人真诚地说。

"感谢死神吧，感谢它没有带走你。"雷耶博士埋头在一堆玻璃仪器中，娴熟地配制着溶液。仪器上空弥漫着可疑的白汽，蒸发皿里黄绿色的液体沸腾着，泛出油亮的泡泡，泡泡破碎之后，便有刺鼻的气味溢出。外乡人把目光从那不知名液体上收回，落在雷耶博士长满肉疣的丑脸上。

"死神也开车吗？"外乡人似笑非笑地问。

雷耶博士的目光盯在他的滴管上，似乎没有听见这句话。外乡人走近博士的工作桌，饶有兴致地观察着他的工作。

"你是历史上第二个成功跑完 674 号公路的人。第一个，想必你已经熟知他的故事……"

"可是他付出了生命。"

"那只是个意外。"博士举起一个锥形瓶，在眼前耐心地晃动着。

"不，这个世界有太多追逐的游戏，一毫秒的领先也许需要用一生来偿付。这样的速度又有何意义呢？"外乡人平静地说。

"不！"博士把毛细管插入溶液，"生活中的交通规则对于一个车手来说是不适用的。在车手的词典里只有一个词：超车！"

似乎有什么触动了外乡人的内心，他安静地伫立着。

博士从壁炉里取出一个火红的玻璃半成品，用铁钳夹住瓶颈："我需要一个水冷循环器，你可以帮我一个忙吗？"

外乡人帮博士夹住瓶身，博士则用凿子在瓶身钻了个孔，然后，用另一把铁钳夹住瓶颈。瓶身里的热水流经瓶颈，被瓶外冷空气冷却，再次进入瓶身，冷却瓶身内的热水，最后从瓶底流出，真是完美的设计。外乡人痴痴地欣赏着博士的玻璃工艺，心想老头子真是个多面手。但他很快发现这个水冷循环器不能工作，因为瓶颈要进入瓶身不得不在瓶身上凿个孔，但这样在水压下，热水会溢出。外乡人困惑地望向博士。

博士似乎读懂了他的心思，说："只是实验品，没有应用价值。我这辈子无时无刻不在与这个我所寄居的世界抗争着，但都失败了。原因很简单，因为我生活在这里。深陷泥潭的人不可能攀自己的鞋帮来自救。其实你也一样。"

"我?"

"不错。对于一个赛车手来说，他也是在与摩擦之源——这个人类生活其中的世界努力抗争着。他想超越，他想达到极速，可他不是一个光子。20世纪有个想与时间过不去的老头创立了相对论，让人看到了时间倒流的希望。现代科学否定了这种可能性，但肯定了另一种与时间赛跑的方法——我们回不到过去，但我们可以跳跃到将来。一个处于较高速运动状态的物体的时间流逝得比较低速的参考者更慢，从这层意义上，我们是活在将来，不是吗？"博士咧嘴笑了，但这笑有几分怆然。正确的理论反照着可怜的现实，一个每天以F1赛车速度运动的车手的时滞效应累积起来也不会超过一毫秒吧。但是博士的话里暗示着一种象征、一个车手生命意义的证明。

"你从前也是一名车手？"外乡人突然发问，因为他刚才注意到博士在忘情的演说中使用了"我们"。

博士从满脸红光的亢奋中恢复常态，冷冰冰地回答："我是一名牧师，我不希望再次重复这句话。"他把一台电泳仪器的线路装好，打开电源，玻璃容器里的溶液陡然变得浑浊，胶体颗粒在其中游弋。

"你在进行一项实验？"外乡人迟疑地问道。

"我曾说过，我爱好广泛。"博士仔细观察着玻璃器里的温度计，"缓冲液对温度要求苛刻，而人体温度对恒温环境构成了糟糕的干扰……"博士撤灭了房间里的灯。

外乡人明白自己在这里不再受欢迎，便恭敬地告辞了。

"你害死了她！你害死了她！"红头发亚当像一头发怒的公牛，气势汹汹地挥拳冲过来。外乡人躲开他的重拳，就势把他摔在地上。但亚当的狐朋狗友迅速拿着酒瓶扑上来，一阵乱打。外乡人寡不敌众，被打倒在地。红头发亚当从地上爬起来，揪住外乡人的硬衣领，用膝盖顶住他的小腹，恶狠狠地说："帅哥，大爷不在乎在警察局的案卷上添一笔新债。今天，我非得揍你一顿不可！"

"放手！"人群外一个低沉的声音呵斥道。众人回头一看，居然是那老酒鬼。

"滚开！"亚当甩过去一砖头，却被看似颓唐的老头机灵地躲开了。

一个留着莫西干头的朋克青年狞笑着走过去。"哎哟！"这个人高马大的家伙转瞬间就痛苦地歪倒在地，哀声求饶。老头有力的手指掐在他虎口上。

"放开他，他救了你，你却执迷不悟。"老酒鬼威严地说。

亚当迟疑片刻，尖叫道："要不是他用下三烂的手段堵在我车前，我的车怎么会失控？"

"要不是他用车限制了你的车速，恐怕你早已一命呜呼了！"

红头发怔怔地松开手，外乡人没事人似的揩干嘴角的血迹，缓缓地蹲了下去——因为他看见人群外一双焦灼的眸子。

"我不信，我不信！我怎么会失手？才160多千米的时速，我会控制不住？"亚当痛苦地摇着头，那晚噩梦般的情景像一条冰冷的蛇爬上他的后背。

"你的失控是因为你看到了不该看的东西。你自己想想你那晚看到了什么！"老酒鬼严厉地诘问道。

"不，不，我什么也没看见。我，呜……我什么也想不起来了。"亚当双手抓着头发，坐在地上，号啕大哭起来。他的伙伴面面相觑，手足无措。

"他到底看到了什么？"外乡人走出人群，轻声问老酒鬼。

"山、树、戈壁，加州大漠风景而已。"老酒鬼似笑非笑地回答。

外乡人一愣："可是……"

外乡人想要追问什么，但老酒鬼已踉踉跄跄地走远，扬着一个方形铁皮酒罐冲德·丽尔夫人邪邪一笑："老板娘，酒账记他的。"

"你不该来这里。"德·丽尔夫人轻轻揩拭外乡人脸上的血迹。

"674号公路是赛车的圣地，而我是一名车手。"外乡人脸上挂着几分年少轻狂，眺望着远方。在热浪的炙烤下，地平线像青烟一般扭动着。

"不，你不是。"德·丽尔夫人用黝黑的眸子凝视他游离的目光，肯定地说。

"不错，我得承认，德·丽尔夫人也是卡里寇小镇的魅力之一。"外乡人眨了眨眼，便一瘸一拐地向酒吧走去。

德·丽尔夫人望着他的背影，发了会儿呆。他绝不是一名红头发亚当式的车手，因为他的理想里少了分狂热，透着一股与他年龄不相称的镇静。

虽然外乡人恢复了健康，但他还得与德·丽尔、亚当一同定期接受雷耶博士的药物注射。

"博士，卡里寇小镇有图书馆吗？我来的时候路过教堂祷告间，发现里面堆满了书籍。"外乡人一面配合老酒鬼的全面检查，一面问雷耶博士。

"教堂里确有一间图书室，要知道卡里寇矿工的儿女们也得接受教育。你对哪方面的知识感兴趣呢？"

"关于本镇历史、风土、人情方面的。如果可以的话，我想在里面待上一个下午。"

"没有问题。"雷耶博士背对着他对亚当进行着检查，"但是，出于对你的健康负责，你最好信任我的治疗，不要偷偷地把针头拔下来。"

外乡人讪讪地从口袋里掏出一个小瓶子："小时候我就不喜欢打针，尤其是这种要在躺椅上待一整天的点滴，所以我偷装了一小瓶，我还以为直接喝下去也能治病呢。"

"不必解释！"博士转过头用意味深长的目光望着他，"只是葡萄糖溶液。"

"我知道，抱歉。"外乡人羞愧地垂下头去。

"好奇心是无济于事的，年轻人。以后我们打交道的日子还长着呢，你明白我的意思吗？因为你需要我，你离开我，或者卡里寇小镇，只会死路一条！"博士慈祥的目光突然射出寒光，连一旁迷惑不解的德·丽尔夫人和亚当都被那股逼人的寒意刺得全身发毛。

　　1849年，一队寻找金矿的牛仔误入美国内华达山脉东麓的一块长208千米、宽8到18千米的山间盆地，几经磨难，方才脱险。从此，"死亡谷"之名不胫而走。死亡谷是北美最干燥的地方，年降水量不足100毫米。它又是全美最热的地方，最高气温达56.6摄氏度。而死亡谷中最与众不同的还要算它的石头：有人发现谷中的石头竟像动物一样能够爬动。1969年，科学家们对谷中石头进行仔细观察后发现，所有的石头在一年中都离开了原来的位置，移动距离最大达364米。是什么力量赋予了石头神奇的生命呢？

　　后来，一些采矿者在这一带发现了金、银、铜等各种矿产，到19世纪80年代，又在这里发现了硼砂。不少人前来此地开采，时至今日还可以看到当年硼砂厂的废墟。至于炭窑，则大约建于1875年。炭窑的修筑主要是为了提炼矿石中的纯银。10个窑一列排开，平均高度为63厘米，直径约76厘米。炭窑的外形就像是东正教建筑的圆形尖顶，迄今窑洞内部仿佛仍隐约可以闻到燃烧杜松的气味。因此在那一段期间死亡谷还出现了小市镇，卡里寇是其中最大的一个。

　　卡里寇位于死亡谷西北缘，毗邻莫哈韦沙漠，原是印第安保留地。1881年，大量采矿工人会集此地，在福克斯河畔建立了卡里寇小镇。卡里寇鼎盛时期有20多家酒馆，皮革厂、蜡烛作坊、铁匠铺、消防队一应俱全。卡里寇镇原有崎岖小径攀附于大峡谷、河谷边沿，通至 107 千米外的白银谷，后来拓荒者把小径加宽重建，铺以沙石，命名为 674 号公路。但因为公路弯急路险，地质条件复杂，建设之初便缺乏实地勘测与规划，投入使用后多有交通事故发生，不久便被废置。采矿工人宁愿绕道卡林硼砂矿、福克斯镇，再辗转至白银谷。

外乡人合上《美国西部小镇旅游词典》，目光在一排排书脊上游走，突然停留在书架最顶层一摞牛皮纸包装的案卷上。他取下案卷，拭去密布的尘埃，一行蓝黑墨水字迹映入眼帘。墨水里的金属色素氧化后，字迹已经像水浸过般变得漫漶不清，但依稀还可以辨认出封面上的几个单词，"674 号公路""交通记录"等，记录者不明。

　　1909 年 5 月 13 日；车型：福特；车牌号：RMBRWTC911；罹难者：北星矿业公司老板亨利·莱斯；失事原因：不详。

　　1933 年 6 月 19 日；车型：道奇货车；车牌号：GEORGE51237；罹难者：路易斯·卡罗琳，阿尔卡特·甄尼；幸存者：山姆·道格拉斯；失事原因：仪表失常，车体倒置……

　　1935 年 9 月 9 日；车型：普利茅斯；车牌号：LANDOFLIN-COLN1984；幸存者：亨利·利蓝；失事原因：换挡时发动机熄火，仪表不灵……

外乡人合上卷宗，小心地把它复归原位，重新抹上一层厚灰。然后，他移开靠里墙的一排书架。突然，书架后一个胡桃木相框撞进他的视线，他按部就班的动作凝固了。他打燃打火机凑到相框前，看到上面写着：1954，纽博格林。照片中的男人站在一辆赛车前，高举着香槟。照片已经非常陈旧，霉菌与水汽侵蚀了它的表面，但照片上那辆漆黑的赛车依旧反射着白冷的光，寒意透过玻璃镜面，让他看得出神。

　　外乡人从牛皮靴里取出一把短小的匕首，小心翼翼地刮掉地板砖缝隙里的石灰，没多久工夫，便取下了一块地板砖。他敲了敲地板砖下的水泥，传来中空的脆音。外乡人用肩膀蹭蹭腮帮，露出欣慰的笑。他用盖书架的布一层层包裹铁锤，对着那块正方形区域砸下去。在沉闷的崩裂声中，水泥块碎了。外乡人细心地搬开水泥块，以防止它们下坠到地下室发出刺耳的撞击声。外乡人清理出一个30厘米见方的窟窿，灵活地攀爬了下去。他对自己的方位感非常自信，他甚至能判断出自己着地的位置。

　　地下室里堆满了汽车零件，而且一团漆黑，要找一个合适的着陆点还真不容易。外乡人踩在一个变速箱上，"铿"的一声打燃他的打火机。在那团昏黄的光晕里，他的目光迅速扑到角落里一张很大的帆布上。这光亮虽然幽微，但是那帆布下展露的漆黑一角仍旧显示着令人肃然起敬的威仪。外乡人走近那个庞然大物时步子有一点跟跄，靴子不时碰上四下散落的金属零件——他明白自己是在逼近一个传奇、一个真相，他已经顾不得那么多了。

　　外乡人颤抖着抓起帆布一角，以牛仔甩套绳的姿势掀起了它。在漫天飞舞的尘埃中，一辆纯黑双座跑车赫然入目。这辆可敬的美国跑车鼻祖——克尔维特制造于1953年，几十年过去了，它光洁的表面仍旧像刚出厂时那般崭新锃亮，昏暗的地下室因它的存在而显得明亮一些。它拥有一个庞大的轮距，轮拱近乎夸张地向外抛起，一个巨大的扰流尾装在车身后部以提供更强的高速稳定性能。发动机盖板上，"鲨鱼嘴"进气栅格就像一头猛兽翻着鼻孔，高尾鳍式车尾翼嚣张地耸起，就像在嘲笑不自量力的追赶者。蛮横无理的正宗美式跑车，原始的机械结构，锋利的线条，令人心悸的大排量引擎，不可一世的马力与扭矩，它浑身每一个零件都在诠释简单粗暴的设计理念。外乡人静静地欣赏着这头猛兽，似乎听到了它撕破空气的咆哮。

"该结束了。"一个苍凉的声音响起。车尾灯应声而亮，刺目的光柱让外乡人目眩神迷。这辆本应陈列在汽车博物馆的经典跑车突然从沉睡中苏醒，引擎的轰鸣震得地下室顶棚的尘土纷纷坠地。

雷耶博士从车窗里探出头来："你是个好车手，但不是一个好警官。当我的引擎启动，没人能追上我，没人！"

外乡人微微抖动嘴唇："莫尔斯警长与他昔日的伙计们正在教堂外的每一个方向恭候着您。博士，不，尊敬的杰克·汉弥尔顿先生。"

"莫尔斯警长？"

"曾经被你在 674 号公路上戏耍过的莫尔斯警长先生，他是您的老朋友，他托我给您带个口信，感谢您 30 年来为他垫付的酒账。"

博士斑白的胡子里蹦出"哼"的一声："你以为那群蠢猪也可以围剿我？"

话音未落，"轰"的一声巨响，面朝公路的那堵墙颓然崩塌，在克尔维特致命的动力下，13 厘米厚的砖墙像泡沫板一样不堪一击。转瞬之间，克尔维特已狂奔在空寂的旷野之中。排成群狼阵形的警车啸叫着围追堵截。三岔路口，克尔维特急刹在 674 号公路口画着骷髅头的警示牌前，像一头决绝的斗兽，昂首向它的仇敌告别。

警车们闪出一条笔直的通道，灰白色的宾利狂飙猛进至最前沿，闻讯而来的 CNN（美国有限电视新闻网）记者的镁光灯也无法追踪它风驰电掣般的速度，他们的底片上遗憾地拖曳出长长的尾迹。宾利在克尔维特后 50 米停住了。

"30 年前，那辆幽灵般的克尔维特便是从这条 674 号公路上神秘地消失的，今天，它重现江湖，速度依旧那么地恐怖。"CNN（美国有限电视新闻网）记者紧锣密鼓地对着摄像机报道着。

在簇拥过来的话筒前，曾经的莫尔斯警长、今天的老酒鬼那张恐怖的脸笑得面目全非。

"莫尔斯警长，您是怎么发现克尔维特的踪影的？30年来您一直在锲而不舍地寻找这条漏网之鱼吗？"

"莫尔斯警长，观众朋友对30年前杰克·汉弥尔顿那次蹊跷的逃脱很感兴趣，您能详细为我们介绍一下当年的情形吗？"

"警长先生，您曾经因为那次失败的抓捕被当局处分。请问，这一事件是否影响到您的人生？还有您后来曾在674号公路上遭遇不幸的车祸，请问这一车祸真实的情形您还记得吗？"

…………

"不，请不要称呼我警长先生，我现在并无任何公职在身，现在我是酒鬼莫尔斯，他们都这样叫我。我与杰克·汉弥尔顿过不去，是出于一段私人恩怨。当年，杰克这个浑蛋从我的手掌中侥幸逃脱，给我的职业生涯带来了灾难性的后果。而后来，我在674号公路遭遇车祸，又是杰克先生救了我的小命。所以，我与他有一段说不清道不明的过节。"老酒鬼抿了口酒，蒜头鼻上泛出红潮，一段陈年往事涌上心头，就像一个腹底泛出的酒嗝一般充斥着复杂的气味。

外乡人示意警车停止警鸣，这午夜的小镇立刻陷入了地狱般的宁静。

30多年前，两个传奇车手如双子星横空出世，赛车界无法评价两人的优劣。正如有人偏爱简单粗暴的美式车，有人偏爱操作性能优异的日系车。杰克·汉弥尔顿与阿弗莱·切便是赛车领域的两个美的极致。杰克·汉弥尔顿像狼嗜血般迷恋速度，他的车采用压缩能力巨大的单涡轮，他毫不在乎低转速下的涡轮迟滞效应。一旦他的车进入直赛道，在单涡轮令人恐惧的压缩能力下，低转不足的差距在高转时可以轻易挽回。阿弗莱·切是弯道之王，他的车排斥一切现代电子辅助设备，甚至在高科技多气门引擎大行其道的时代，仍旧义无反顾地坚持使用旧式推杆式V8引擎。为了追求赛车转弯时的灵敏性，他完全不考虑一个车手所能承受的颠簸极限，而使用硬得不能再硬的弹簧以减小车身的侧向滚动。杰克·汉弥尔顿与阿弗莱·切，谁才是那个时代的速度之王？纽博格林耐力赛成为两人正面碰撞的第一站。那次盛况空前的角逐中，杰克·汉弥尔顿赢得了胜利。阿弗莱·切在逼近终点的一刹那赛车失控，撞上了轮胎防护墙，差点丧了命。但20天后，杰克·汉弥尔顿被剥夺了冠军资格，并被指控蓄意谋杀。原来，机械师出身的他赛前在阿弗莱·切的车上做了手脚。从此，杰克·汉弥尔顿开着他漆黑的克尔维特踏上了逃亡的不归路……

加州的莫尔斯警长在卡里寇小镇发现了杰克的踪影，这才有了CNN（美国有限电视新闻网）追踪报道的那场惊心动魄的荒野大追捕。10年后，名噪天下的车王阿弗莱·切慕名来到674号公路，在直升机的跟踪拍摄下，他以高超绝伦的弯道技术跑完了全程。但他完成这一壮举不久，便莫名其妙地撞上一辆野营归来的校车，七名可爱的四年级学生因此不幸遇难。阿弗莱·切以这样不光彩的方式结束了他传奇的一生，以车技闻名于世的他竟然丧生于车祸，这真是个莫大的讽刺。没有人思考过这讽刺下更深一层的意义，除了他的儿子，那一年，他九岁。

外乡人从一名警官手里拿过扩音器，冷静地问道："你为什么要救我？我认出了它，那天晚上是它引领我跑完了674号公路。"

一阵怆恻的狂笑在夜空里飘荡，就像是魔鬼的嘲讽：笑声过后的嗓音却又恢复了一个牧师才有的悲悯与慈爱："因为你是一名车手。我相信任何一名伟大的赛车手都不愿自己的后视镜里寥无人迹，他渴望有人同道，甚至赶超自己！"

"可是，你差点谋杀了我父亲！"外乡人手里的扩音器微微颤抖着。

"不是差点，是已经。你以为切是怎么死的？哈哈哈哈，他为什么莫名其妙来到卡里寇镇？是想像开宝马的毛头小子那样兜风吗？当然不。是我给他下了战书，这才策动了他来向魔鬼的跑道挑战。他真蠢，他难道不知道除了我之外，这个世界没人能驾驭674号公路吗？他试图挡在我前面，我欣赏他，但是我绝不能容忍有人比我更快，在纽博格林不行！在巴纳维亚盐滩不行！在 674 号公路，更不行！当然，那是许久以前的事了，那个年少轻狂的年代……事实上，我第一眼便知道了你的身份，因为我认出了他的车。"老杰克的声音像河谷里斗折直下的湍流淌入宽阔的平原，变得波澜不惊，就像一个阅尽沧桑的人，言谈中不再有爱、恨、遗憾与向往，只有淡而悠长的平静。

"不管怎样，我感谢你救了我，还有那特制的葡萄糖。"外乡人的言辞中不无讥诮之意。

"黑色克尔维特"没有回答，片刻后，他说："很好，你已经发现了那个秘密。有个伟人说过，你不能在所有的时间欺瞒所有人，更何况是这么一个机灵的脑袋。我曾告诫你，改装是多余的，一辆外表寒碜的宾利，也注定拥有一种与生俱来的贵族气质。而我，用强酸溶液腐蚀了自己的容貌，却腐蚀不了那颗迷恋速度的心脏。那确是特制的葡萄糖液，经过手性分离后的葡萄糖，因为你们的身体并不能吸收普通营养物质。"

四下一片哗然，了解内情的人纷纷交头接耳，原来那奇怪的病症是因为身体不能吸收普通营养物质。可是，为什么会这样？

"是什么启发了你，年轻人？"老杰克问道。

"我父亲的车祸。那时，他的死带给我家的除了巨额的赔偿债务，还有巨大的耻辱：车手家族竟然要为一起恶性交通事故负全责。我恨我父亲！直到后来我长大成人，才慢慢明白一些事理，我想，以我父亲镇静沉稳的驾车方式，那次事故肯定隐藏着什么。于是，我参考现场照片，用石膏复制了车祸时宾利里的情形，结果发现，我的父亲变成了一个左撇子，他在急转弯时偏错了方向。我推测，一定是他的身体发生了什么变化……"

现场寂静得只听见 CNN（美国有限电视新闻网）的录音设备工作的"沙沙"声，新闻栏目负责人龇牙咧嘴地冲他的手下做着手势。

"为了亲身体验我父亲所经历的变化，我决定重温父亲的纪录，这便是我来到卡里寇镇的原因。父亲曾告诫我，在一条危险的跑道上应采用低的底盘。谁都知道，低底盘有利于操控，但是车身高度还受限于另一个因素：空气动力。我很怀疑父亲的经验，因为气流从汽车上部流过和从底部流过的速度差造成了下压力，如果底盘离地间隙过小，会造成气流不能顺畅流过。也就是说，这是以牺牲速度的代价换来赛车的稳定性。后来我才明白父亲的告诫，速度并不是最重要的，让轮胎死死抓住地面才是至关重要的。正因为我使用了很低的底盘，才让我避免了亚当从高空跌下的厄运。要知道，674 号公路是一条'空中索道'，它甚至根本不属于我们这个世界……"

"喂喂喂，小伙子，这不是'天方夜谭'节目。"新闻栏目负责人暗暗叫苦，这话越说越离谱了。

"他不仅要感谢他的父亲，还得谢谢我。"老酒鬼莫尔斯对德·丽尔夫人神经兮兮地说。

"为什么？"

"是我忠告他要在夜幕里驾驭 674 号公路。"

"夜晚岂不是更危险？"

"不。如果你了解到 674 号公路是长在天上的话就不会这样认为了。有时候蒙着眼睛过钢丝比睁开眼更安全，不是吗？"

"长在天上？"德·丽尔夫人一脸茫然。她想起那辆在光柱里一闪而逝的幽灵车，它似乎也行驶在天上。

"没错，如果是白天的话，你会发现自己就好像行驶在天花板上，戈壁与天空倒置了。"

他喝醉了吗？德·丽尔夫人怀疑地打量双眼迷离的老酒鬼，问："那你是怎么知道的？"

老酒鬼摸了摸自己惨不忍睹的脸，皮笑肉不笑地说："这便是我与

674号公路亲热时留下的纪念。至于这公路为什么长成这样，我也不知道。"他自言自语道，"太奇怪了，这又不是过山车。"这是他30年未解的疑惑。

外乡人对四周的议论置之一笑，接着说："我查阅了这条公路上自1883年来所有交通事故的卷宗，结果从少数几个幸存者的笔录中发现一个现象，那就是所有失事的车都出现了仪表失常现象，指针指向莫名其妙的红线区域一动不动。另一个来自《美国加州地质调查》的发现是，在这片内华达山脉东麓的三角盆地里，存在一个极大的磁异常。这个磁异常也许便是仪表失灵的原因，死亡谷石头的奇怪自移现象也可以得到解释，如果那些是铁磁性石头的话。但这还只是674号公路奇妙特性中微不足道的一个。"

克尔维特传来沉重的呼吸声，似乎连老杰克也被外乡人神奇的叙述吸引住了。

"就像一个玻璃球在天鹅绒桌面上滚动，它的底下会出现一个小坑一样。20世纪的物理学表明，我们的宇宙空间也是弹性的，一个质量巨大的天体会在其周围形成一个黎曼几何描述的'小坑'。在这个小坑内光线发生了弯曲。同样，在674号公路之下这个强大的磁性能量场里，表现出了一些奇异的拓扑性质，比如，674号公路弯成了一个莫比乌斯环。"

莫比乌斯环？这是魔术师经常玩的小玩意儿，拥有很高的知名度，而外乡人也正像一个魔术师，悄悄揭开一个奇妙的帷幕。新闻栏目负责人激动得手都颤抖了。

"莫比乌斯环只有一个面，而且它是闭合的，这便是我的宾利以时速160千米行驶了一整晚仍旧没有到达尽头的原因。但674号公路并不是一个三维世界的莫比乌斯环纸带。事实上，在我们的空间设计一条莫比乌斯公路是行不通的，因为我们无法想象公路的背面是什么。而在更高的维度上，674号公路却有它的另一面，我们就像是莫比乌斯纸带上的蚂蚁，可以浑然不觉地爬到纸带的另一面去——但是前提是你最好不要看你的车窗，因为窗外倒置的景象足以让一个高超的车手神志昏眩。"

红头发亚当心悦诚服地点点头，他曾经自认为自己的车技能比肩杰克·汉弥尔顿，现在才发现自己就像是纸带上的一只蚂蚁般渺小不堪。

"是的，我们无法想象 674 号公路在四维空间里是怎样扭曲的，但是我们可以借助三维莫比乌斯纸带上的扁形虫来理解它的另一个性质。扁形虫跟我们的手套一样，不存在一个对称面可把它割成两个相同的部分，也就是说它是非对称的，手性的。让我们看看一只扁形虫沿莫比乌斯纸带爬一圈会发生什么。魔术师会告诉你，扁形虫爬一圈回到原地，它竟然会整个翻了个边，它的左脚变成了右脚，它的右触角变成了左触角。我们在三维空间固然不是扁的，但在四维的空间上，我们却是'扁'的。而且，我们也是有左右之分的，这样当你成功沿 674 号公路跑完一圈，你会发现自己整个儿颠倒了，右撇子变成了左撇子，甚至你身体内那螺旋着的氨基酸和 DNA 也转了向，以至于你的身体不再能吸收自然界的左旋氨基酸和右旋糖。所以我们这些可怜的扁形虫，不得不依靠杰克博士生产的'特殊营养液'才能苟延残喘……"

众人一片哗然，原来，博士的灵丹妙药不过是手性分离过的葡萄糖液和氨基酸而已。

"你现在明白为什么我要给杰克那浑蛋干活了吧？"老酒鬼问德·丽尔夫人。

"因为你同我们一样。"德·丽尔夫人眨眨聪慧的睫毛，"真有意思，30 年前他从你手掌里逃脱，结果后来你反倒栽在他手心里。"

酒鬼莫尔斯脸一红，气急败坏地辩解道："我忍气吞声帮他干活是为了收集他的犯罪证据，你以为我真的是个老糊涂？你以为！"

他气冲冲地跑到宾利前："还等什么，年轻人？把老杰克抓捕归案吧！"

"你以为你能跟上他的速度？"外乡人反问他。

老酒鬼摊开一张地图："我已经在各个交叉路口设下重重路障，老狐狸这次插翅难飞！"

外乡人一笑："你还想重蹈覆辙？"

老酒鬼一愣："怎讲？"

"674 号公路与这块地方的其他八条公路根本没有交点！"

"不可能！"老酒鬼指着地图。

诚然，至少有两条公路与 674 号公路交错着，看起来如此。外乡人想起那个"水冷循环器"，看起来必须在瓶身上凿个孔才能让瓶颈弯进去。在三维世界这三条公路必然是交错的，但是在更高的维度呢……

外乡人摇摇头："不要相信你的眼睛，这是你告诉我的经验。"

"可是这并非视觉错误，用数学知识也可以证明，从每个小镇到三个矿山各有一条路，总共九条路，不可能使这些路互不相交。"老酒鬼用红笔在地图上演示起来，这一刻，他一点也不糊涂。

"你的数学没错，可那是在平坦的三维空间。如果你是在莫比乌斯纸带上设计你的交通图，你会发现，的确可能存在一条路，它连通卡里寇与白银谷，可以与其他任何一条路不相交！"

老酒鬼目瞪口呆地愣在原地。

"唯一能缉捕杰克的方法只有一个。亚当，告诉这位古板的警长先生方法是什么？"外乡人微笑着说。

"噢……"亚当迷惘着，猛一拍脑袋，"当然，是甩脱，哦不，是追上他！"

"没错，追上他！"外乡人赞许地拍拍亚当的肩膀，冷不防亮出一副亮晶晶的手铐。

"啊，你！你干什么？你究竟是谁？"亚当回过神来时，他的手已经很无辜地被铐上了，而且手铐的另一头，是他绝对啃不动的老骨头：酒鬼莫尔斯。

外乡人依旧微笑着："你很讨厌的，而且很想用你的保时捷装甲屁股顶翻的本·杰明警官就是我。小子，你需要为在洛杉矶 28 次闯红灯和 13 次恶意拒捕负责。莫尔斯警长，他就交给你了。"

酒鬼莫尔斯举了举他精瘦却强壮的手臂："没问题。"

本·杰明警官朝德·丽尔夫人挥挥手："我需要你坐在我的后面。"

"姑娘们，搭错车真是一辈子的遗憾。"德·丽尔夫人小声嘀咕着，矜持地移动脚步。

"坐后面？"

"是的。我需要有双灵敏的手放在我的肩膀上，当前面出现左转弯时，便用你的左手掐我的左肩膀，右转弯时则用右手掐我的右肩膀。有位哲人说，习惯使我们的双手变得灵巧，却使头脑变得简单。我的父亲因为可怕的习惯送了命，并因此导致不可原谅的悲剧。我不想重蹈他的覆辙。"

"我明白了。对于一个高明的车手来说，一些随机应变的操纵在专业训练下变得像本能一般迅捷，但是当左右反置后，这'本能'却是极其危险的，因为这种反应根本没有经过大脑。"德·丽尔夫人长长的睫毛下明波流转。

"很对。那还得看我肩膀上的疼痛能否战胜强大的本能反应。"本意味深长地说。

"当然，老娘的手指可不是吃素的。"德·丽尔夫人笑得花枝乱颤。引擎在同一时间启动，震耳欲聋的轰鸣声让现场的气氛一下子沸腾了。其他的警车却保持着难堪的沉默，因为他们知道 674 号公路不是他们所能驾驭的跑道，传奇的杰克·汉弥尔顿更是他们望尘莫及的遥远背影。

德·丽尔夫人把手轻放在本宽厚的肩膀上，她的手指就像灵敏的探针，可以把本的内心清晰地读出来。"他真像他的父亲，我早就应该看出来……"德·丽尔夫人的心理活动很快被撕破空气的啸叫打断了。

克尔维特的轮胎在地面上疯狂地原地旋转，眨眼间便射了出去，漆黑的身躯很快便与沉沉夜幕融为一体。那是一辆魔鬼的跑车，只有在黑暗中，它才会爆发出令人望而生畏的力量。灰白色的宾利那粗大的排气管喷出愤怒的火焰，1600 转就迸发出 650 牛米的最大扭矩让它拥有一种与它的贵族血统极不相符的暴烈脾气。它化作一枚制导导弹紧紧咬住克尔维特的尾巴，身后的地平线与人群迅即像长镜头一般拉远……1954 年，美国犹他州，巴纳维亚盐滩。电子表定格在 4.996 秒，这 555 米直线距离诞生了一条崭新的纪录。福特车手、摩托车手，甚至 4000 马力 V10 柴油发动机集装箱货车司机都疯狂地与年轻的杰克拥抱，只有一个冷峻清瘦的脸庞面朝着雪白的盐泽，冷冷地笑着。

"切，你知道'雷电'战斗机的时速是多少吗？每小时 380 千米。我在 550 米距离内跑进了 5 秒，我比它快！"杰克欣喜若狂地向他的伙伴历数世界的各项记录。

"你见过蝰蛇的行进路线吗？"切挂着意味不明的笑。

"什么？"

"沙漠中的蝰蛇行进的路线，那是多少美妙的波浪形。而你，只会让你的轮胎在一望无垠的盐泽上惯性前进。看那丑陋的笔直的辙印，不觉得羞耻吗？"

杰克呆住了，庆祝的人群把香槟洒在他头上，他却浑然不觉。

"弯道上的冠军才是真正的速度之王！"切丢下这句掷地有声的话，坐进那辆与盐泽浑然一体的宾利绝尘而去，激起的细碎盐粒扑打在杰克僵硬的脸庞上，他舔到了满嘴的咸腥与苦涩。

"弯道上的冠军才是真正的速度之王！"30 多年前的那句话似乎从宽阔的盐湖泽上飘来，在这深壑空谷里激荡回响，老杰克的嘴角挤出一丝狞笑。他打开车载电脑，电脑迅速用醒目的红色标示着一个急剧的发夹形弯道。老杰克连减两个挡，右脚本能地大踩一脚刹车，克尔维特的尾部伴随一声嘶叫，向右滑移。他快速地回转方向盘，并重压油门，车后轮乖巧地恢复抓地，停止横滑，两个固特异轮胎冒着青烟，几乎变形到它的物理极限，强行制止住惯性飘移，回归到正确的路线上。

连续几个缓弯与简单直角弯后，不祥的直觉袭遍了本的全身，前面几道深深的刹车痕迹划过他的眼球。"坐稳了！"他大喝一声。

在直升机上密切跟踪的 CNN（美国有限电视新闻网）记者突然扯掉耳机，跳了起来："那小子在干什么？他的车速至少挂到四挡以上，他跟他的父亲一样是个疯子！他竟然想以全速穿过那个发夹弯！"机载雷达很快确定了宾利的车速：每小时 290 千米。

"当车达到一定加速度，人类眼球的晶状体就会像一个弹簧压缩至它的极限。这时眼睛四周的景物会模糊一片，我们只能看到两眼之间极狭小的一块，那也许就是你鼻尖上恐惧的汗珠。"30 年前父亲的声音萦绕在他的耳旁，就像变速箱内同步锁环内锥面与齿轮外锥面的摩擦音一般清晰。他毅然闭上眼睛，视网膜残留着前车尾灯的拖曳，让最后一帧嘲笑的画面见鬼去吧！他默数着三、二、一……他猛地将方向盘扭转了 270 度。

宾利发出协和客机着陆般恐怖的摩擦音，车底盘的优质空气弹簧"铿"的一声断裂了——转弯时的侧倾超出了它的弹性极限。德·丽尔夫人尖叫一声，从安全带里飞出去横撞在钢制车身上，亏得德国莫泽尔工厂优良的历史传统，特型钢的车身承受住了她的撞击。尖利的石壁棱角像电锯一般切割着宾利碳纤维的车门，德·丽尔夫人的腮帮咯吱作响，就像有一把钢锉啮噬着她可怜的牙床。窗外火花飞溅，像礼花般绚烂。

CNN（美国有限电视新闻网）记者激动地一抖，尖叫道："他成功了！他牺牲掉一扇车门，让车身与石壁强行磨合，强大的摩擦修正了宾利的路线，现在他开始全速狂飙……宾利现在就像一头尖角涂着鲜血的公牛，它前进的呼啸甚至带动了道路旁的有刺灌木丛！现在已没有什么障碍可以阻挡它的前进！它飙了！它飙了！它与克尔维特之间只剩下直线距离，直线！该死，它飙出了我们的视线……"

"你这天上飞的居然跟不上地上跑的！"新闻组负责人踢了前面的驾驶椅一脚。

飞行员很无辜地哭丧着脸："尼古拉斯·凯奇还开着福特野马甩脱过警用直升机呢。"

后视镜里一条滚滚黄尘汹涌而来，很快就将席卷充满整个镜面。杰克的脸庞滚下一颗浑浊老泪，车顶"铿"一声折叠进舱，旷野的风凶猛地灌进车厢，切割着他的脸，泪滚过的河床顿时干涸。

防抱死制动系统的制动液已然焦干，刹车无奈地发出尖厉的呜咽。呛鼻的尘埃与汽油味散尽后，车内响起一个喑哑的嗓音，伴随着震颤的吉他弦音："时间走了，一切是云烟；记忆散了，一切是少年……"

老杰克伏倒在方向盘上，肩膀微微抖动。

宾利在 50 米外戛然而止。

"让我像一个车手那样死去吧！"一个苍凉的声音在深幽空谷里飘飘荡荡。

宾利低沉有力的引擎声应声熄灭，保持着沉默。

克尔维特的四只轮胎发出破败的哀鸣，"倏"地弹射出去，深不可测的黑谷迅速吞没了它。

清晨，宾利"噗噗噗"地蹒跚归来，迎接它的是长枪短炮般严阵以待的照相机、摄像机。

"奇怪，车内的柠檬味清香又变回了橘子味。"德·丽尔夫人抽着鼻子，湿漉漉的发梢紧贴着额头，眸子深陷在眼窝里，那幽亮之中还残存着一丝惊惶余悸。

本取出一个小瓶子，微笑说："这里面装有一种叫芑烯的有机物，芑烯存在两种手性亚类，一种柠檬味，一种橘子味，橘子味意味着我们从左撇子状态又回归到了正常状态。"

德·丽尔夫人的嘴巴张成"O"状，眼睛一眨不眨地望着这个神奇的车手，似乎他浑身都在释放魔术般神秘莫测的气息。

潜入贵阳

凌晨

"贵阳，简称筑，中型城市，位于东经 106° 7′、北纬 26° 5′，海拔两千一百米，四季如春，气候宜人。贵州'天无三日晴，地无三分平，人无三分银'的说法，早已经是过去时。近年来，贵阳更作为西南旅游中枢深受中外游客的喜爱。"

放下《贵阳简介》，青年男子将目光投向窗外。那里是阳光灿烂、云海茫茫的世界，与他来的地方有几分相似。但到底相似在哪里，男子说不上来——只是记忆中一些模糊的印象轮廓，让男子觉得亲切而已。其实亲切这种感觉对他完全没有必要，男子很清楚。

"先生，您的身份证。这是办好的健康登记卡。希望您在贵阳旅行愉快。"空姐的声音打断了他的思绪。他接过对方递来的信封，拆开。信封里米色身份证和橙色健康卡上他的大头照片呆滞无神，模样却是一丝一毫没有差错。他望着那两张白痴样的脸，以及照片下姓名栏铅印的"雷宇"二字，一时出神。

"有什么问题吗？"空姐殷勤地问。

"不，哦，没有。"这叫雷宇的人抬起头，表情温和，"还有多久到贵阳？"

"二十五分钟。"空姐微笑，"贵阳正在下雨。不过别担心，机场会为您提供雨具。"

"谢谢。我第一次来贵阳。"雷宇礼貌得无懈可击，"听说它是座迷人的城市。"

空姐脸颊微微一红："我为这座城市骄傲，希望您也和我有同感。"

"您到贵阳是旅游，还是商务啊？"雷宇同座的人问。

窗外的阳光忽然隐没，云团弥塞住视野中的每个孔隙。"找人。"雷宇回答，声音中的寒意无法抑制。

问话的人不禁向外挪了挪。

上　四十八小时的任务

一

飞机果然在二十五分钟后准点到达贵阳龙洞堡机场。从空中俯瞰机场，云贵高原那令人心醉的绿色像被打上了褐黄的补丁。为了修建机场，被炸平的十余座山头附近，劈开的山体乱石嶙峋，植被稀少，仿佛衣衫褴褛的乞丐裸露在天空下任凭日晒雨淋。机场本身却鲜亮精致，候机大厅洁净的大理石地面光可鉴人。

雷宇往镜子里瞅了瞅自己：高个子，身材结实，俊朗的面孔阳刚气息显著，这形象在这世界里应该是令人赏心悦目的。人？雷宇在心中默念了几遍这个字的发音，"人"真是个奇怪的字眼。他向大厅的时钟墙望去——七点三十分。雷宇迅速换算了一下时间单位，他还有四十六个小时（按本地时间标准）。

对于身手一向敏捷的他，执行这个简单的任务，时间应该绰绰有余。

雷宇理理稍乱的头发，朝总服务台走去。值班的年轻女子立刻站起。随着他的走近，女子喉部抽动，脸部肌肉明显紧张起来。

"您需要什么？"女子上唇生的一颗小小黑痣，给她青春的面容增加了几分俏丽。

从雷宇一百九十二厘米的高度俯瞰，那女子堆在脸上的殷勤不过是一堆过剩的荷尔蒙制造的脂肪。"我想要一本《贵阳自助游手册》，有这样的东西吗？"他问。

女子立刻将一本牛皮纸封面的精美印刷品放到柜台上他伸手可及的地方。"当然有，先生。"她努力将每一个字的音节都咬准，普通话说得越发艰涩。

雷宇拿起手册，道了声谢，附赠微笑一个。

女子的呼吸顿时乱了，急忙低下头去。

候机大厅外果然淅淅沥沥下着雨。

雷宇将手册塞进风衣宽大的口袋，提起公文箱。他刚要推开大门，斜刺里急速伸出一只白手套挡住了他。雷宇心里一紧，顺手的方向看——其他旅客都是通过一个门框状检查口走进雨中的。

门框伫立在大理石地上，影子与正身组成 L 形。在四周无物的空间中，这 L 形生硬而且僵直。雷宇盯着它，内心深处涌起极其厌恶的情绪。他走过去，门框中的温度感应器立时响声大作，门边两个白衣装束的检查员凑过来。

"没事没事，上飞机的时候还好好的呢，可能太紧张了。"雷宇笑道，"我再走一遍。"他退回去，深呼吸，放松情绪，然后走进门。

感应器这次没有任何响动。

两个检查员如释重负，半对自己半对雷宇说："没事就好。现在是非常时期，我们不能不谨慎。"

"我明白。"雷宇点头。整个国家都在遭受着瘟疫的折磨，非瘟疫地区自然随时如临大敌。幸而他的出发地点不在疫区。

门后办公桌上的灰色机器吐出一张肉色卡片。检查员熟练地撕掉卡片上的护膜，抓住雷宇的左手腕，啪地用力一拍就将卡片贴到那里。雷宇只觉手腕像被无数细小的针扎了一般，一阵酥麻。但肌肤很快就失去敏感，对凭空多出来的那片东西没了知觉。

"抱歉，我们必须对每一个到贵阳来的人实施健康跟踪。请理解我们在非常情况下的这种非常手段。"检查员的措辞虽然礼貌，却透着无法抗拒的威严。雷宇默默接过另一个调查员递上的资料袋。他背后有人歇斯底里地啰唆："这东西安全吗？你们能保证它是无菌的吗？万一我的健康因为这个监视器受到损害，你们如何赔偿……"

雨比刚才大了很多。不时有汹涌的雨点冲进门厅，溅到旅客的身上，被衣物吸收。雨点消失了，水分子渗入衣物的纤维，加速纤维的老化。然后，衣物会被粉碎为浆，制造成纸。纸被使用，被回收，被粉碎，直到无法再次利用后被埋入垃圾场。土壤和微生物对纸屑进行处理，其中的水分子蒸发到空气中。水分子被云层吸收，演变成雨，完成这个复杂漫长的循环。雷宇掸掸身上的雨珠，万事万物之间都存在千丝万缕的联系。一个平衡打乱了，就一定有另一个平衡替代它。

自己就是冲进贵阳的一滴雨珠，将在某种程度上扰乱它的和谐。

雷宇挺直背，走向等待在大厅外的出租汽车。那司机站在半开的车门前，满脸职业化的亲切笑容："您要去哪里？"

二

出租汽车驶入隧道，投在窗户上的阴影让雷宇想到了机场的那扇门，多少有些不舒服。他打开资料袋，里面有一张贵阳市地图，一份健康跟踪说明书，一套包括洗浴、理发、餐饮、住宿、电影的贵阳生活优惠券，以及一把折叠雨伞。

"每个到贵阳的人都能得到这些？"雷宇拍拍袋子，"你们太好客了。"

"啊，不，瘟疫开始以后才这样。来的人少了嘛，都是贵宾。你对健康跟踪有什么看法？别的城市没这样的吧？"出租汽车司机的普通话非常流利标准，也礼貌得恰到好处。

雷宇抬起手腕，跟踪卡已经完全嵌进了肉里，与皮肤浑然一体，看不出痕迹了。

"你现在的一举一动都在他们的监视仪上呢。"司机说着做了个鬼脸，"你可得小心。"

"他们是谁？"

司机耸耸肩膀，那意思是：这你还不知道吗？就是他们呗。隧道尽头竖立着"市区 10 公里"的标志牌。"你到底决定去哪里？"司机有些不耐烦。

"化龙桥。"雷宇不假思索地将地名脱口而出。

司机的表情从诧异变为迷惑，随即恍然大悟："嗨，你以前来过贵阳？"

"没有，这是第一次。"

"那你怎么知道化龙桥呢？本地人都不见得会晓得那地方，而且现在在修路，附近都过不去。"

"你去不去？不去我就换车了。"

"去的去的。"那司机一迭声本地口音冒了出来，眼角余光落在袋子里的优惠券上，"这么多你一个人也用不完，不如分一点给我吧。"

"都给你。"雷宇将优惠券扔在驾驶台上。

"你以后要是用车还找我吧，我给你优惠。"司机加快车速，雨水被甩向车后，形成一道银色的帘子。

雷宇捡起健康跟踪说明书。说明书上一再强调健康跟踪是于己于城市都有好处的事情，希望得到使用者最大限度的配合。"跟踪装置具有最强的灵敏度，在任何情况下都能保持良好的工作状态。当您离开本市的时候，交通部门将使用专用设备为您解除该装置。个人试图解除该装置不但对身体健康有损，还将因违背城市管理条例而被处罚。"说明书的最后用黑体印刷着这样的字句。

他们正在监视仪上注视着你的一举一动。

雷宇心里咯噔一下，就有什么东西丢掉了——那应该是对这座城市最初的善意吧。

从此不可不防。城市如同陷阱，早就为每个外来者布下了天罗地网。虽然他只是来执行一个与城市本身毫无瓜葛的任务。速战速决吧，在"人"的世界里还是少停留为好。雷宇抚摩着那条被注册了的手臂，嘴角浮现出一丝不易察觉的冷笑。

三

雷宇到化龙桥时雨已经停了。乌云之中透出几缕惨白的阳光。有风从阳光里倾泻，将桥下污泥中的潮腐气息带到桥上。雷宇调整呼吸，靠近桥栏。石制的栏杆光滑油腻，栏杆下部和这城市里许多建筑一样生了碧绿的苔藓。雷宇抹开一片苔藓，果然看到那行刻入石头三分的字迹：民国二十六年七月立桥，跨贯城河，黔灵东路始通。

他要找的那个人，应该就在这附近的某处居住。

雷宇向桥下看。河水几乎干涸了，这是因为上游为修路而围堰的缘故。条石垒起的河堤上，也是苔藓丛生——绿得仿佛是特意加在那石条上的装饰品。时空就从这绿上泛滥开去，渐成无限。雷宇肃然，上面派他到贵阳来找那个人，也许还有让他体会时空玄妙的另一层含义。

这之前他对时空的存在总是漫不经心，就如对自己的存在那样感到无所谓。

事物只有拉远一点距离，有疏离感的时候，才能比较真切地感觉到它的重要。所以，到贵阳来与其说是找那个人，不如说是找回他自己吧。上面就是这样刻意安排的吧。

当然，现在不可能理解上面的意图，以后也不会有谁向他解释上面的意图。一切只有依靠他自己判断。其实做出什么样的判断并不重要，重要的是完成这个任务。

雷宇擦干净手上的苔藓，走向桥东的十字路口。那里突然之间就挤满了水果与蔬菜摊贩，像是从地下冒出来似的。李子、葡萄、地瓜、荔枝、桃子、西瓜，还有小葱、土豆、折耳根、空心菜……它们将雷宇的去路截断了。雷宇只好买了五角钱的细葱，塞进资料袋，和健康跟踪说明书、自助旅游手册混在一起，勉强从人群中挤出一条路。

路口朝北是陕西路，两旁原有的半西洋式建筑被蓝白编织袋的帷幔遮盖。路面挖开的沟渠里，两个人正在调试一台抽水机。没有帷幔的房屋上，到处是白粉笔圈中黑体的"拆"字。

雷宇小心地绕过水洼和泥坑，顺着陕西路往北走。几分钟后他就看到路东侧的虎门巷。巷口的朝向和法式三层老楼与他记忆中的相同，但巷口南边的一片木制房屋荡然无存，取而代之的是三栋七层楼房。

雷宇在巷口停下脚步，有些犹豫不定。法式建筑底层的杂货铺依旧，卖杂货的男人也还在——只是头发几乎都掉光了，这让他有了一种人到中年的落魄颓废，高高的玻璃柜台和那盛放糖果的玻璃罐子也一如往昔。雷宇脑海中闪过"一如往昔"这几个字，立刻意识到这感怀不应该存在，毕竟自己是第一次到这座城市。虽然记忆库让他对那些糖果的滋味一清二楚。

上面给的资料有什么地方出问题了。

四

遇到问题时冷静分析和做出正确决定并为之积极努力，这是上面给雷宇的评价。但雷宇认为，此评价与其说是夸赞他的能力，不如说是为了掩饰上面派发任务的草率和仓促。当每一个任务都关乎个体生死时，他能不尽最大努力去完成吗？

比如现在，四十八小时之内若找不到那个人，他就无法回到自己的世界中去。对于不能按照合同规定完成任务的雇员，上面从来没有表现出一丝一毫的同情心，一律抛弃在时空的海洋中任其自生自灭。说到底他们只是一些用于执行任务的模拟体而已。失败的模拟体据说下场都异常悲惨，但具体情形如何他不得而知，除非……留在这里？

雷宇环顾四周：茂密的常青藤盘旋在法式爱奥尼亚的廊柱上，从理发店、小吃铺、手机专卖、蛋糕房、打字复印等等店铺的招牌上延伸过去；艳丽的招贴画与肮脏的霓虹灯交错起伏。这些店铺中间，云岩区普陀街派出所白底黑字的招牌朴素得最为醒目。

雷宇摇头，贵阳是一个陌生而复杂的所在，与他的审美情趣相差甚远。上面肯定知道这一点，所以才放心让他前来。

"有百香果吗？"雷宇走进杂货店询问。这里的百香果应该是一种草绿色清凉的圈状软糖，五分钱一块。

中年人正专注地看电视。二十英寸彩色电视机放在货架顶上，图像还算清晰——几个梳二把头的年轻女孩子和几个留辫子的年轻男孩子在里面哭哭啼啼，间或慷慨激昂地辩论。雷宇提高声音，又问了一遍。

"那是哪个时候的事情嘛，百香果？"中年男人掉过头，看古董样的表情，"老早就不生产喽。厂房都拆了盖什么TOWNHOUSE（联排别墅）。"他耸耸肩，"味道可再也尝不到了。"说完，他继续看电视里那群男女拿腔拿调的表演。

雷宇哑然，他只是需要点什么来填补因发现问题而出现在胃部的不快。精神上的失落会引起生理上的空虚，"人"真是种奇怪的东西。而"人"的思维方式，他心里颇为鄙视，却不得不用这种方式思考。雷宇想了想，便转身走向那挂派出所牌子的地方。

派出所里的两个人正在一堆档案表格与计算机间忙碌，对雷宇的到来无动于衷。计算机终端是一台十七英寸的液晶显示器。显示器上数据飞速流动，如瀑布流淌，雷宇顿觉心驰神往。

"请问。"雷宇提高声音，"我想打听一个人。"他说了四遍，那计算机前的人才答应道："找谁？"

"原来住虎门巷1号的，叫方乔。帮我查一下他还住这里吗？"雷宇的声音与姿态都有一种压迫感，令人无法直视。

计算机前的人嘀咕了句什么，继而开始敲击键盘。几秒钟后，他抬起头："现在没有姓方的在这里住。"

"他以前是住这里的。"

"多久以前？"

"拆迁修楼以前。"

键盘又生硬地响起来。雷宇似乎看得到程序调动下数据库的蠕动。那人摇头："二十年来，就没有姓方的住在这里过。抱歉，你记错了。"

五

杂货铺隔壁的小吃店还没有什么食客。店铺收拾得很干净，满墙都贴了雪白耀眼的瓷砖。灶台、桌椅没有一丝油腻，似乎就不曾开张过。一个二十五岁左右的年轻人，古代弱冠书生般清瘦白净，坐在角落里一言不发，只顾翻来覆去瞅自己的手掌，似乎掌心里有什么天机隐藏着。

雷宇踩到铺前的门垫上，向店里面探了探头。"你们有什么吃的？"他喊。年轻人仿佛从梦中被惊醒，鹿般温润清亮的大眼睛看向雷宇。

"你们有什么吃的？"雷宇提高声音重复问题。年轻人一指墙上的告示牌，示意雷宇自己瞧。雷宇望过去，肠旺面、脆臊面、素面、肠旺粉、鸡蛋炒饭、酸辣粉、米豆腐等本地特色都一一在列，并附分量与价格比照。

"肠旺面，大碗。"雷宇说。他找了个僻静的地方坐下，取了筷筒中的竹筷拿在手上。

上面给的资料出了很大问题。一般来说，这种情况是不会出现的。但千分之五的错误率，以他执行任务的密度之高，碰上了也不足为奇。

只是这种把名字和住址都搞错的事情有点太离谱了。两支筷子在雷宇手上互相刮动着，发出哧哧的刺耳声音。在这座超过两百万人口的城市里，如何寻找一个根本不知道姓名和住所的人？

雷宇对面的墙上，方形时钟的指针落在八点三十分的位置上。他还有四十五个小时。

那年轻人此时才懒懒站起，从冰箱里取面，在灶台前掀锅下面，备底料，忙得有条不紊但毫无生气，呈现出机械式运动的惯性。

"红轻红重？宽汤？"年轻人走形式般地问。

"什么意思？"

"红辣椒要多要少？汤要多要少？"那年轻人面无表情地解释。

雷宇见青瓷海碗底放了酱油、醋、盐、味精、猪油、黄豆芽、油辣椒，胃肠中便有了几分馋意。"都多些。"他回答。不知道这样的食物会不会让体温升高。他看看左手腕，似乎看到了芯片上无数的热敏电阻和电流线路，它们压迫在他的动脉血管上，警惕着，随时准备送他进医院的隔离检查区。不仅如此，它们还刺探他的血液、他的思想，最终会发现他只是"人"的模拟品而将他消灭。

想到这儿，雷宇脑子里一激灵，觉得那个训练有素的出租汽车司机就在路边的出租车里看他。雷宇相信，如果他真的被证明不是"人"，那个外表和气的出租汽车司机是会毫不犹豫将他撕成碎片的。据说就是由于"人"对待不同智慧生命存有与生俱来的不友善，所以上面在"人"的世界中只投放四十八小时内的任务。

好在并没有谁真的站在人行道上看他，雷宇面前，是黄澄澄的刚从滚水中捞出的面条——盛放在底料上，浇肠段、血旺子、脆臊、油辣椒，兑鸡汤，再撒葱末，红黄翠绿油光闪亮。雷宇顾不得想健康跟踪的事情，夹起筷子就是一大口，险些被面烫坏了嘴唇。

那年轻人退回角落中，仍然看他的手掌。雷宇喘口气，但面条的香气不可抵挡，他恨不得立刻将它吞下肚子，哪怕烫掉了牙齿和舌头也在所不惜。仿佛为了证明他的这种决心，他从餐桌上的青花瓷罐中舀了满满一汤勺辣椒油，加到面条中去。面条几乎混杂在辣椒之中，那种味觉刺激，竟然有些令他兴奋。

"人"的快感，无非如此，雷宇在狼吞虎咽中，有所顿悟。

六

"单弦，你买菜了没得？"一个丰腴过头的女人在店外喊，本地话铿锵有力而语调婉转。那年轻人抬起头来："哪点要这样早去买菜嘛，门口有的是。"

"你作死啊！那些菜你吃得起呀，贵得很嘛，去后街市场上买。"女人嚷，"多买两斤排骨。"

"排骨没得人吃嘛，要那么多搞哪样吗？"年轻人有些不耐烦。

"搞怪，叫你买就去买，好生厌躁人啊！"女人挥手。

那叫单弦的年轻人便低了头，抄拢双手在背后，踱出他的角落，与雷宇擦肩而过。

雷宇望着他微驼的背影，将记忆中所有关于方乔的资料又从头梳理了一遍，也许是方言发音的问题，才将那个人的名字和住所搞错。

"你就吃一碗面啊？不来点别的吗？我们的酱烧排骨味道很好。"女人突然换了标准的普通话对雷宇说。雷宇一惊，差点咬着自己的舌头。他忙摇头，片刻又点头道："您给我杯水吧。"

女人便从饮水机里倒了一杯凉水给他。雷宇仰头一饮而尽。女人又给了他一杯。雷宇这才缓过辣劲。女人笑，竟然有几分妩媚："你是北方人吧？以后少加点辣椒，你们受不了的。"

"还成还成，无辣不香嘛。和您打听个人。这面条多少钱？"

"三块五。你尽管问。我在这里住了也有二十年了，兴许能给你点线索。"

雷宇掏出三个银币和一个铜币给她。女人将金属币握在手里玩弄，殷勤地问："那你要找谁？"

七

"以前这胡同口有个大院子，是里外院，外面还有公厕。外院有……有一栋两层的木头房子，老式的那种，一层养猪，二层住人，楼梯在外面。旁边是砖房子，一个过道通里院。里面有两层楼的砖房，房子南面就对着这条街，陕西路。房子北面隔个院坝是一座平房。我说清楚没有？"雷宇停住描述问。

女人满脸迷惑。

"是这样的。"雷宇从公文包中取了纸笔，画出两个院子中建筑的大概位置。那女人顿时明白了："啊，有这样的院子，就是虎门巷1号嘛，七八年前就开始拆，三年前拆光了。"

"我看见了，现在那里全都变成了七层楼房。我想找一个小孩，不不，他现在应该已经长大。就在这两个院子里住的那些孩子中的一个。"

"两个院十几家都有小孩，你能不能说具体点。那孩子长什么样？"

雷宇的表情比女人还要茫然了："不知道。"他说，"我不知道他的样子。"

"咦——你要找人又不晓得他的长相。"女人一急，方言脱口而出，"你搞哪样嘛？"

雷宇摇头。

"咋找法嘛！"女人也摇头，"哪样线索都没有。"

"是个男孩，喜欢动手拆东西。叫方乔，或者是类似发音的名字。"雷宇说明，"您回忆一下，有没有这样的男孩子。"

"那帮孩子都喜欢拆东西搞破坏。没有姓方的。"女人撇嘴。

"我必须尽快找到他。我会重金酬谢帮助我的人。"

女人眼睛一亮，指指一号那林立的楼房："拆迁的人基本上都回迁了。你要找的人应该也在这其中居住吧？"

"有道理。不晓得我能不能在这些楼里找个住处。"

"当然能。"女人又笑了，"我们家就有空房子，可以租给你住，房钱你看着给好了。"

八

女人的家在 2 号楼的第六层，复式结构，单弦带雷宇上了楼。斜屋顶的顶楼有两个房间。单弦打开其中一间，偏头瞅了雷宇一眼："你的。"然后径直走到另一间去了。

房间不大，一张沙发床，一个简易衣柜，一台电风扇。雷宇推开窗户，陕西路两侧隐蔽在帷幔里的建筑工地纤毫毕现。钢筋水泥吞噬着草木结构，那些低矮的不符合所谓现代审美的房屋，都以城市现代化的名义消失了。城市边缘渐次耸立的高楼大厦给城市镶嵌了一道锯齿形的花边。曾经的浓绿被这些花边稀释，难以搜寻。

就像那个人的名字，方乔。雷宇黯然。最有可信度的空间位置资料也只能做出那个人肯定在虎门巷 1 号的判断，其他的看来只能臆测了。

喜欢搞破坏的孩子。他为自己有此种灵感折服。这可真是个不同一般的灵感。怎么就能认为弦论大师少年时候是个喜欢搞破坏的人呢？当然，他成年的时候是很有破坏性的，他在时空之间将引起一些不必要的震荡，因而上面不得不采取极端的措施消除隐患。要保持一个广袤时空范围的稳定性，上面必须留心各个地区的发展，谨慎掌握着时空平衡的杠杆，就像救火队员，一些时候要灭火，一些时候却要生火。这样复杂的情况下给他的资料有差错，也是可以理解的。好在资料里还有些个体资料可以做甄别。

但你由此就推断他少年时候的作为，还是太主观了，雷宇心里残存的本我说。"我知道自己主观，"雷宇的模拟思维回答，"但这是有一定逻辑关系的，没有偶然，凡事有果必然有因，我清楚自己在做什么。不管怎么说，还有四十四个小时，时间很充足。"

有轻微的响动，雷宇回过头。单弦拿了一床毛巾被搁在沙发上。

"以前你们家住在哪里？"雷宇问。

"就在这里啊！"

"这里？你们住虎门巷 1 号？"

"是啊，一直在这里的。"

"那你记得当时一起玩的伙伴吗？"

"不记得了。"

九

拿了单家的门钥匙，雷宇便带了自助游手册和地图去找这城市的各种科学机构。他等不到出租汽车，就沿着虎门巷一直朝东北走，直到看见出口处友谊路那边的印刷厂。巷子的地形缓慢升高，他竟然爬得气喘吁吁，心想不服老不行啊，的确是只能再工作这一次。自己和那些墙壁上写了大大拆字的老屋子一样破败了。但是新的建筑就样样好吗？城市里的所有新建筑都因为油漆质量上的缺陷，在每天必来的雨水浸泡下褪了颜色，显得十分颓败。不知道城市本身是不是也颓败了。但颓败其实与他无关，他只是来找一个人而已。

自己是这城市的一个过客，雷宇想。对于城市中的人来说，生生死死悲欢离合每时每刻都在上演着，他们无法摆脱。而他可以，因为他与这城市毫无瓜葛。他为自己四十三个小时后可以抽身而去兴奋，吹起口哨。细细的哨音在空无一人的巷子里回响，配合着他的脚步，竟然生出几分情调。

　　此刻云散尽了，灰白色的太阳并不耀眼，但城市的温度一下子就提高了两三摄氏度。他的额头开始渗出汗水，不得不顺着墙壁阴凉的地方走，还要不时停下来让自己的体温恢复正常，以便健康跟踪卡显示正常。巷子突然之间变得十分漫长，似乎总也不能走到尽头。他停下来不仅仅为了降温，还要消除内心的怀疑——来处已经隐藏进拐弯的空间中，去处却还未得见，窄小的巷子仿佛一段弦，要将他卷曲起来抛掷。

　　他从来没有想过弦的实质。对已经公论的事实从来熟视无睹，这是"人"的共性。真相是什么并不重要，重要的是如何利月真相，让自己感觉舒适。对于一个流浪在时空之中的杀手，最大的舒适就是彻底结束这种流浪。但这不过是"人"的思维结论而已。他其实也是一段弦，被时空之手随意抛掷，遇到合适的场所就舒展开来创造自己的世界。

　　印刷厂的大门洞开在马路对面，空气中弥漫着淡淡的油墨香气。不断有人出入的门以及门两侧盛开的红白色夹竹桃，都证明了这段时空的稳定性。雷宇舒缓神经，擦拭脸上的汗。油墨的味道消解了他思维节点上的障碍，他清晰地听到大脑中那任务时钟呆板的嘀嗒声。

　　旁边有人叫卖："冰粉，冰粉，消暑解渴，味道好嘞——"雷宇没听过这么稀奇古怪的食品名字，问那人："冰粉是什么？""冰粉嘛，一块钱一碗。"那人答非所问，继续他的吆喝。雷宇看了眼他插了"冰粉消夏一绝"旗子的小车，车上玻璃罩子里摆放了数个花花绿绿的瓶子。所谓冰粉，是褐色的半透明胶状物质，被盛放在洁白的搪瓷脸盆里，极有弹性，极凉爽的样子。

　　"来一碗？"小贩的黑色Ｔ恤上印着大大的"筑"字，脸膛被晒得赤红。

雷宇点头。这奇怪的食品吸引的与其说是他的味觉，不如说是他的好奇心。

小贩顿时来了精神，变戏法似的取出一只塑料碗，舀了一勺冰粉，加入葡萄干、果料碎、芝麻、冰红糖水，插了一把塑料勺，宝贝似的捧给雷宇。"好吃呢，包管你还想要第二碗。"

胶状物质入口即化，雷宇捉不到它的踪迹，齿间留存的都是红糖水的味道。这大张旗鼓的冰粉竟然是个空洞的东西。

十

冰粉带给雷宇的空洞感一整天都消散不去。他就带着这种不快拜访城市中与科学有关的单位。城市最高级别的科学机构对弦研究没有掌握任何资料，他们中听说过"弦"这个字的人一致认为，弦是首都的国家重点实验室才会有的研究课题。在贵阳这样一个内地城市中，既没有物质条件又没有学术土壤，不会有人莫名其妙对弦感兴趣。

民间科学家协会以为雷宇有赞助意向，极其热情地出示了他们所有的申请项目和在研项目，但不存在任何与"弦"相关的字眼。

"这个碟形飞行器研究如何？你知道我们的凤凰山事件吗？神秘的天外来物显示了非同一般的场效应和空气动力学特征，这启发了研究者。如果搞成了会是整个航空业的革命。"协会秘书卖力地推荐。

雷宇一笑了之。

大学，创新与发明协会，专利局……雷宇坐了环城巴士，在法国梧桐婆娑的阴凉中绕行全城。车窗外的车水马龙、林立商铺、锦衣男女，都如冰粉一般外表华丽，不知道是否如冰粉般空洞不堪，只存皮相？如果他们不能找到弦，这皮相世界有滋有味自得其乐的好日子恐怕也不会长久吧？

"所有城市都逃脱不了腐朽的命运！"车上一名少年挥动手中的杂志

慷慨激昂，"时过境迁，声名显赫的帝王将相化为灰烟，宏伟的建筑与文化科技埋于尘土……没有千年不坏的城墙，什么样的文明能恒久恒新，永远占据历史的舞台？"

"我死之后哪管洪水滔天。"少年的伴侣，花般美丽的女孩儿说，"这可是法国皇帝说的话。皇帝都这样，你做哪门子杞人忧天？"

"皇帝不该被打倒吗？他根本不符合时代精神嘛！"

"皇帝多神气，三妻四妾，杀人放火，要怎样都可以。姨婆叫下午去花溪打牌呢，你陪我去。"

"打一、二、三的卫生麻将啊，没得搞头。"少年嘟囔。

雷宇眼前仿佛见到八只肤色深浅各异的手，它们伸向一百四十四张牙白色的小长方块。在那些长方块垒成四排的时间中，有数万个星球从星际尘埃深处喷射，又有数十万个星球被那尘埃吞噬，世界的诞生与毁灭同时发生，惊心动魄。麻将牌阵势千变万化，宇宙的规律却简单明了。其实不是牌变，而是人变，人心是这天地间最复杂难以揣摩的……

大滴的雨打在窗户上。天光立刻暗下来。果然是天无三日晴的城市。巴士遇到红灯猛然刹住。雷宇看到前面一座玻璃钢的环形过街天桥，完美的弧度仿佛弦中卷曲隐藏起来的那一段。

看来，上面派他到这座城市为他的职业生涯画上句号，是经过精心挑选的。

十一

雷宇黄昏时分回到虎门巷。

小吃店里此刻挤满了人，大部分是附近的住家儿。女人和单弦都在忙，还有两个极年轻的女孩子跑堂。雷宇混在食客之中点了一份肥肠面。

"啊呀，你要什么说就好了嘛。"女人看见雷宇就笑开了脸，"别客气。弦子，肥肠面一碗！"

稍过片刻，单弦神情冷漠地端来一个大海碗，浇头的肥肠足有半碗之多。旁边就有同样点了肥肠面的人抗议。那女人理直气壮地回应："是我亲戚，我愿意多给，你管呢。""单大嫂，这是你家哪门子亲戚？怎么没听你说过？""我家亲戚多的是，哪里你都听说过啦。"

雷宇只管吃，对耳边的议论置若罔闻。跑了大半天，他真的饿了。当半碗面条滑入胃中，奇怪，那种空洞感忽然消失了。万丈红尘重新摇曳生辉，他甚至注意到女人真丝连衣裙袖摆与领口处的蕾丝，以及蕾丝下若隐若现的白皙肌肤。他还有三十六个小时。于是他问那个追究女人家族谱系的老人："老人家，虎门巷1号当年谁家养猪啊？"

那老人一愣："养猪？是孙师傅家，不，吴师傅，不，不是，我记不太清楚了。你打听这个干什么？"

"我打过那头猪，还拿鞭炮吓唬过它。现在想起来真的很过意不去，想向他们道歉。"

"那头猪早就杀来吃了，你道个什么歉嘛！"老人诧异，"你脑子坏掉了？"

"我是说向猪的主人道歉。少不更事啊。"雷宇说得愈加煞有介事。那头大黑猪从漆黑的栏圈中冲出，歇斯底里狂叫的情形，随着他的叙述而重现。

"应该是孙师傅家吧。"食客中有人回忆，"他们家孩子多，还有老人。养头猪，一年到头吃肉就靠它了。"

"不会，孙师傅家住里院，哪儿有地方养猪？是吴师傅，我还记得他家三丫头剁猪草呢，每天都剁。"

"嗨，那三丫头和张家二小子好，张家养猪，她当然要贡献一把气力。别的不成，剁猪草真是利落，刀声听着都那么像音乐。""听说三丫头后来成了特级厨师，去了美国，开好大的饭馆，有这事吗？"

"瞎扯，人家是移民去了澳大利亚……"

雷宇追问那老人："张师傅是哪一位？"

"你看我这记性。是张师傅养猪来着，就是他。住在虎门巷1号外院。那两层楼是他家的私房，唐山大地震那年起了火，烧没了。"

"那人呢？"

"听说都搬到花溪区去了。"

"他家男孩子小时候淘气吗？"

"淘气？他就一个儿子，是小儿麻痹症，从小就拄拐杖，安静得跟闺女似的。"

十二

雷宇躺在沙发上消食，但腹中的肥肠面似乎无法消化。夜已经深了，这座城市的灯红酒绿却才刚刚开始上演。单大婶换了宽松的休闲装准备去打麻将，临行前端了盘切好的西瓜到阁楼上来。"别急，我会帮你慢慢找的。"单大婶安慰雷宇，"不过你的线索真太少了。弦子，你也帮着回忆一下。"她冲对面嚷。

"我咋个晓得，那时好多人。"单弦隔着门答。

"是啊，那时他还小，特别爱看书，撵他出门玩都不肯。"女人挠头，"看那么多书，结果怎么样？都读傻了。没得考上大学，又做不得生意，就只好给我打下手煮面。"

单弦房间中有什么东西被扔到地上。女人笑："他不高兴我数落他。我咋个不希望他有出息，可是得承认事实啊。"她摆手出去了。

雷宇望望对面的屋子，可以想象那年轻人郁闷的面孔。他拿起一块西瓜咬，沙瓤酥甜，便叫："单弦，你也出来吃瓜，好甜。"

见那屋子里没动静，雷宇过去敲门。门上却没有锁，一推就开了。节能灯昏暗的光线中，样式陈旧的单人床、写字台和书架都有一股子潮湿的霉味。书架上胡乱堆着高考辅导、自考指南、英语速成等书籍，以及许多封面花里胡哨的杂志。墙上贴了许多电影海报和杂志中的插画。在这些廉价的印刷品之间，是一台水晶蓝的璀璨耀眼的苹果电脑。电脑与周遭环境的巨大反差，就仿佛钻石放在了豆腐渣里。

单弦脑袋趴在书桌上，睁大了眼睛，目光凝滞于空间中某个虚渺的点上。

"吃西瓜。"雷宇将果盘送到他面前。他看也不看。

"不管别人怎么说，首先你得自己把日子过舒服了。不开心只能自己难过。"雷宇劝他。

过了几分钟，单弦才将目光收回，望向雷宇，质问："你是干吗的？"

"我要找人。"

"找人干吗？"

"这个人很重要，他将改变这整个世界。"

"没有人能改变这个世界。你撒谎！"

"我没有。再说我干吗要撒谎呢，我意图何在？"

"有一种谋杀叫作无动机谋杀，所以肯定也有一种撒谎损人不利己。"单弦冷笑，腿跷到桌子上。

"你比外表看起来聪明，为什么还要给你婶娘煮面？"

单弦白雷宇一眼："我乐意。"

"好吧，我尊重你的选择。我只是想要找到一个像你这么大的男孩子，他以前在这个院里住过，爱拆东西，爱问个为什么。你能帮我想想吗？找到了我就立刻离开。"

"你找他干什么？"

问题又回到了刚开始的起点上。雷宇搓搓手："你认为我找他干什么？"

"谁知道。也许他欠你很多钱，也许他拐跑过你的情人。也许，他知道什么秘密，而你为了掩盖秘密必须杀了他。"

十三

无心之语却最接近于真实，雷宇一瞬间对单弦起了杀心。不错，雷宇就是来找拥有弦秘密的那个可能叫方乔或者别的什么名字的人，然后杀了他。或者，文雅一点的说法是，杀死他的思维。上面交代得很清楚，人类不能在这个时间获得弦的知识，因为他们后来的表现显示他们虽然有打开弦的能力却没有运用弦的智慧。所以上面要雷宇溯时空而上，到这个年代的贵阳来阻止弦论大师的成长。

这个年代弦论大师应该已经对弦的认知很深刻了，但他的理论成果还需要实验验证。没有数据就说服不了人们接受他，因而他四处奔波筹措实验经费。他的名字在理论物理界被一些人嘲笑，被一些人蔑视，被另一些人争论。他所在的单位把他列入异想天开的疯子行列。如果不是因为他的一项授权专利每年都会给单位带来可观收入，单位早就不假辞色地将他解聘了。

找这样一个人，能有什么难度？雷宇想不出。所以他就轻易地和上面签了一份四十八小时的合同。如果四十八小时之内他不能完成任务，上面不负责他的返回路径。要么他自己在时空的森严壁垒之间凿开一条路回到自己的世界中去，要么他就留在此时此地的贵阳，留在混沌的人类中间。雷宇想到后一种可能，坚实的身躯也不禁颤抖。

在夜最浓的时候，雷宇悄悄打开了派出所的门。派出所的电脑并没有关机，他轻易地进入了民事部门的户籍登记档案系统。

整个城市，二十年来从没有一个叫方乔的人登记过户籍，出生与死亡记录中都不曾有过这个名字。

顶楼上单弦已经熟睡，恬静的面孔如同婴儿。雷宇的手轻轻放在他的额头上，只要他略使一点劲，这个年轻脆弱的生命就会结束。

虎门巷1号的孩子中，究竟是谁洞悉了弦的真谛，从而会在某一日跨出人类认知上质的飞跃？

如果不是上面的资料错误得离谱，就是时空路径存在严重的误差。这个时空到底存不存在方乔这样一个人？出现这么大的问题，他那份生死合同若真执行起来岂不是太冤？

雷宇躺到自己的床上，摸出感应器——他从自己世界中带来的唯一的物品。感应器滑过他的左手，冰凉沁骨。窗外夜空深邃，星光在倾斜的天花板下荡漾。正是与自己世界联络的好时候，雷宇将感应器放在胸口。在任务对象"人"的模拟体与他的本体意识之间，存在着原子水平上的振荡和谐，感应器可以将这个和谐调整为可控状态，从而达到超时空通讯的目的。

想到存储于上面库房里的自己的本我意识，雷宇就有些惆怅。这次任务之后，但愿真能退休，与本我从此紧密相依再不分离。

清理了一下思路，雷宇将两只手贴在感应器的两个面上，开始一条一条阐述任务中的问题。思维的神经电流在他体内涌动，汇集在感应器中——那里将有异光反应，透射进感应器的内核。

但感应器什么反应也没有。

雷宇等了等，感应器平静如常。他将整个过程又重来一遍，感应器依然是老样子。

有冷汗从他额头冒出。他腾地跳起，打开灯。灯光聚集下，感应器没有任何损伤，完好如新。他抹抹汗，伸出小拇指，顺着感应器的一条棱往下滑。在棱的某个点上他身体特具的电磁脉冲可以将感应器的存储空间打开。

他失败了！

雷宇真的吃了一惊，他从来没有遇到过这种情况。任务对象模拟体与他本体意识之间的联络一直良好，感应器也一直正常工作。问题出在了哪里？踏上贵阳之旅的每个细节瞬间在他大脑中重现。

健康跟踪器。

雷宇举起左手腕，完全嵌进了肉里的跟踪器与皮肤浑然一体，根本看不出痕迹。但那芯片发出的电波却扰乱了他自身的电磁场，从而使他的超时空通信遭到严重阻碍。

雷宇忍不住骂了一句粗话。健康跟踪器真的只是个感受他体温的变化并反映到城市某个机构监视屏上去的玩意儿吗？

现在只有指望自己能在剩余的时间里找到那个弦论大师，哪怕大师还未有成果。因为感应器中还储存了大师的思维波片段，会与大师产生感应，从而打开另一条超时空通信路径。那样的话，他仍然有返回的机会。

但如果失败……雷宇深吸了一口气。星光已黯，黎明将至，时间正一分一秒过去。这个世界中，谁曾见过弦？

雷宇的眼眶忽然湿润了。

下　子在川上曰：逝者如斯夫

十四

单弦在网上打"拖拉机"，见雷宇进来也不搭理，鼠标飞快点击着各种花色的扑克牌，手指则在键盘上舞动，忙不迭地与其他玩家一番厮杀。

雷宇只好找书架上的杂志看。那些杂志紧紧压在一起，抽出来就散了，也不知道翻过了多少遍，杂志瓣里啪啦掉在地上，雷宇蹲下身子捡。

单弦终于从牌局里分神，"你到底要干什么？"他嚷。

"我想请你帮忙。"

"我不会帮你的。"

"你知道原来住这里的那些孩子的下落，你必须帮我。"雷宇按住鼠标。

"不关我的事。"

"那么，给你一个挣钱的机会，你挣不挣？"雷宇问。失去双亲、寄居表婶家的单弦，最缺的恐怕就是钱了。

单弦瞪着雷宇："给钱也不干，你别拦着我打牌！"

"你不是想知道我为什么要找那个人吗？找到了，我告诉你。"

"嘁，我为什么要知道你找人的目的？"单弦不屑，"关我什么事？"

最后还是单大嫂的命令起了作用。单弦心不甘情不愿地跟在雷宇身后，一个上午都不肯好好和雷宇说话。而雷宇计算着时间，满心焦虑，也没有心思来讨好这位年轻人。两个人沉默着，在城市中寻找虎门巷 1 号的孩子们——这些曾经调皮捣蛋、拖鼻涕生脚疮的少年都已经长大，或者做了城市的栋梁，或者变成城市的垃圾。但无论是谁，都会出没于城市的美食广场、饭铺酒肆，只不过一些人是品尝者，一些人是经营者，还有一些人是乞讨者。单弦带着雷宇从大十字找到紫林庵，从观风台找到黔灵山……在这种寻访中，雷宇遍尝各种他闻所未闻的食物，比如丝娃娃、独山盐酸、荷叶糍粑、羊肉粉……他得出结论，如果单以吃为评判标准，贵阳实在是一个美好的城市，只是那些食品都太过零碎，适合女孩子，却不对男性粗犷的脾性。不过，这套理论毫不妨碍雷宇冒着肠胃坏掉的危险大吃特吃，且渐渐地无辣不欢。

单弦却很不开心，每碰到一个过去的玩伴，免不了的寒暄就逼着他去回忆过去一次，而每次的回忆都不尽相同。他经常会得到完全矛盾的说法。比如张师傅家的儿子据说患了小儿麻痹，但同院两个做了汽车销售商的伙伴却认定他好动异常，曾经给猪扎针并把猪粪撒在公厕门口的路上。

还有那谣传出国的孙师傅家的三丫头，却在丁字口开了一家麻辣烫，且死活不承认曾经和张家二小子好过；她倒是对单弦印象好得不行，说当年单弦虽然年龄小可是特别喜欢看书，看完了就讲给大家听，什么黑洞啊，白矮星啊，都是些特高深的名词。那时的单弦看上去志向远大，大家都对他心生敬畏。但是单弦自从高考落榜以后就不和什么人交往了，总是深居简出，差不多处于与世隔绝的状态。

"不可能，我不可能是他们说的那个样子。"单弦愤懑不已，忘记了出门前对雷宇态度的恶劣，拉着雷宇说，"我根本不懂黑洞、白矮星。为什么大家的回忆不能重合？难道过去无法还原吗？"

"不能。时空有无数观察角度，缺少一个角度的描述它都是不精确的。但你无法找到这所有的角度，你明白吗？"

"不明白。可是，如果你的说法正确，你是无法找那个男孩子的。你给的参数太少，根本不能确定他的状态。"

雷宇一惊，单弦的话似乎隐藏着更深的含义，他一时分辨不出。时间的紧迫压榨了他的判断力。他等着口袋里感应器的反应，但毫无所获。食物的填补压住了胃里的空虚，却压不住时间的声音——那声音清清楚楚在雷宇头脑中回响，声声催人老。

他们在城市里匆匆忙忙，只在路过国际交流中心的时候停下来。有文化公司牵头搞了一个梵高画展，将大大的梵高头像挂在空中。单弦不顾雷宇径直去买了票，雷宇只好也跟进去。一厅的浓郁色彩，与小家碧玉的贵阳气质不合，单弦却看得目瞪口呆，末了还买了 60 厘米 × 60 厘米的梵高油画《星空》的复制品——在月光黄和星辰蓝旋涡翻卷的天空下，一丛树木努力向上伸展着枝条。在月亮和星星的颤动中，地面上的植物低声吟唱，一切都在不可确定的状态中……回家后，单弦将画端端正正挂在他自己的房间正中。

贵阳的气氛顿时有一丝诡异。

十五

时间倒计数结束的时候，雷宇正在刷牙。清晨的阳光和卖豆腐脑的吆喝声一起传进窗户。他脑子里咯噔一下像断了发条，那一直嘀嗒嘀嗒的声音消失了。雷宇握住牙刷的手顿时悬在半空，看着镜子里的自己发愣。

这就完结了？他所来的世界，就这样将他一笔抹杀掉了吗？他的荣誉和生活，他的经历与情感，都将随着他的名字从上面的档案中消失得无影无踪，他的本体意识将被清理干净，好腾出地方来给下一个时空救火队员，是这样的吗？

他回不去了。

雷宇冲干净嘴里的牙膏沫子，洗了脸。他转头看见单弦的房门大开着，单弦半躺在床上面对着那幅《星空》。星月的天地之间，是一束生命旺盛的绿色火焰。

"你为什么喜欢这幅画？"雷宇没好气地问。

"那你为什么要找那个男孩？"单弦偶尔言语锋芒十足，让雷宇无从答起。

"等到我能告诉你的时候，我自然会告诉你。"

"呸，你们每个人都当我是傻瓜。其实我比你们想的要聪明。"单弦愤恨。

"证明给我看。"雷宇的声音单调干涩。

单弦咧开嘴笑笑："我要搞清楚空间的方向性。"

雷宇一惊，难道这年轻人正是他要找的人吗？这两天的明察暗访全是白白耗费气力？"为什么有这种想法？"他控制住声音中的颤抖。

"时间是有方向的，昨天、今天还有明天，不能逆转。可是空间呢？空间的方向性在哪里？上下左右根本说明不了任何问题。所以我想要搞清楚。"

"你应该去考大学的物理系，这样冥思苦想什么答案都得不到。"

"可能不会有结论吧？"单弦不太在意，"我就是想想。"

"想，解决不了任何问题，你必须证明、演算、推理、实验，才能得到一个确凿无疑的答案。"雷宇坐到单弦对面，挡住他凝视油画的视线，"实际上，你的问题已经涉及当前物理学的前沿领域。你听说过弦吗？"

"那是什么？"

"有皮筋吗？"

单弦去单大婶的梳妆台那里找了一根皮筋。雷宇把皮筋拿在手里拉伸。皮筋绷紧又蜷缩，带动周围空间的舒张和卷曲。单弦看着雷宇的手，似乎从没发现皮筋有此特别之处。

"弦是最基本的形态，是构成我们周围所有事物的基元，包括我们的思想、我们的声音、我们的目光。弦理论是一个完美的统一理论，将万有引力、电磁、弱和强相互作用都概括其中。"雷宇想不到自己的声音中有如宗教布道般的蛊惑。

"基本粒子是电子。"单弦却说，"谁见过弦？"

"教科书从来只会采用成熟的理论。至于弦的存在，得靠物理直觉，不能满足于理解那些有明确数学定义的东西。"雷宇引用不知从哪里看到的一句话，颇为自得，"发现弦并被大众认同是迟早的事。"

单弦的目光积聚到雷宇脸上，似乎是要考核他说的话的真假。雷宇觉得单弦的目光如同山泉，清澈而简单，比他本人更容易理解。"相信我说的话。"雷宇强调。

"关我什么事？"单弦转过头去，拍拍手里新买的《梵高传》，"反正发现弦的人也不会是我。我高中数学很差，物理更糟。"

十六

单弦去小吃店上班后，雷宇睡到了他的床上。看着墙上梵高的画，雷宇不知不觉睡着了。他梦到自己的记忆是一张金黄色的喷香的蛋饼，被盛放在一只靛蓝色的瓷碟里。瓷碟上绘制了苗族特有的花纹。那记忆热气腾腾，看去非常迷人，于是他就用刀叉左右开弓，向那记忆正中戳进去，将它生硬地切成两片。被剖开的记忆里面是灰白的碎末，散发出干燥的陈腐的味道。刀叉在那些碎末里搅拌，碎末飞溅，蛋饼顷刻间变为空洞的面皮。

有一只手将这面皮捡起来捏在手里，捏成一个球。雷宇的目光顺着这只手慢慢上移，他看到面前的人，恍惚中以为那是另一个自己，直到那人开口给他布置杀人的任务，并将一袋战国时期的刀币扔在他枕头上。织锦的口袋袋口一松，刀币散落在枕头上。枕头雪白，铜币斑驳绿锈，交相映衬，美不胜收。雷宇到此便醒了，始终看不清楚那只手的主人的脸。

雷宇坐起来，面对那幅画发呆。梦境只是幻象，但这幻象所掩盖的是什么呢？也许他根本就不是杀手，所谓任务是一种借口，其目的只是要将他从他的那个世界中驱逐？这个想法太不可思议了，他连忙放弃它。上面收不到他的信号，应该知道他的任务已经失败，不会再向这个时空派遣任务了。他现在即将面临的要紧事儿，是如何做"人"——他的记忆是为了这个任务存在的，任务的失败也将导致记忆的失败，从而逐渐将他变成行为混乱没有记忆的疯子。在没有找到弦论大师以前，他自己的存在都将变成问题。

不能坐等了，挽救他失忆的可能方法只有一个：他自己培养出一个弦论大师来。

雷宇被自己的想法吓了一大跳。弦的微小扰动决定不同自由度的粒子，在二维膜上缔造的世界只要一个参数不同就决然迥异。这个他来的世界也许根本没有什么弦论大师，有的只是一帮曾经嬉戏少年而今正各为生计奔波的青年。

这些人中谁会对空间感兴趣？这是座比较重视实际生活的城市，能够感同身受的才是最好的。只有喜欢《星空》的单弦例外。但一个对物理学毫无概念的二十五岁青年，要在尽可能短的时间内变成大师级人物，这不是"奇迹"两个字可以解决的，得在奇迹前加上"大大的"三个字才行。

但还能有什么办法吗？雷宇皱眉头。他只有培养出一个弦论大师来，才能打开时空路径，然后杀回他的世界，质问上面为什么要派他来执行如此语焉不详指向模糊的任务。

雷宇走到书架前，手指一一扫过那些图书的书脊。弦论公式简单明了，但其推演出的所有理论与求证实验雷宇一无所知。雷宇更不知如何用人的语言来表达。何况，就如人所熟知的 $E=mc^2$，简单的公式后面是复杂的计算、大量的实证以及历史研究的沉淀，那是仅仅会背诵公式的学生无法复述的过程。

走过许多时空的雷宇，盘腿坐到地板上，拿出他的感应器。感应器仍然对他没有任何响应。但这个小东西在他手掌之间的翻动，却给了他一些启发。

雷宇的目光，最终落在梵高的《星空》上。

十七

中午大雨，从外面回来的雷宇连连打了好几个喷嚏，体温骤升了二摄氏度。立刻有城市健康委员会的工作人员上门来检查他的情况，禁止他再到户外活动，并责令单弦与单大婶都暂时在家休息。单大婶凶巴巴地抗议了几声，就乖乖地待在家里上网打麻将。小吃店被全面消毒后暂时关闭。

雷宇得以和单弦朝夕相对。

"你对空间感兴趣，那我就和你说说空间对称性的问题。"雷宇说，"这样你会理解什么是超对称性，从而更好地理解弦。你知道什么叫作对称吗？对，我们的脸是对称的。对称性有分立的对称性和连续的对称性。分立的对称性，就像你这本书，它是正四边形的，将它转动九十度，它还是原来的正四边形。连续对称性如一个球面，以球心为原点，无论怎么转，还是原来的球面。这是一个物理系统固有的对称性，或一个物理态的对称性。在一个物理理论中，还有一种动力学的对称性。例子是，假如一个态本身不是转动不变的，但我们将之转动后，同时还转动用以描述它的坐标，这样一个态的一切动力学性质和转动之前完全一样，这表明空间本身的各向同性和物理系统本身与空间的方向无关联性。喂，单弦，你怎么睡着了……"

物理学对单弦来说真是一首好催眠曲。奇迹如果轻而易举就出现那便不是奇迹，它需要耐心和等待。雷宇看梵高的 DVD 专题片，对单弦的哈欠毫不在意。

看完了梵高，雷宇拿出他的感应器给单弦看。

"你一直想知道我为什么要找那个男孩儿，为了这个。"雷宇转动感应器——这是一个边长一分米的立方体，透明晶莹，却不反光，深邃得令人晕眩。

"水晶镇纸？"单弦猜，"批发市场五块钱一个。"

"这不是水晶镇纸，这是一个感应器。"

"感应器？"

"是。"雷宇抚摸着那光滑润泽的物体，这是唯一可以证明他任务的东西，唯一可以让他在这个世界记住自己本体的东西。"每个事物都有左手征和右手征，每个弦都有其镜像，所以产生了这个感应器。"

单弦满脸困惑。

"我要找的那个男孩儿，他在成年的时候终会将高深的弦理论简化为一个通俗的公式，从而改变整个世界。"

"没有人能改变这个世界。"

"可以的。那是在人类智慧整体积累上的突变，蒸汽机车、飞机、原子弹，都划定了一个时代。"

"那个男孩儿已经成年，他发明那个公式了？"

"还没有。"

"那么你怎么知道未来的事情？天哪，千万别告诉我你是从未来来的。"单弦蒙住脸。

"不，我不是从未来来的。我从哪儿来并不重要，实际上我自己也搞不清楚。我的记忆是从到贵阳开始的，我的感觉似乎从没有离开过这座城市。但我们不讨论我的问题，只说这个感应器。"雷宇举起那个物体，"它用那个人本身的思维分子的镜像为基础结构建造，是一个超稳定的弦结构，不会被任何外力破坏。但是一旦那个人与之接触，弦之间的频率共振产生作用力，这个结构就不会再得以保存。"

单弦竭力想理解雷宇的话，但显然他做不到，他痛苦地皱起了眉头。

"就是这样。"雷宇将感应器放到单弦手上。

感应器毫无反应。

"说明什么？"单弦问。

"说明你不是那个人。"雷宇舒口气，"我早知道你不是了。"

"那么有反应的就是你要找的人了。你找到他会怎么样呢？"

会杀了他。但雷宇说："我会告诉他这世界的终极理论——关于弦的一切。"

"那你为什么不告诉我？"

"一个物理和数学都极差的人？不，你没有这个天赋。"雷宇微笑。

单弦哼了一声，将那感应器扔回雷宇手中，不再问什么。

十八

几天之后，瘟疫警报解除了。邻居们蜂拥而至，请单大婶的小吃店立刻开业。单大婶正在联众棋牌室里厮杀得酣畅淋漓，坚决要众食客等她扳回老本再说。

一直不怎么和雷宇说话的单弦忽然问他："你会开车吗？"

"会。"

"那我们租辆车出去走走，我在家里好憋闷。"

雷宇和单弦便租了一辆越野吉普车。车子按照单弦的要求穿城南行。沿途都是绿灯，新铺的沥青路面黝黑清爽，南明河与梧桐树左右相伴。单弦打开车窗，任 CD 节奏在风中呼啸。车子出贵阳市区，经小河过花溪，两旁青山不绝，田野不断。

"我不知道你从哪儿来，干吗老是说关于弦的事情？你让我心神不定，好像生活有其他的真相，另外的可能存在。比如我是因为目睹了什么事件而被黑衣人抹去了记忆，或者是计算机甄选出来作为程序的改良程序。无论哪种可能，命运都是自己不能把握的。"单弦关掉 CD，对雷宇说。

雷宇目视前方，对这年轻人的困惑无动于衷："你不是救世主。别相信好莱坞电影。"

"我知道电影必定与现实生活相去甚远。但，谁知道好莱坞编制那些可能性的真实动机？就像我不知道你的。为什么你要告诉我弦的事情？"

"等你真正理解了弦，你自然就会知道。"

"停车！"单弦大吼，不待车子停稳就跳下去，"别和我说时机未到！"他愤懑地嚷，"你又不是先知！"

"我不是。"雷宇面无表情，"如果你懂得弦，你会是。"

单弦伸开双臂，拍打车子，发狂道："是不是到那个时候，我就可以看到万物其实全都是数据流，所有东西都是虚假的、制造的、没有实体的?！"

雷宇打开车门，很平静地说："生活不是科幻电影，弦也不是电子空间。你会将它们区分开的。"

单弦上了车，一路都气鼓鼓地不说话。他们开到青岩附近，就在当地吃农家饭。木梁泥墙、稻草铺顶的老房子建在一块稻田旁边，主人从房梁上取下被柴火熏得乌黑的腊肉，给他们蒸腊肉饭，还有从田里新摘的西瓜做饭后水果。饭桌就对着稻田，几头仔猪在饭桌不远处的圈里哼哼。有一只鹭鸶在田里捕食，时不时飞跳起来，白羽黑爪与翠绿的水稻配成天然卓越的山水国画。

望着那只生机勃勃的鸟，单弦突然间心平气和。他问雷宇："我该怎样开始了解弦？"

十九

他们回城途中碰到庆祝瘟疫结束的花车游行。吉普车开不动了，只好停在路边等游行结束。但是游行渐渐变成一场狂欢，周围的观众纷纷加入队伍中凑热闹。雷宇被银饰环佩叮当的布依族少女拉下车子，在热烈欢快的乐曲声中翩然起舞。伴奏之人坐在花车上，都是须发皆白的老者。他们手持月琴、牛角胡、牛骨胡、葫芦琴、勒朗、笛、牛皮鼓和小马锣，敲敲打打，怡然自得。

"听听，听听，这是北宋时期传入黔地的古乐'八音座唱'，现在已经没什么人会演奏了。""据说金阳那边修路发现古猿人化石了，这可不得了。说不定贵阳以前是古人类的发源地呢。""不是说贵州人夜郎自大吗？总要有自大的理由吧。源远流长，天下皆出自我，你说我该不该自大？"人们喧哗着，嬉笑着，话语如同棉絮，渐渐布满雷宇周围。如果没有弦的困扰，贵阳真是好耍，雷宇心想。这时他才发现单弦不见了。

单弦凌晨 3 点才回家。他浑身酒气，几乎瘫倒成一团泥。一个娇小玲珑的女孩子送他到门口。女孩子嘴角俏皮地生了一颗小小的黑痣，看见雷宇就连声惊叫："呀！是你！我们在机场见过的。你忘记了吗？"

雷宇摇头。

女孩子不高兴，提高声音道："那你现在要记得我啊，叫我璇好了。"她顿了顿又说，"你的健康跟踪器可以去清除了。他们还会给你免费做体检呢，可别忘记了。"

雷宇正想着那个跟踪器的事情，也许去掉了，他的电磁场就可以恢复正常了。璇自告奋勇陪他去交通部门报到。巧得很，遇到了那个飞机场的出租汽车司机——他还记得雷宇，一见面就招呼："你还在贵阳啊？怎么样，贵阳不错吧？"看到璇，司机脸上顿现恍然大悟的表情，冲雷宇晃大拇指，"你真正要得。"

雷宇没说话，在想操控健康跟踪器的那些人是什么样子的。虽然他看起来与人类没有任何的不同，但他仍然对那个部门有一丝恐惧。毕竟他只是人的模拟体。

璇和司机聊天。司机熟悉交通部门负责跟踪器的机构，据他说，这几天去解除跟踪器的人有好几十，他已经拉过去好几个。"我们贵阳好啊！"他一路都在唠叨，"来的人都不愿意走！"

雷宇懒得理司机，好在目的地很快到了。机构不大，一些普通的神色拘谨的公务员有条不紊地按章办事，没有对雷宇啰唆一句话就将跟踪器从他体内吸了出来。手腕空空的，过了好久，雷宇才彻底相信那健康跟踪器真的只是跟踪健康状况。

"你怎么了？"璇挽住雷宇的手臂，"你表情怪怪的。"

"有吗？"雷宇摸摸脸，"没什么，我只是觉得——贵阳挺不可思议的。"

回到单家，雷宇立刻取出感应器，它依然没有反应。也许电磁场的恢复需要一段时间吧，雷宇想。那边单弦房间里璇在清脆地笑。少有地，单弦低沉的笑声也夹杂其中。

于是璇成了单家的常客。璇二十四岁，眉眼秀丽，声音温柔，除了打麻将时与单大婶对吼很不像话，其余时间都十分乖巧。

"她是我的初恋。"单弦告诉雷宇，"我们以前好过很久。"

"没有那么久。"璇纠正他，"只有两年而已，而且我去旅游学校以后你根本不理我。"

"我以为你不理我了呢。"单弦辩解。

璇嫣然一笑。

璇每天都到单家的小吃店来，然后上单家看雷宇。她劝雷宇不要整天待在房间里折腾单家的旧电器，但雷宇似乎很喜欢修理，不仅弄好了单家的旧电视和 VCD，还把左邻右舍的坏电器都修了个遍。

璇嘲笑雷宇："你还喜欢做修理工啊？今天甲秀楼放花灯，你和单弦陪我去看吧！"

雷宇想推辞，单弦却也说一起吧，他好久没逛街了。雷宇只好答应。

去大南门的道路堵车，三个人弃车步行。马路两旁的法国梧桐已成合抱之势，树荫宽大，几乎遮日。璇穿条宝蓝色印花珠片吊带裙，走在两个男人之间，如一只蝴蝶精灵。

灯会还没有开始。单弦建议去逛路旁的书店，璇嚷着要吃恋爱豆腐果。雷宇不能两个人全陪，只好女士优先。璇却不等他，自顾自找了食摊坐下。主人送过来蘸水碟，碟里一层精炼过的油辣椒，亮晶晶的红油里混了芝麻、葱花、碎花生米、蒜末、姜蓉、细盐、味精、酱油、老醋、香油、香菜末。主人给烤架上的十来块半焦黄的豆腐再刷一层油，豆腐发出轻微的噼啪声。"这是恋爱豆腐果。你也来两串？"璇回头叫雷宇。雷宇摇头，神情里有些不屑。

"你别瞧不起这种坊间小吃，它以前还救过人命呢。"璇撇撇嘴，也不管雷宇肯不肯听，自顾自说下去，"那是抗战时，日本人对西南大后方进行空袭。炸到贵阳了，有个小伙子的住处给炸了，他被埋在废墟底下，人们看得见他，就是救不出来。有个姑娘可怜他没吃的，就把家里的豆腐烤好了带给他吃。"

烤架上的豆腐变成油亮的金黄色，主人将豆腐取下放在璇面前的空盘里。璇迫不及待夹开一块豆腐上面的皮，将蘸水汁浇进去，然后咬上一大口。

"后来呢？"雷宇不喜欢没有结尾的故事。

"后来大家就管这种油炸豆腐叫作恋爱豆腐果了。"璇说完，一块豆腐已经消失在她的樱桃小口中。红润嘴唇上一层油光泛动，偶尔唇里露出雪白的牙齿来——雷宇看璇有滋有味地吃豆腐果。

璇过足了瘾，发现雷宇呆望着自己，忙找纸巾擦拭嘴唇，问他："你怎么不吃？"

"啊，我不想吃。我去看看单弦，逛个书店怎么要这么久。"雷宇就要站起来。

"不许走，我还没吃完呢。"璇撒娇般地命令。雷宇又坐下，转过头，就看见了南明河中巨石之上的甲秀楼。楼檐、尖顶与窗棂镶嵌的小灯，正一盏盏亮着。灯光里，单弦抱了一摞书兴冲冲过来。雷宇翻了翻，全部是高等数学和量子力学方面的书籍。

"你要干什么？"雷宇和璇同时问。

"我没有天赋，但是我会勤奋。"单弦看着雷宇，目光里充满挑战，"我总有一天会理解弦。"

雷宇不知道该如何回答他，手里还捧着他买的书，沉甸甸的。过了一会儿他才说："好，等你理解了，我一定知无不言。"

"那我们击掌为定。"单弦伸过手。雷宇只好也伸过去。两只手掌在空中发出清脆的碰击声。

"你们到底在说什么呀？"璇看看雷宇，又看看单弦，满脸疑惑。

"一个学术问题，你不懂。嗨，快看啊，月亮！"单弦指着天上，叫嚷了起来。

银亮的月正渐渐被黑色侵蚀，只剩下细细的牙。浩瀚的天幕上也只有这细细的一弯月牙。月牙越来越细微，弓成一线，如弓之紧弦。随即弦断弓收，月亮被黑暗完全吞没。原来是月食，雷宇记起来。这是他原来世界没有的景象，在贵阳看见了。

"扯，你哪儿有什么学术问题啊！"璇拍单弦的背，"上次你把积蓄都花了买电脑，要学平面设计，结果怎么样？你还是现实点，听婶娘的话秋天去上个厨师班。"

"如果那是我选择的，我会坚持。"单弦的脸上忽然显出从未有过的倔强表情。

二十

时间自从月食以后呈现出迅疾的姿态。雷宇感觉到时间的迅速流逝，白天黑夜交替轮换，似乎在一瞬间就完成了。他人类的面孔上，居然有了细细的眼角纹和抬头纹，而感应器还是一如既往地沉默着。只有单弦对弦的坚持，让他觉得等待不是那么漫长和无聊。

在等待中，雷宇渐渐搞清楚了单大婶的羊肉汤的配方，杂货店里也出现了消失许久的百香果。璇看见雷宇在小吃店灶台那里忙活，诧异得都说不出话。"单弦呢？"平息了心头的惊奇，璇急问。"他在忙，我替他干一会儿。你能到隔壁给我买一块钱的百香果吗？"雷宇回答。

璇片刻跑回来，晃晃手中的食品袋："真的有百香果，我好久没吃到这种东西了。小时候我最爱吃这种糖了，后来就没看见卖的了。"

"有需要就会刺激生产。因果互相影响，没有孤立的系统存在。"雷宇一边说，一边给顾客端上牛肉面。那边有人叫肠旺面，雷宇应声问：

"红轻红重？宽汤？"

"你还会做什么？"璇跟在雷宇身后，抽空将一颗百香果送到雷宇嘴里。

"厨房的事情难不倒我。"

"你真行。"璇闪动的眸子令雷宇害怕，他岔开话题："是找弦子吗？他去贵州大学旁听物理了。"

"又为了那个弦？他真是疯掉了。单大婶说他天天琢磨这个，还泡在网上找同道中人。"

"他的确有点疯狂，不过这种兴趣挺宝贵的。"

璇忽然不说话，抬起头，盯住雷宇的眼睛："你和我说实话，他在这个什么弦上，有发展前途吗？"

雷宇摇头。

"那可怎么好，总得让他明白这一点啊。"璇着急。

"每个人都可以对科学抱有热情，他现在的状态非常难得。哪怕没有什么成果，也是值得称道的。"

璇轻轻叹气："也许你的想法是对的，可我……"她停顿一下，到底那半句话也没说出口，只是将那袋百香果塞到雷宇手中，走开了。

璇走出去几步，忽然又跑回来，问雷宇："那你呢？你又在这里做什么？"

雷宇抻抻身上溅满油花的围裙，说："等待。"

"等待？"璇不解。

雷宇点头："对，等待，等待奇迹。"

二十一

等待需要耐心，雷宇很清楚。贵阳并不像是能够创造奇迹的城市，但他最有职业素质，只要存一线希望接近成功，他就不会放弃。何况，他已经将自己的未来与单弦能否领悟弦联系在了一起，他必须将单弦培养出来。

趁着单弦不在，雷宇将《星空》后面的神经诱导器又调高了一个数量级。用人类的器材原料制作出的神经诱导器非常粗糙，但对单弦还是颇有成果。人脑实际使用的部分仅仅占脑容量的三分之一，大量的脑细胞还处于原始的休眠状态，唤醒这些脑细胞将极大地提高人的智慧——这是雷宇正在做的事情。

单弦常常站在《星空》前发呆。他揉着通红的眼睛对雷宇说："我觉得我像个大梦初醒的人，这世界太玄妙了，而我以前一无所知。你看那些从网上下载的文章。"

"有收获吗？"

"网上？论坛上的东西对我这种新人来说真的是不知所云。"单弦苦笑。只有一位不愿意用写 SCI 论文来打发业余时间的研究员，用中文很通俗地演讲弦的文章他能勉强看得进去。研究员写到某位学者用一个硕大无比的夹纸板演算公式，从左上角开始用蝇头小草一直写到右下角，写满后翻过页接着写，算上几个小时不知疲倦，其间唯一的休息是将铅笔放进电动削笔刀中削尖。看到这里单弦就心存羡慕，到处去找那种夹纸板，幻想着有朝一日也这样将数学公式一气呵成推算到底。

"我知道初学者要想研究弦，就如同家庭妇女要登喜马拉雅山一样，是件异想天开的事情。不过如果抛开所有复杂的演算，另辟蹊径，它也许就不困难了。比如，我能不能在计算机上建模，用多维结构模拟弦运动，我说不好，但是也许我能。弦论的基本对象不仅仅是各种振动着的弦，还含有其他自由度，比如纯粹的点状粒子、两维的膜等等。数学部分求证很困难和复杂，但物理学家要有直觉，不能满足于理解那些有明确数学定义的东西。就当我现在开始大一的物理课，我不过才二十五岁而已。学上十年，应该也能像论坛上那些人一样发言了。"

雷宇抄起双臂，心想冷水泼到什么地方算合适的催化剂呢？他只能走一步看一步了："这很难，理论必须有实际的例证支持。引力红移、光线弯曲和水星近日点进动等验证了广义相对论，它能够解释所有已知的宏观引力系统。而且到目前为止，科学家们在物体一百零八微米的距离上都没有观测到引力定律的异常现象。引力与距离的平方依然成反比。要建立一个理论不难，要找到检验这种理论正确性的论据却很难，你明白我的意思吗？"

"那么关于弦你究竟知道什么？"单弦的语气咄咄逼人。

雷宇躲开他的锐利目光："我知道你无法理解的那部分。"

"我很快就会理解的。你等着。"

雷宇不再说什么，转身要回自己的房间。单弦突然冲着他的背影喊："你找的那个男孩子就是我！我想起来了，就是我。我小时候不但喜欢给大家讲书上的事情，还带着大家搞恶作剧，在孙师傅家楼梯底下放鞭炮，差点把他们家那头大黑猪吓疯！"

雷宇径直走回房间。

那边单弦还在大声叫："你听见没有，我就是你要找的人！"

雷宇啪地将房门关上。

二十二

如果单弦是那个人，你要杀了他。如果他不是，他在你的引导下正将自己变成那个人，你还是要杀了他。你并不问动机，你只是要杀人。

雷宇心里那消失许久的本我声音又一次出现了。恍惚间，他似乎听到了头脑中嘀嗒的时钟声音，但仔细听来，却又什么也没有。

上面派他来的真实动机究竟是什么？他真的是一个杀手吗？在飞到贵阳以前，他的世界在哪里？

感应器掉在地板上，没有丝毫损坏。雷宇捡起这东西，在衣襟上擦了擦，它依然晶莹剔透如故。"我要疯了，"雷宇想，"而我是始终可以把握命运的人，哪怕永远不能了解真相。"他将感应器放进箱子。他需要一杯酒来镇定，好在漫长的等待中保持耐心。

城市的酒吧街在北部邻近黔灵公园的地方，雷宇走进一家迪吧。璇正在灯光中摇摆，如一条摇曳的鱼。雷宇靠近她。年轻女孩子羊脂玉般的脸上泪痕点点。"我不在乎他是厨师还是物理学家，我只在乎他心里有没有我。你知道一个女人最需要男人什么吗？"她仰头问。

雷宇迷惘。

"最需要男人在乎她——她的感受，还有她的愿望。"璇大声回答。正在蹦跳的男男女女用嘘声和掌声表示对她的赞同。

"可是男人需要全世界认同他，不仅仅是女人。"雷宇耸耸肩膀，"希望你理解他。"

"我理解，但并不赞同。还有你，你站在舞池外边干什么？下来跳舞啊！"璇叫道。

雷宇来不及谢绝，便被璇拖下舞池。女孩子小小的手放在他的掌心里，乌黑的头发在他眼前飘。雷宇就觉得心脏跟着音乐节拍一跳一跳，拦都拦不住，好像马上会蹦出胸腔。

音乐慢下去，璇的头抵住雷宇的胸膛，她轻轻地叹息，像是一朵花儿的低语。雷宇搂着她柔软的腰肢，整个人都要融化了。

吧台送他们法国葡萄酒，冰块与柠檬皮掺和在一起。璇说受不了，要去街头吃大排档，喝纯正的贵州赤水酿的刺梨酒。两个人吃成都麻辣烫。璇脸红红的，雷宇脸更红了。小工走过来收账，油腻的手在油腻的围腰上擦了又擦。一元的硬币一个个落在桌子上，璇数着一二三四，却总是数不清楚。那小工失去了耐心，将硬币一股脑儿全攥在手掌里，手掌简直都要撑破——"两位麻辣烫，鸳鸯锅？"他眼睛盯住门口进来的男女，嚷。

雷宇和璇一起随小工嚷，把进门的人吓了个魂飞魄散。他们在一屋子人的惊诧中跑掉了，一路上纵声大笑。雷宇拉紧险些撞车的璇。他叫她，璇用微笑的目光答应。眼眸清亮透彻，流转顾盼之间，光华闪烁。

　　他们回到单家。单弦却不在。单大婶照例打牌去了。"小时候，我做过一个梦，就是这幅画。"璇指着墙上梵高的《星空》，"我总在想，这些旋涡是什么？"

　　"是大大小小的银河。"

　　"瞎说。银河怎么会是这个样子？"

　　"就是这个样子，所有的银河都是旋涡状的，卷曲着运动。无数维的时空夹杂在一起，有各种不同的表象。"

　　"那些银河里，是不是也有太阳系？有地球和地球人？"璇的手指在画布上滑动。

　　"当然有。我们只是这万千世界中的一粒沙。"

　　"如果这些沙子中有一粒属于我，我就算死都会觉得很开心。"璇将头依靠在雷宇肩部，"彻彻底底只属于我。"

　　"单弦？"

　　"不，不是他，是你。我只想和你在一起。"

　　雷宇觉得自己今天酒喝得太多了。"我要去图书馆找单弦回来，太晚了。"雷宇咬着舌头说。

二十三

　　"到哪里了？"雷宇迷迷瞪瞪地问。酒力已经散了，他为自己不知什么时候坐在一辆空调大巴上而诧异。

　　售票员好不高兴："你要去哪里？"

　　"这儿是哪儿？"雷宇继续他毫无建设性的询问。身边的璇却已经站起来，拉他的衣襟，示意他下车。

车外一条水泥马路斜入密林，林子那边是山峦叠翠。一些人力三轮立时蜂拥而至，问他们要不要花两块钱到镇上去。璇挑了一辆干净且有红色遮阳篷的，靠背光的一侧坐下。雷宇只好坐到晒太阳的那一边，将璇的旅行包放在自己腿上。

三轮车晃晃悠悠发动起来，一动起来就有风，雷宇额头的汗片刻被吹散了。他定下神来，车子已经接近一座古代的城楼，楼墙青苔被雨水侵蚀的痕迹斑驳可见。

"嗨，这儿是乡下吗？"雷宇在这时空的遗迹面前有些恍惚。

"青岩离贵阳市区三十千米，算不算乡下？"璇吐出嘴里的口香糖，用面巾纸包了扔进路边的垃圾桶，"我在这儿有间房。"

"古屋应该很值钱。"

"那就打八折卖给你。"璇笑，"然后我租你的房子。"

雷宇眯起眼睛，璇已经抢先冲到台阶上去了——石板路一级级通向古代的城楼，楼门黑洞洞的，不知道隐藏着什么样的未来。去处还未得见，窄小的门洞仿佛一段弦，要将他卷曲起来抛掷。是的，他就是一段弦，被时空之手随意抛掷，需要合适的场所舒展开以便创造自己的世界。

"来呀。"璇在石板路尽头招手，"你会喜欢青岩的。"

会吗？雷宇不能确定。等待和杀手的任务就这样不了了之了吗？

"你来不来呀？"璇催促。

"来了！"雷宇回答，一抬腿，脚步竟然无比轻松。

二十四

雷宇在次日的报纸上看到虎门巷着火的消息，损失不算太大。但那栋有四十年历史的法式建筑完全报废了。这也怪居民们对老建筑不加修缮，一味使用。报纸上的图片显示雷宇熟悉的小吃店与杂货铺都是一片不堪的狼藉。

"我放的火。"璇将报纸从雷宇手上拽走，一本正经地说。

"瞎扯。"雷宇摇头。

"你不相信？"

"发生了什么事情？"雷宇站起身，居高临下俯瞰着璇。

"我在胡同口碰见弦子，就去店里煮羊肉粉吃。他不喜欢我和你在一起，我们就吵了起来。我把他打昏了，然后，不知道怎么火就起来了。"璇噘嘴，"不怪我。他老是在说那个弦啊弦，他疯了呀。"

雷宇靠住门，阳光从门外直射进来，炽热刺眼。

"火灾情况怎么样？"他听到自己的声音空洞。

"弦子被怀疑纵火，已经被送健康委员会鉴定了。"璇低头踢脚边的石头，"他果然是疯了的。"

那个若古代弱冠书生般清瘦白皙的年轻人是疯子吗？雷宇闭上眼睛，所谓奇迹，真的就那么脆弱，不能坚持，要受天谴吗？

或者，自己陷入贵阳的世界，是无论如何也无法否认的事实了。这就是被上面抛弃的悲惨下场吧？

就此老去，葬身时空的缝隙之中，不需要他雷宇再为自己惋惜什么了。

二十五

璇的房在背街上，不大，是门面房，稍微收拾一下便可开店。璇不久就申请做了镇上的导游。雷宇用璇的房开了一家小吃店，卖米豆腐和肠旺面。

有六百多年历史的青岩处处是明清古建筑，依山傍水，清幽无限。镇上寺庙道观教堂共存，令雷宇常常感叹居民对宗教的宽容。感慨之余，他会走到百岁坊那里看下山狮，石刻的野兽似乎随时会在夕阳的余晖中夺路逃走。

弦渐渐变得遥远了。单弦因为被鉴定为精神失常而被免予起诉，送进了精神病院。单大婶离开了虎门巷，据说去了新城区。有时，雷宇会想象单弦发现自己失踪后的心情，也许会当自己是骗子吧，不仅谎说这世界有万能的弦，还骗走了璇。不管怎么说，这结局总比自己真的去杀死单弦好。雷宇唯一遗憾的是离开得太过匆忙，将那个感应器留在单家了。

这种遗憾随着时间的推移也渐渐遥远。雷宇和璇在那年冬天，青岩被挂牌确定为中国历史名镇的喜庆日子里结了婚。

新婚那夜雷宇却睡不着觉，结婚这种事情是他以前的世界里没有的。他真的从头到尾都彻底地变为"人"了，他不能不借一点茅台来催眠自己。酒精的作用下，他进入了梦乡，却看见单弦站在那里，浑身都是血。

"你撒谎！你根本没打算告诉我弦的事情。你不讲信用，我们击过掌的！"那年轻人说着说着，愤恨的表情变得委屈了，他蹲下身去，嘤嘤啜泣，"我想知道，我想知道啊……"

火从四面八方烧起来。

雷宇骤然惊醒，他坐起来。璇急忙打开灯，给他擦去额头上的汗。

"那天晚上是我点的火，是不是？"雷宇抓住妻子的胳膊。

璇脸上无惊无惧，她挣脱开雷宇的手，心平气和："真相是不存在的，你比我更清楚。"

雷宇肃然。

这以后雷宇的日子安静而闲适，喝米酒、香麦茶，吃玫瑰芝麻糖、脆皮猪蹄，听佛钟、寺鼓，看杜鹃、珙桐、桂花和红枫。雷宇和璇之间再也没有出现过"弦"或者"弦子"这样的话题。雷宇想，实际上他已经忘记曾经的自己，只有偶尔在为食客端茶递水的时候，他会感慨几秒自己"可耻地堕落"了。

璇接待游客，整天说历史数典故、谈古人，书院街、油榨巷、西院巷、状元街、慈云寺、万寿官、北城门……游走于这一条光滑的石板路，不知道来来回回走了多少遍。她带游客逛完历史古迹就到雷宇的小吃店来吃米豆腐。雷宇赤膊，在小小的厨房里磨米、蒸豆腐、做配汤。店太小，客人们只好站到街上去吃——薄薄青花瓷碗中，半透明的米粉块被红油一层层环绕着，黑红的醋汁在中间流淌，让人怎么也吃不够。总有人惊奇这醋的颜色，于是雷宇就会指着醋坛子说青岩双花醋的好处，末了一定会卖出去几打包装上写着 500 克实际只有 400 克的醋。

隔年过去，璇怀孕了，十月辛苦，诞下 3.5 千克重的麟儿。雷宇的喜悦之情无法描述，许久以来心里因为失去弦的空洞，被儿子填补得满满当当。小雷活泼好动，不惧生人。满月后璇将他的摇篮放在小吃店门口，托店里做杂役的七娘照料。小雷喜欢笑，成了食客的一爱。人们给他玩具，他都拆得稀里哗啦。雷宇还很鼓励他，美其名曰培养智力。

夏天来的时候，小吃店租下隔壁的房子，有五张桌子了。小雷已经可以走路。七娘专门负责照看他，整天带着他在镇子里转。

一天，七娘忽然跑回来，焦急地说孩子不见了。她把孩子捆在牌坊那儿去上茅房，出来时发现绳子断了。雷宇听了浑身冷汗直冒，赶紧叫人去找。璇也扔下游客们过来与雷宇会齐。他们爬上城墙，穿过百岁的牌坊，打开状元府的每一间房。他们呼喊，四只眼睛三百六十度搜寻，直到筋疲力尽。

雷宇心里隐隐有些不安。"还记得弦吗？"他问璇。

"弦？"璇瞪他，"我不记得了。你赶快把儿子找回来！"

镇子守门的人认识小雷，都说没看见。镇子并不大，他们找了很久，却怎么也看不到宝贝儿子的身影。他们不免垂头丧气。雷宇去挽璇的手，被她甩开了。璇眼圈红红地径直往前走，雷宇只好跟在后面，不敢再说什么。

小巷曲曲折折，细窄得只能容他们两个一前一后地走。雷宇有些疑惑，在青岩生活了好几年，却从来没有见过这条小巷。巷子突然之间变得十分漫长，似乎总也不能走到尽头——来处已经隐藏进拐弯的空间中，去处却还未得见，窄小的巷子仿佛一段弦，要将他卷曲起来抛掷。

雷宇停住脚步，他清晰地听见脑子里时间嘀嗒的声音，那么清楚和明确，一声声都敲打在他的神经中枢上。他抱住头，但是声音就在他的脑子里，是怎么也消除不掉的。

新的四十八小时开始了。

原来上面始终是不曾忘记他的。

他们不过是在耐心等待。

璇也站住。她看着身后的雷宇，示意他快一点。但在巷子的深处，有熟悉的声音响起："你看这张纸，我可以撕成无限小，小得根本看不见。纸是由纤维构成的，纤维由分子构成，然后是原子、原子核、质子、中子、电子、介子、光子、轻子和快子……世界就建筑在无限小的一根弦上。"

璇顾不上雷宇了，她向那声音跑去。雷宇要快跑才能跟上。他们拐过一座房屋的尖角，就看见小雷在地上爬，那个感应器就在他面前闪动。单弦靠墙坐着，剃了个板寸，清瘦如从前。

璇要冲上去，却被雷宇一把拉住。

单弦继续说："他们把十一维时空折叠起来了，只给我们三维的。三维啊！真让人痛心。"

小雷仰起脸来，面对单弦笑得天真无邪。他伸手一把抓住感应器，感应器在小雷的手上流光溢彩，瞬间化为无数璀璨的微粒……

冰上海

呼呼

那一年我才七十岁，就已经是"亚博"号太空船的船长了。能当上太空探险队的队长绝非易事，许多人都说我很了不起，也很幸运，进而对我首航后就申请退役很不理解。很少有人知道，这些年来我一直很后悔，如果当初换作一个经验丰富的船长，也许就不会铸成那样的大错了。那个错误我没对任何人说起过，管委会的委员们这些年里也一直保持着沉默——对于他们来说，资源最重要，而利润最最重要。

那些钞票上是否血迹斑斑，谁又会在乎呢？

1

"这是我们的画像！"主舵手瓦里安特的声音里抑制不住惊喜。

我顺着他的手指看去，果然在冰壁上看到了壁画。壁画的颜料才渗入冰面下一点点，可见是不久前的作品。不知道阿姆托人是怎么调配颜料的，他们的壁画时间越久，画面渗入冰层越深——这个特点是医生艾发现的，探险队五个成员里，只有他喜欢美术。虽然我们并不太懂艺术，却也被壁画那粗犷简洁的笔法所震撼。阿姆托人平均身高不足一米，在他们眼里，我们这些外来者个个高壮雄伟。"他们很敬畏我们这些神呢！"瓦里安特喃喃道。

"如果你脱下头盔，让他们看到你只有两只眼睛，那你就会被当作魔鬼晒死。"我笑了笑说。

我们在这个寒冷的星球上已经停留了一个月，基本上搞清楚了阿姆托人的情况。鄂斯玛——阿姆托人是这么称呼他们的星球的，是一颗冰星，据星矿学高才生阿斯塔特说，这颗行星原本气候温暖、物种繁盛，却在几万年前偏移了自己的轨道，绕着圈子渐渐远离自己的恒星。鄂斯玛的大海变成了冰川，仅有的几块陆地也被厚厚的冰原包裹着。如此寒冷的环境下，居然也能孕育出智慧，确实令人惊叹。只不过，这个文明的幼蕾终将夭折，阿姆托人还处于冷兵器时代，而按照鄂斯玛的逃逸速度，再过两千年这颗行星就会飞出本星系，成为一个巨大的流浪者。失去恒星的关照，生命又怎能存留下来？

我们没有能力拯救阿姆托文明。鄂斯玛这样怪异的轨道，是因为曾遭受过一次巨型彗星擦身而过，虽然没有被直接撞飞甚至碎裂，但已被突然而来的鲁莽"舞伴"带得偏离了舞池。如果要回到原有的轨道，就必须再施加一次精心计算过力道的撞击。我们只是一艘探险船，船上的星炮最大的功率也只能击碎一颗直径三千米的陨石。再说就算我们有这本事，谁又能知道已经适应严寒的阿姆托人是否能经受住再次撞击，又是否会被温暖的气候扼杀？

最近的几次会议上，探险队员们都在为这个问题争吵不休，是很认真的那种吵架，没有人能面对一个濒死的文明无动于衷。"我们不是神，我们做不到。"我告诉大家，也是在安慰自己。"别跟他们发生接触，我们的目的是矿石。"我警告他们。

我们的形迹当然不可能逃脱当地土著的眼睛。阿姆托人有三只眼，两只长在脸上，一只长在头顶。医师艾认为，阿姆托人可能是从某种陆生动物演化来的。那种动物可能曾有一种飞禽类天敌，头顶上的眼睛就是用来放哨的——和另两只眼睛不同，天眼没有眼睑，始终睁着，而且只对远处的移动物体有反应。自然造化真是神奇。

在阿姆托人看来，我们就是神——施放在基地附近阿姆托人村落里的监听器很有效，电脑破译了他们那种尖锐的语言。我们被他们称作"他神"——因为我们的形体和阿姆托人所信仰的创始神或者冰神都不一样。只是他们为什么不把我们当作魔鬼呢？这个问题很让我们迷惑。

我们不是星际生物考察组，也不是文明公使团，吸引我们在鄂斯玛降落的，是计算机接收到了刹什海下面强烈的铮矿反应。

也就是说，我们其实是小偷，我们到此的目的是要偷走阿姆托人的宝物，尽管他们并不懂得这宝物的价值。或许他们的文明根本发展不到那个阶段，即使他们将来能够延续文明，也不会拥有和人类文明一样的模式。被人类称作信息技术新纪元材料的铮，对他们而言可能只是某种沉重的石料，将来可以用来做房基，或者锤子，或者钱币什么的——而目前他们只能在近海打鱼，藏在刹什海中央海域深处的铮，对他们来说压根儿就不存在。但我们毕竟是小偷，好像没有哪个文明存在"偷神"这一说法吧。而要从一个将死的人的家里偷东西，这种行为更偏向魔鬼的风格。或者说，坏人的风格。

2

我们的基地就建在刹什海边。在阿姆托话里，这片星球上唯一的水域被称作"安洋"。不过艾坚持"刹什海"这个名字。作为行星的发现者，探险队拥有命名权，不过仅限于无文明行星。反正我们也没办法用女高音C发出"居吉亚比"的音，刹什海就刹什海好了。真搞不懂阿姆托人的腹部发声器是怎么长的，比汽笛还要生猛。而比阿姆托人的说话方式更加古怪的事情就是：刹什海为什么不结冰？

鄂斯玛的温差很大，从零下十几摄氏度到零下七十几摄氏度，一天九变。这里随时起风，起风就降温，风停了就会"暖和"不少。但无论如何不应该还有海洋存在的。阿斯塔特对这个问题很是痴迷，这些天总是开着小飞船，带上各种探测仪器在海上满世界乱转。

"这是一个大冰盆里的大温水池。"阿斯塔特如此形容，"海底都是冰，海水温度却保持在五摄氏度左右。简直莫名其妙！"

作为一名船长，我知道每个星球总会有一些违反常理的怪事情，更何况鄂斯玛本身就很古怪。从没听人说起过行星往外逃跑的，结果就让咱们遇上了，还有什么怪事出现在这里也很正常。我这样劝慰阿斯塔特——不劝一下是不行了，四十多岁的小伙子，急得两眼全是血丝，真可怜。"你只要告诉咱们，该怎么最快最安全地下水把矿石弄上来就可以了。"

"你难道不明白吗，我亲爱的船长？"阿斯塔特鼓起眼睛瞪着我，"这绝对不可能是自然形成的。地热？不可能，海底有冰层。太阳能？恒星的光芒照到这里，还不如管委会的慰问状暖人心。没有热源，你们明白吗？整个海洋，面积 3721.7849 万平方千米的海洋，只要是水分子，都保持在五摄氏度！"

"是不是生物作用？"瓦里安特问。

艾用力摇头："海洋里生物倒是不少，但没发现什么异常。除非是深海里藏着什么我还没找到。"

"也许是阿姆托人干的。"我托着下巴，"也不可能，除了打鱼，没看出阿姆托人有亲水情结啊。做这么大的鱼缸，连地球人都办不到，再说这么做也毫无意义。"

"船长！出大事了！"负责监听的导航员迪斯卡·福瑞跑来说，"阿姆托人大游行！"

我们从飞船餐厅赶到指挥舱。显示屏上正现场直播呢，四百多个微型高空摄像器把信号传到我们眼前。乖乖！我倒吸了一口凉气。阿姆托人的人数还真不少。

白皑皑的冰原大陆如今已变了颜色，数不清的阿姆托人摆出个铺天盖地的阵势，正向大海这边进发。在分画面上能看见这些穿着厚厚皮甲的冰原侏儒，以及他们手中刺枪上的寒光。

是军队，阿姆托军队。

见鬼了，我猛然从指挥席上站起身。"起飞！"他们不会是来攻打"他神"的吧？

"各就各位，一级战斗准备。"我一边吩咐一边琢磨，我们没做什么得罪阿姆托人的事情啊，"爬升到一千米，再释放五百个监视器。"

"还是再高一点吧，如果这些家伙真能造出那么大的鱼缸，搞不好还真有什么本事。"阿斯塔特建议。

"爬升到三千米。"我从善如流。

这邪门的星球！

3

我们在安全高度挂着，看着下面灰蒙蒙的一大片——估算说是一千三百万阿姆托士兵，密密麻麻沿着海岸线排开。而我们的临时基地里那些没来得及带走的仪器和采集到的样品，应该正被呈给大人物们鉴别吧，不晓得会被他们当成神迹还是妖物。

我发现我的队员们有些沮丧，那些样品可是这些天来大家的心血。"找到他们的指挥部了吗？"我问。

"可以开始监听了。"迪斯卡福瑞竖起拇指。

我们坐到屏幕前，开始收看阿姆托有史以来第一次大型军事活动现场直播节目——这感觉很奇妙。

阿姆托人的帅帐是用动物皮毛缝制的，两层兽皮之间填满了毛线织物，我们发射了十多枝窥针才掌握好力道，总算是能看见帐内的情景了。可惜那些探针是没法回收了，不知道以后是否会引起麻烦。

这是我们第一次见到阿姆托的大人物，真的是大人物——伊斯玛姆托亚帝国皇帝陛下和他的文武大臣们都在这帐子里。我被他们尖厉的对话声弄得毛骨悚然，把声音打到最低仍然有一种牙齿在锉子上蹭的感觉，好半天才搞清楚这些人的身份关系。皇帝衣着还是很简朴的，至少没有穿金戴银。不过艾提醒我注意陛下的皮袄，那灰白色绣花的袄子好像是用阿姆托人的皮缝制的。所有人都打了个寒战，然后对艾怒目而视。

"看节目。"我咬牙说。

"只要越过安洋，就可以给萨斯基玛姆托亚人一个惊喜了。"皇帝陛下说。现在我们已经能够分辨出他们的嗓音区别了——女高音 A 和女高音 C 之间还是有着很大的变化空间的。

"此次陛下亲征，适逢他神降世吉兆，已然昭显我军必将一击功成！"大臣甲佝偻着身子上前说道。这让我们又发现一个有趣的细节，阿姆托人行弯腰礼的时候，头顶的天眼能透过皮帽子的眼孔看着对方，就是不晓得能看到何等景象。

"大祭司能否请下他神助吾军冰封安洋？"陛下的右手把玩着一根本属于我们的钛钢试管，试管在他的七个手指间翻来绕去，动作倒是相当纯熟。

"陛下，他神并非冰神，恐无此等法力……"大祭师的声调顿时低了半截。

"大祭司能否请下冰神降世？"陛下问。

大祭师的脑袋快弯到地上了："恕臣无能。"

"那就拿你祭旗好了。"陛下挥了挥左手。

大祭司被士兵拖出帐外时肚皮急速起伏，虽说我们关小了音响，却仍被这个可怜的家伙的尖叫吵得不寒而栗。阿姆托皇帝还真有点皇帝的气势。

"谁能为吾解忧？"皇帝直起身子问众大臣。

"十万渔夫已征招完毕，正加紧赶制船只……"武将乙探出身子刚说了半句，就成了大祭司的追随者。然后帅帐里的人们陷入了沉默。

"把大祭司带回来。"陛下瞅着手中的试管，咧嘴一笑——也许是笑，我们不敢肯定——露出满口尖锐的细牙。

浑身瘫软的大祭司趴在帐中，聆听着皇帝的旨意。

"他神显圣绝非寻常，请其襄助吾军未必不可成。"皇帝拖长了嗓子，"吾尚缺一战袍，背甲暂待大祭司献忠。"

还真是用人皮做衣服。我们在飞船里面面相觑，这些野蛮人太可怕了。

4

探险队不得干预文明社会，这是铁的纪律。我们当然不会理睬大祭司在下面装神弄鬼的法事——就算可以干预文明，那个一口尖牙的皇帝也很讨人嫌，不对他做点什么已经算他走运了。我指挥飞船飞到安洋的中心地带，临时基地没法待了。这个星球透着一股子邪气，还是赶紧弄走矿石回家的好。

于是又回到原来的问题了：冰星上的大温泉里是否有什么危险？我们开始逐一排查。

海底是否有湍流或者漩涡？安洋平和得很，根本没有这些可怕的陷阱，就像我们形容的，这片大海是一个鱼缸，虽然大，却波澜不惊。

是否有强烈磁场？没有发现。

是否有辐射？没有明显的重元素辐射源。下面的水域深处只有铮矿反应，储量足有七十吨，而且是纯度极高的铮晶矿。按照阿斯塔特的说法，搬上来就可以直接加工成电脑数据储存器。我们赚大了，按出发时的行情计算，这批货至少能值五百亿信用点。

是否有有害生物？这个问题也不存在。反正下水的是机器人，对飞船上的生物检疫系统我们还是很有信心的。

是否有矿藏守卫者？还没发现。不过我们对这一点倒是有些担心，和这恒温海洋一样，高纯度的铮矿大量聚积，实在不像是自然造化。虽然安洋里最大的活物也就是一米长的水母——据艾探测这些水母属于硅基生命，总数超过四亿只——但说不定会有阿托姆机器战士埋伏在矿区附近。

根据阿斯塔特的探测分析，我们目前愈发倾向于一个猜测：阿托姆存在着一个高度发达的史前文明——那些剥人皮做大旗的野蛮人是不可能制造这些奇迹的。我们的目标静静地躺在深达 4327.5 米的海底，呈八角形立柱状耸立在冰基上，以铮柱为中心向外辐射状排列着将近两亿个结构不明的硅质球体。海水恒温的谜底也被揭开了：史前文明把安洋变成了一个大微波炉，那些球体让所辖区域的海水保持温暖，而能源是水。要维持这样大的供热工程需要难以想象的能量，以我们的智慧只能想到一个方法，就是将水分解成氢和氧，然后制造氢元素聚变反应来解决能源供给，这也符合就地取材的原则。那些球体不光是微波站，更可能装有整套微型的反应堆。我们能够猜出答案，却做不到，人类的技术水平还做不到这一步。整个工程设计之宏大完美令人赞叹，而微波辐射居然严格控制在水域之内，聚变反应也没有一丝辐射外泄。可以肯定，阿托姆史前文明的科技水平比人类先进不少。

这更让我们增添了一丝罪恶感，拆掉史前文明遗迹和偷矿石是完全不同的罪过。阿斯塔特还发现，这个神秘的工程所制造的副产品氧气，对已经被冰封的阿托姆而言非常重要——失去植被保护的行星已经没有了造氧能力，而活跃在冰川上的皇帝陛下所管辖的文明，显然还不懂得环保学说。可惜了，如此伟大的工程现在只能庇佑那四亿只水母，还有那些可恶的阿姆托人。但如果我们搬走铮柱，绝对会导致整个史前海底工程停止运转。阿托姆皇帝陛下的子孙后代也许等不到行星冲出星系就会缺氧而死。

问题很严重，已经超出了我们的权限。于是我们向管委会发了封信，请求指示。

在等待回信的这段时间，我们一直关注着阿托姆大军的动静。

阿托姆人似乎对温水很是恐惧，艾猜测海水会烫伤他们的皮肤。不过我觉得这个理论说不通，红外线探测反应表明阿姆托人的体温维持在二摄氏度左右，五摄氏度的水怕是烫不坏可以做成衣服的皮肤的。这又是一个谜。我们又不能抓一个阿姆托人上来做解剖试验，他们虽然很野蛮，好歹是智慧生物，应该受到尊重。

这些天海边多了许多船，或者说是用充气皮囊绑在一起的巨大皮筏子，装上留好桨口的冰质挡板，样子看上去倒还不赖。那些初学乍练的水手们正每日加紧练习划船技术，不过我们怀疑这支新成立的海军是否能经得起安洋的考验。阿托姆唯一的海洋基本上可以说风平浪静，不过超过两万千米的航程似乎绝非人力所能克服的。

总而言之，我们认为皇帝陛下正在率领他的数千万大军蹈海自杀。不过皇帝似乎并不知道所谓的"他神"们的担忧，在第一支先遣船队出发的时候，陛下站在一座冰砌的高台上冒着凛冽的寒风，发表了战前动员："伊斯玛姆托亚创国七百五十一年，历代明君上承诸神之谕，下察万民之心，强国富民开疆辟土成就万代伟业，此乃吾等之福也。吾幸为诸神钦命之子，不敢片刻背负天恩。今日起兵奇袭萨斯基玛姆托亚，定可消除三百年来萨族侵扰之害。彼国昏君无道，上下奢靡，虽有安洋天险，怎奈吾军神祇庇佑军民一心……"

仪式上我们没有发现可怜的大祭司的身影——他现在已经被皇帝陛下穿在身上了。

<h1 style="text-align:center">5</h1>

"众神来到人间／给我们带来希望／但他们只愿作为过客／又从我们的天眼里消失／仿佛凡尘中最圣洁的冰／对他们而言都是污秽的。"我躺在床上，念着大祭司的遗言，很像是诗，至少电脑翻译成了现在这个格式，可惜我不懂诗也不喜欢这几句话，也许是大祭司就这水平吧。我实在很讨厌阿姆托人，我知道人类历史时期曾发生过比穿人皮衣服更兽性的事情，但亲眼所见的冲击毕竟比翻阅史书要大得多。难怪这个文明不会长命，我想。

这几天很无聊，探测机器人下水无数次，没发现海底有什么武器系统。机器人每次下水都会引起水母们一阵骚乱，除此之外一切正常。我们只等着管委会的回复一到就可以回家——空着手，或者满载而归。

我的心里并不愿意挖走铮柱，那是值得敬仰的文明奇迹，虽然文明已经消亡，我们作为智慧同类也实在没有理由从这海底圣殿窃走任何物什。不过我估计管委会应该想不到这些道德范畴的问题，铮柱对他们而言恐怕只不过是一大块价值连城的优质原材料。

"船长。"迪斯卡·福瑞的声音从通话器里传出。

"说。"我心想莫非那位比我还无聊的皇帝又有新花样了。

"管委会的回复收到了。"

我翻身下床，沿着甬道朝指挥舱走去，突然觉着自己有些心慌气短，不禁停住脚深呼吸。

"行情暴涨，尽快完成任务返航，期待你们胜利归来！"我把回复念了一遍，然后抬起头看着大家。

"他们应该明白我们的意思是不愿意，否则我们根本就不需要发什么情况报告。"艾皱起眉头，"这件事情我下不了手，谁知道后果会怎样！"

"没听说过什么史前文明会庇佑下一代文明的，再说阿姆托人也看不出有什么值得保护的——他们不正在找死吗？"迪斯卡·福瑞咧嘴一笑，"阿姆托行星整个就是一飞行大棺材，其实我们是在盗墓，只不过没那个耐心等着棺材里的人气绝罢了。大家也听见了，行情暴涨！"

我看看艾。

"不干这份差事，回去就麻烦大了。"瓦里安特低声说。

"阿斯塔特你说呢？"

"我们多带几个球体回去留作纪念。阿姆托是废掉了，但过去的那个文明还是值得人类纪念的。"他慢慢地说。

我突然发现我们这些人中，阿斯塔特比我还适合当官，以前怎么没发现他有这个优点。

"只有我和艾反对，二比三。"我的口气不太好，"执行任务。"

实施计划早已经在电脑里演习过多次了：机器工程队下水，把推进器绑在铮柱上，挖松柱子四周的地基，然后推进器点火——就这么简单。不过在实际施工时，还是出现了一件我们意料之外的事情。

那些水母疯了。

无数的水母集合起来，更多的水母正从其他海域朝这里赶来。我们能够从水下机器人传来的画面中看到它们——到处都是水母，急速地扭摆着触手游向机器人，用它们的头撞击着来自异星的合金结构怪物。它们将机器施工队包围住，发起一波又一波的冲击，整个水下战场听不到一声呐喊，只有密集的气泡碎裂声。淡紫色的水母们冲上来，弹回去，又冲上来。可惜它们柔弱的身体不能对机器人造成任何伤害，它们的撞击对机器人来说犹如和风拂面。

点火了，推进器的喷口闪出炫目的光芒，铮柱在巨大的推力下渐渐升起，轻而易举地闯过水母大军那不堪一击的包围圈。铮柱冲出水面腾空而起的那一刻，我们看到在掀起的巨浪间至少有数千只水母的残骸四下飞溅。而它们破碎的躯壳里流出的淡紫色液体，竟然让附近的海面改变了颜色。

"那是它们的血液。"艾喃喃自语。

整个铮柱柱体上附满了水母，在飞升的过程中它们不断跌落下来。水母很轻，在空中无力地挥舞着触手，很快被寒风凝固成近乎白色的冰封标本，缓缓坠落。

我们静静地站在大屏幕前，屏息注视着海面上空落花缤纷的凄美场面。所有的操作由电脑控制，无须我们费心。这一刻我们只是观众。我不知道其他人的想法是什么，只晓得自己一点也不兴奋。

飞船打开货舱入口，让负责收集球体的机器人返航，然后继续停在那里等待着水下施工队。

"它们回不来了。"阿斯塔特突然闷声说道。

是的，我们下方的海域已经完全变成了紫色，数不清的水母漂浮在水面上，而探测器告诉我们，水面下的区域也都被水母填满了。我们的机器人就被这些水母用它们的身躯死死压在海底，再也上不来了。

"看哪！"瓦里安特颤声指着屏幕。

在我们下方，海面变高了——水母层层叠叠垒起来，终于超过了水面，构成了一个由水母身躯组成的平台。平台越升越高，变成了一座塔，塔顶的水母们将触手伸得笔直，指向铮柱飞离的方向。一阵风掠过，这些弱小的生灵就变成了雕塑，让它们保持着这个绝望的姿势。海面下的水母不屈不挠地继续上涌，以惊人的速度将高塔托起，仿佛这样就可以追上已消失在云端的铮柱。如果是在平日，越来越重的高塔很快就会压垮水下那血肉组成的基座，但现在铮柱已被我们拔去，一直保佑着安洋的恒温系统熄火了，非自然的温暖失去了根源，所有的一切便迅速在寒冷的咒语下变成了僵硬的固体。

这是一幕奇观，冰神的诅咒沿着洁白的水母之塔朝下蔓延，湛蓝的海洋以高塔为中心在我们眼前泛出一圈白色，那白色的边缘不断扩展，将水下的一切生命和灵魂封存在晶莹璀璨的透明结构里。

天哪，全都停滞了！

这就是阿姆托皇帝梦寐以求的奇迹，却经我们罪恶的手变成了现实。过不了多久，阿姆托大军就能穿过变成冰川的安洋，在我们所未曾探访过的某个地方摆开战场进行厮杀。那一千三百万士兵的血肉所汇聚成的毁灭力量，究竟会给远方的国度带来多大的伤害，我不知道。我只知道，那位残暴的阿姆托皇帝，可以谈笑间剥下人皮，可以用冠冕堂皇的名义指挥屠杀掠夺，但他还是远远比不上我们。我们拔走了铮柱，不仅将安洋变作冰川，不仅凭空造就了一座高达一千米的巨大灵塔，我们还在最短的时间里杀死了四亿只水母，也将整个阿姆托生命圈的末日推近到了眼前。是的，我们讨厌阿姆托人，所以我们可以故意忽略铮柱对阿姆托生命圈的重要性，但这些水母的绝望挣扎，却让我们无比震撼。它们原本是这海洋里唯一的主人，过着平静的生活，是我们毁灭了一切。

安洋的主人！我看着水母之塔，脑海里突然闪过一个可怕的念头。天哪！如此广袤的海洋里，只有水母！这种单一的生态只能在一种环境里呈现——城市！我张开嘴想说些什么，却半天也没勇气讲出来，只觉得自己突然失去了呼吸的能力。我转头看看其他人，也都是一脸惊惶。

这个问题，已经根本没必要问出来了。

"撤！"我嘎声说道。飞船应声而起，迅速穿破云层进入乌黑的外空间，然后转变航向，很快找到正静静待在近地轨道上的铮柱，装货，返航。

这段时间里大家都没有说话，我也一样，只想赶快做完例行程序躲进冬眠舱。

"等一下！"艾喊住大家，他已经满脸是泪。

"还有什么可说的？"我对他惨然一笑，掉头就走。

6

回到故乡后我做的第一件事就是写了份辞职信申请退役，从此再也没见过我的队员们。我返还了那一大笔奖金，谢绝了庆功宴，谢绝了一切公开活动。为了躲开那些无孔不入的记者和热情的求婚女郎，我隐居起来。

但艾自杀了。我没有自杀的勇气。

阿斯塔特后来进入了管委会，终于成为掌权者之一，据说他政绩卓然。

瓦里安特和迪斯卡·福瑞不知所终。

神秘球体没有出现在任何报道中。

管委会把铮柱卖了七百亿美元。这件事情轰动一时。这些来自阿托姆的储存器质量非常好，人们在使用中没有发现任何异常。如果说它们曾经记载过什么，也早已被抹得干干净净。没有人再提起阿托姆，这只不过是人类扩张过程中的一件很小的事情罢了，除了价值七百亿美元的顶级晶矿石外，没有什么值得一提的。但它改变了我的一生，至今我都不敢抬头仰望星空，不敢去海边，不敢观看有关水母的任何节目。

紫色的水母组成的高塔，艾那瞪得溜圆满是泪水的黑色眼睛，成了我梦中交替出现的两个画面，一直伴随着我的生活。最优秀的心理医生也没法消褪这两个画面。

我本来可以行使舰长的权力否决行动方案的，虽然那样我必将受到管委会的惩罚，然后会有别的飞船完成任务。但当时，我确实可以制止悲剧的发生。

所以我没法原谅自己。永远不能。

回溯

谢云宁

一

　　一进入虫洞分界面，鬼方感到僵直的身体就像一粒被抛入深渊的石子，急骤向下坠落。占据整个视野的斑驳陆离的光亮、各种形状不规则的几何形，如同一面面被扭曲的高墙，雪崩似的倾压下来，并毫无阻碍地穿过他半透明的身体——在四维时空被挤紧的额外维度在这里一一打开、暴胀，四散延伸。在鬼方的正前方，虫洞的出口只是一块瞳孔般遽然收缩扩张的光斑，看上去近在咫尺，但似乎又遥远得永世也无法抵达。不由自主地，一种不可名状的疲倦和孤独感蒸汽般在鬼方身体中蔓延开来。于是，他渐渐地放松、拖长了自己紧绷的身体……

　　百亿年前，跟宇宙间所有智慧生命的进化轨迹一样，人类最终抛弃了血肉之躯，以纯能量的形式跃入宇宙之渊，在星际间四处漫游漂泊。而今他们的"胃"经过亿万年反复锤炼，已经变成对于一切食物都不再挑剔的"饕餮之徒"——从飘浮于宇宙罅隙的游离氢云，到横跨几十光年的恢宏星系。然而，随着智慧生命活动加剧，以及宇宙自身的不断衰老，看似无尽的能量源逐渐枯竭，一个个原本壮美的广袤星系变得满目疮痍、空无一物。于是，人类不得不成群结队地在宇宙中大范围地迁徙，像是一群群穿梭的太空候鸟，不停寻觅能源丰饶的栖息地。

　　此时鬼方和他的伙伴们正结伴穿越虫洞，向两亿多光年外的一个年轻的球状星团跃迁。在那里，直径不过一百多光年的狭小区域中，数以万计的恒星稠密得如同一大群蜜蜂，密密层层地堆挤在一起——如此充沛的能量足够他们生活上好一段时间呢。

只是刹那间，光亮退去了，冰冷的黑暗如潮水般注入鬼方迷糊的大脑中。漫长颠簸的旅程结束了。他回头望了望，身后的虫洞此时已变成一团散发着微弱蓝光的晶莹光球，他的伙伴正摇晃着从中鱼贯而出，几十条能量束在广漠的太空中形成了一面沸腾的扇形旋涡。很快地，失去了能量支持的虫洞如同褶皱般被轻轻抹平，最终消失掉了。

随后他们怔住了，这里根本没有什么天鹅绒般灿烂的年轻的球状星团，他们此时正置身于一片异样的黑暗中，无边无际，几乎感受不到一丝星光的存在。在他们自身闪烁出的光亮所映照的有限区域中，勉强能分辨出稀稀落落的几颗白矮星和中子星——弥散着晦暗的灰白色光芒，好似块块裸露的粗粝礁石，突兀地割裂着空间——这令鬼方从心底泛起一阵厌恶。

"我们到错地方了。"一束意识开口道——微微震荡的能量场传递着信息。他是这群人类的首领，通体忽闪着与众不同的、威严瑰丽的紫罗兰荧光。

"显而易见，鬼方的时空标度出了问题，我们才跃迁到了这里——这个谁也不知道的该死的地方。"另一束意识波激动地跳动着。在这次跳跃中人们各司其职，而鬼方负责确定这次时空跃迁的方位。

"我……喏……是的，很抱歉。"鬼方琥珀色的能量波束颤巍巍地振动着，充满了深深自责。他意识到自己不小心弄错了一个时空参数，他们实际上进行了方向相反的跃迁。不知为什么，这段时间他总是心神不宁，不觉间竟犯下了如此严重的错误。

"抱怨是没用的，"首领冷静地说道，"我们现在最需要做的是弄清这片星域的参数，以便从数据库中确定现在的位置，紧接着再次进行跳跃。"

于是，他们开始缓缓地、有节奏地舞动起身躯。意识的触角，随着覆盖几乎所有频段的电磁波和引力波，交错着如涟漪般徐徐展开，探查起这片黑暗荒漠。

随着他们的意识越往深处延伸，这只旋臂的荒凉愈发一览无余：在它的中央地带散布着大小不一的黑洞——由众多大质量恒星蜕变而成——将时空弄得像蜂窝般千疮百孔；在这里，众多的白矮星甚至经过又一个几十亿年的蜕变，结晶成为更加暗淡的黑矮星；但也不是完全看不到光亮，少之又少的新生中子星，激发着星际间稀薄的云雾，发出一缕缕灰白色的模糊光亮。整个旋臂犹如一张巨大的无法辨认的残片、一个彻底腐烂掉的苹果……

"这里似乎是银河系人马座旋臂。"有人突然嗫嚅着说，暗红色的波束簌簌地颤动，像是不敢相信自己的发现。

他的话如同抛入一潭静水的石子，在人群里激起一阵骚动。一个偶然的失误，竟使他们回到了古老的银河系，回到了人类最初繁衍生息的地方，这不免让他们激动不已。

"兴许再稍微深入一些，我们就将看到太阳，甚至是地球！"一束意识大声地嚷道。

"当然，前提是它们都还存在。"首领踌躇了片刻，接着说道，"无论如何，我想我们有必要回到太阳系去看看。"

太阳、地球……鬼方在心底反复默念着这些遥远得有些抽象的名字，像是在抖落上面附着的厚厚尘埃，尽管这些美丽的名字曾和人类是那么息息相关、休戚与共。

一

　　越过一长串暗礁似的星系，他们远远地看到了太阳。它像是飘浮在虚空中的一块橙红色的冰砾，微小得令人无法相信——然而人们仍感到欣喜若狂，他们满怀肃穆地望着缓缓转动的太阳。它就像是一位行动迟缓的老妇人，老态龙钟地抛射着虚弱的光和热，游丝般细弱的引力仍不可思议地束缚着几颗颜色各异的行星，有淡绿的、红褐色的、冰蓝的……

　　不，这不是太阳，人们猛地意识到，百亿年后的太阳绝不可能达到这样的亮度。几乎是同时，他们注意到了稍远处的一颗略大的被尘埃和气状物包裹的星球——刚才由于过于暗淡而未被发现——天哪，那才是太阳！它已经完全萎缩成一颗僵硬冰冷的黑矮星，彻底地死掉了。橙红的微小星球是木星——不应该感到惊讶，在宇宙间质量越小的矮星反而拥有更加持久的生命。

　　太阳完了，然而木星却幸存了下来，在某种意义上成了一颗新的、大大缩小了尺寸的太阳。

　　于是人们开始变得饶有兴致起来，他们纷纷抖擞意识，在变得陌生的太阳系中仔细地搜索，将获得的新奇信息一一备份，当作这次旅途的纪念。没过一会儿，他们在黑暗的一隅发现了地球，此时它已变成一坨焦黑的陶瓷，如一具风干的木乃伊，竟然仍虔诚地围绕着太阳缓缓转动……

　　"天哪，木星那颗冰蓝行星上居然有生命！"一束意识突然大声叫嚷起来。

　　生命？鬼方像是触电似的猛然一颤。这是真的吗？他迫不及待地跃向那颗晶莹的蓝色星球。

这颗星球直径不过三千千米，被冰雪覆盖。他在星球上空俯瞰整个星球，仅仅经过几纳秒的分析，他就确认出这颗星球是木卫二。同时，他脑海中浮现出木卫二遥远的形象，而数据库中的数据提醒着他，在人类离开太阳系时，木卫二深海中存在着一些低等生命，但它们不可能在太阳氦闪后继续延续。

接着，他的身体划着一道耀眼的强光，钻入了浓雾弥散的大气层。他怔住了，透过缭绕的雾气，他看到了一大片雏鸟似的生命：它们只有树叶大小，全身呈透明的白色，长着一对好看的薄薄翅膀，远远望去，像是白茫茫雾气中飘落的一片片羽毛，烁烁闪光。它们有的匍匐在积雪的沟壑中，有的紧贴着地面，有的顺着和缓的气流慢慢地滑翔。它们生活在一个以黑白为主色调的冰雪世界。斑驳的冰原，茫茫无际，上面散布着大大小小的坑洼、纵横交错的裂缝，以及平滑起伏的山丘。

鬼方感到了一阵不知所措的眩晕。他俯冲着飞向那些羽状生命，紧绷的身子在昏沉雾气中变得越来越快。猛地，生命察觉到了鬼方的到来，都惊恐地扑棱双翼，旋涡似的一腾而起，相互碰撞着，鸣叫着穿过鬼方闪烁的身体。

鬼方在平缓的大地间低低、曲折地飞行着。大气又黏又冷，充满了清新的气味。他身体散发的热量使身下单调的冰原快速变化着形状，一簇簇的冰块嘶嘶地脆裂开，升腾起袅袅白色蒸汽，让鬼方不禁感到一丝莫名的怅然。渐渐地，羽状生命似乎感觉到鬼方并不会伤害到它们，都平静了下来，在空中优雅地滑翔着，平展的翅膀几乎纹丝不动。这时天空中一道微光乍现，犹如蛛网般抛洒而下——木卫二的这一面转向了木星。低飞的生命像是获得了命令，迅速聚拢成一团，迎着朦胧微弱的光亮，像水母般摇曳着上升，盘绕着缓慢升起的木星打着旋。淡淡的光辉中，鬼方如痴如醉地望着它们使劲儿扑扇翅膀的身影，以及挂在半空的灰橙的圆盘，心头也随之翻腾起一种复杂的情绪，他开始调谐起意识的频段，试着与它们进行交流。

他用心倾听，然而结果让他有些沮丧，这些生命并不具备与别的生命沟通的能力。接着，他伸出一束意识的触角，如无形的手，轻轻地捉住了一只正在飞翔的羽状生命。一瞬间，这只惊慌挣扎的生命的所有信息都流入鬼方的意识中。它们是那样低级，仅依靠双翼的感光细胞直接汲取木星光，在一天的大部分时间中它们只有不停地翻飞，才能获得足够的能量生存下来。单独的个体毫无意识可言，数百只能够勉强组成一个共生体，即使这样，这个共生体的意识也极为简单。

带着巨大的失望，鬼方跃出了大气层，回到了在距星球不远的轨道上盘旋着的人群中。

三

覆灭后的太阳系竟还存在这般稚嫩新奇的生命，令这群游历过宇宙各处、目睹过无数奇形怪状生命形态的人类感到吃惊不已、浮想联翩。人们面面相觑：它们来自何方？又是什么力量使它们在如此险恶的太阳系内延续至今？

鬼方同样充满了困惑，很长一段时间，他像陷入了一个幻景。远远望去，那些亮晶晶的生命只是静静地一刻不停地飞舞，如同一簇簇在黑暗中上下左右跳动的火苗。恍然间他感到翩翩飞舞的它们似乎在以这样的方式召唤着他，急切地向他传递着一串串模糊的、意思不明的话语。究竟是什么呢？但很快地，他回到了现实，回到了熟悉而陌生的宇宙中。在他的周围，太阳系内外，影影绰绰的星体与模糊的黑暗迷雾混成一体。它们是太阳系往昔岁月唯一的见证者，但它们哑巴一般缄默着，牢牢封存住了所有秘密——对此，人类一筹莫展。忽然间，鬼方难过极了。

"我记得银河系中心存在一个超级黑洞。"鬼方突然开口对首领说道。

"没错，差不多每个星系都会拥有这样的超级黑洞，和那些由恒星塌陷而成的黑洞不一样，它们的质量更为巨大，寿命也更为长久，有的甚至比所在的星系还古老。"首领淡淡地说，他弄不懂鬼方怎么会一下子提到黑洞。尽管人类已经掌握了黑洞的性质，但由于超级黑洞恐怖的引力，在星际漫游中，人们总是尽量地避开它。

"我们或许能让它开口说话，告诉我们这里究竟发生过什么。"

"什么？黑洞？"

"头儿，你是知道的，在银河系漫长的历史中，这颗位距银心的黑洞源源不断地吞噬掉了数不清的物质，即使是光，落入其引力范围也无法逃脱。你有没有想过，这些被吞噬的物质携带着各式各样的信息？比如来自太阳系的光子，它们就携带着太阳系过往的信息。尽管它们微乎其微——"鬼方停了下来，充满期待地望着首领。

"嗯，不过，黑洞似乎也不是全黑的……"首领像是受到了启发，不确定地说。

"是的，是的。"鬼方忙不迭地打断首领的话，"这些信息实际上并没有被完全抹去，它们只是被彻底打乱，重新整合，以新的数据排列格式存储在黑洞内部的高维膜上。在随后的时间中，它们一点一滴地以霍金辐射的形式蒸发，重返宇宙。"他一边解释着，一边集中力量吸敛周围空间的稀薄物质，使之像黏土一样积聚成型，他在塑造一个古人类的头颅。渐渐地，头颅上的五官逐渐清晰，这是一张扭曲、衰老、布满褶皱的面孔，是"霍金"。

"我明白了，"首领望着"霍金"那张呆滞的脸庞，恍然大悟地说，"你想从霍金辐射中获得太阳系的信息。"他的数据库在瞬间调出了有关霍金的一切信息：黑洞蒸发、量子宇宙论……在那遥远得无法追溯的时代，眼前这颗大脑仅是凭借敏锐的直觉和数学的推算就准确证实了这一切，这让他多少感到有些不可思议，近乎神话。

"是的，既然我们的数据库中已有了黑洞完备而精确的模型，我想我们有能力做到。"鬼方将闪耀的身体注入"霍金"耷拉的头颅中，镜片下那双失神的眼睛顿时有了神采，与此同时，在他的身旁浮现出一列列长短大小不一、相互纠缠的波函数方程式，抽象的数字、符号欢快地跳动、变幻，给整个空间抹上了一层梦幻的光彩。

"但是，你有没有想过，霍金辐射如此杂乱无章、如此缓慢而微弱，你怎么能——"首领不解地问。

"是的，在通常情况下，黑洞总是缓慢、均匀地辐射着。但是，如果我们操纵巨大的物质去撞击黑洞，打破它的平衡，黑洞就会按照我们的意愿加快蒸发。只需要一小撮信息，我们就能解码似的、毫无二致地复原历史。""霍金"兴奋地说。

"听上去，在理论上是可行的，"首领迟疑着，"但我们无法肯定是否能搜集到如此多的物质，你知道，我们所剩余的能量并不多。"

"头儿，""霍金"焦灼地说，"实际上我们并不需要多少能量。"

接着是片刻的沉默。"鬼方，你疯了吗？"身旁的一束意识终于按捺不住了，他厉声呵斥道，"我们没有必要仅为了可怜的好奇心，花费那么多的力量。现在我们已经确定好了位置——"

"不，不！""霍金"粗暴地打断了对方的话，他神经质地拼命摇着头，随着"砰"的一声巨响，他的头颅爆裂了，化作四散的碎屑，飞溅向无限的远处。鬼方又恢复了原来的形态。急躁闪烁的身体，琥珀的色泽由于激动而变得不再连贯。

此时，人们都没了反应，他们长久地注视着鬼方，像是在打量着一个古怪的陌生人。

"我们试试吧……要不然……我们将永远地错过这里的一切。"最后，鬼方几乎是哀求地说。

四

　　他们毫不费力地跳跃至银河中央。刚一到达，一股突如其来的引力立即汹涌而来，潮汐一般，将他们的身体拉扯成一根根又长又直的线。等他们艰难地适应了引力，举目四眺，这个银河系的黑暗心脏内空无一物，呈现出比别处更为荒寂、空洞的景致。这个庞大的黑洞曾经不可一世，吞没万物，而如今由于周缘的物质早已被吞噬殆尽，进入了漫长的休眠期，像一只病入膏肓的怪兽，蜷缩着，泛着慵懒的光芒。

　　"那么多曾经光彩夺目的恒星都一一泯灭消逝了，黑洞却安静地存留了下来。"鬼方自言自语地说，"它像是一个深沉、和缓、绵长的音符，在宇宙间长久地回荡。"他凝望着黑洞，尽管此时黑洞看上去一片死气沉沉，事实上它却一直在鼓涌着湍急、不易察觉的微澜——在其表面宽广的空间中悄无声息地沸腾着无数虚粒子，一下子产生，又瞬间湮灭掉。而黑洞巨大的引力将能量注入一部分还没来得及消失的虚粒子，使之飞离黑洞——这样，黑洞无时无刻不在缓慢微弱地向外辐散霍金辐射。

　　"可是黑洞也并非永恒，它也会像阳光下的露水，慢慢蒸发直至消失。"首领缓慢地说道，"在一个走向热寂的宇宙中，能量与物质都终将消散。而只有我们，不断进化的生命，才是宇宙真正长久的奇迹。终有一天，变得更为强大的我们会亲手倾覆掉这个垂死的宇宙，创建一个全新的宇宙！"

　　由于四周空无一物，他们不得不集中意识，花更大的力气从遥远的地方移来物质——一丝丝星际尘埃、气流被汲取、聚拢，一团团像雪球似的越堆越大。当物质累积到中等行星大小，人们开始用意识小心翼翼地挪动起旋转的物质球，到达黑洞视界上某个位置，随即松开，身体蜻蜓点水似的弹回，而物质在强大引力作用下沿着精准的抛物线蝴蝶般扑向黑洞奇点。

迅速地，黑洞犹如被唤醒的生命体，骚动不安起来。起初，它像是试探似的，断断续续地释放出零零星星的电磁辐射，婆婆娑娑，像是羞怯少女的轻声絮语。紧接着，伴随一个接一个圆球的准确撞击，黑洞的活动变得剧烈起来，如同一个酩酊大醉的酒鬼歇斯底里地咆哮着、晃动着，以 X 射线为主的粒子流伴随着猛烈光电波动的闪耀，浪潮汹涌般地冲向人们——这种穿透身体的冲击像是亿万种嘈杂的声音突然涌入人们的意识深处，肆无忌惮地鼓噪起来，令人难以忍受。更可怕的是时空的畸变，人们此时仿佛置身于激荡的海面，被撕裂的时空如同波涛相互碰撞着，一块块整个高高涨起，又迅速坠下破碎掉。这骤然扭曲的时空振荡出阵阵紊乱的引力波，使得人们的身体在这海浪似的波流中颠来簸去、摇摇欲坠。

人们竭尽全力才稳定下来，他们把各自分散的意识聚在一起，组成了一个大脑似的运算网络，面对这排山倒海、杂乱无章的射线洪流以及其负载的高达十的五十次方比特的信息，有条不紊地开始了数据处理：他们飞快地剔除掉庞大的冗余数据，一点一点地搜索着其中微乎其微的有用信息。他们分析着、综合着。亿万份筛选出的信息被迅速地拼凑在一起，同时，人类嵌入了早先获得的羽状生命的遗传信息。这样，无数零星的细节融汇，复原成一幕栩栩如生的画面——在众人的意识中，一大幅色彩斑斓的影像蜃景般叠印在广漠的空间上，画面快进一样飞速转换着。他们都收拢意识，静默下来，明晰而鲜活的历史汩汩地流入他们的意识中。

五

在画面中，他们首先看到了已步入暮年的太阳，此时的太阳在外观上并无多大变化，只是颜色变得更加猩红，熟悉的八大行星仍在围绕着它悠悠旋转。人类已经离开了两亿多年，偌大的、空无一人的太阳系内显得平静且安详：地球上海洋早已干涸，大气层也消失了，但在上面还能依稀可辨文明残留的铁锈一般的建筑群；在太阳系内，人类弃置的各式各样的太空站和飞行器随处可见，在时间的侵蚀下已变成一堆黑黢黢的残骸，在太阳风波浪似的拍打下微微地颤动。

鬼方急切地在太阳系搜索着，但是他更加感到茫然无解，他没能找到一丝与羽状生命有关的信息，太阳系内所有现存的生命都将在骇人的氦闪中灰飞烟灭。不知不觉地，他将目光投向了木星，不知为什么，视野中的木星在他面前是一种需要仰视的形象：硕大暗红的圆盘上似乎永远飘浮着一缕缕梦幻般的轻纱，从内部溢出的热量狂乱地搅动着表层大气，咆哮的风暴似乎能吞没一切；汹涌的太阳风粒子不时地扫过木星强大的磁场，激发出阵阵低频电波，这在鬼方听来宛如一曲曲深沉而浑厚的音乐旋律；另一部分太阳风粒子被木星捕获，沉积在木星体内，就这样，木星的质量在漫长的时间中一点一点地增大。与此同时，不计其数的彗星与小行星如同礼花一般，频繁地撞击着木星，在其表面留下了一道道醒目的裂痕——鬼方很清楚正是木星用身躯拦截下了这些紊乱的小天体，地球被小天体撞击的概率才从几万年一次降到几亿年一次，人类才有可能在漫长的时间间隙中缓慢地成长与壮大，并最终走向宇宙。

接着，鬼方安静而豁达地目睹了太阳覆灭的过程。太阳氦闪的强光在刹那间汽化了水星，接着金星、地球以及火星也都被逐一焙烧成干硬的晶体。半小时后，冲击波抵达木星，木星表面由水冰和氨冰组成的云气被迅猛蒸发，接着冲击波点燃了木星内部液态氢的海洋，伴随嘣的一声巨响，木星在瞬间变成了一个绚烂无比的炽烈光球——在一颗恒星毁灭的同时，一颗崭新的恒星诞生了。木星与太阳的光芒糅混在一起，高速扫过广袤的太阳系外层，土星、天王星、海王星、冥王星，就像是熔融状态的玻璃珠子，在汹涌的波光中扭曲变形。最后，在太阳系的尽头，柯伊伯带中无数的原本晦暗、被冰雪覆盖的彗星陡然被照亮，爆裂，挥发，像是亿万只鼎沸的锅炉，升腾起一片茫茫无际的雪白雾气。

很快地，氦闪的冲击波减弱了下来，但此时的太阳系已变得面目全非：变为红巨星的太阳裸露出灼热的氦核，汹涌的热流从其巨大无比的表面滚涌出来；由于太阳丧失了巨大质量，使金星、地球的轨道微微外移，穿行于太阳真空一般稀薄的体内；而新生的木星与太阳组成了一个极不协调的双星系统，它们的轨道相互交错，就像是一对初次搭配、步履凌乱的舞者。

在蒸汽弥散的柯伊伯带，人们惊讶地发现了蠕动的生命。

这是一大群微小的丝状液态生命，它们通体透明，就如同一只只晶莹的小鱼儿，欢快地摇摆着细薄的身子，在水分子和有机物组成的乳白海洋中自由自在地游动、分裂，数量飞快地增加着。"怎么回事，那些生命——"鬼方感到了迷惘，他没想到极端寒冷的柯伊伯带会存在如此蓬勃的生命。

"用不着奇怪，鬼方，那些幽灵一样的冰彗星上富集着大量有机物，完全有可能出现生命。你知道，正是二百亿年前柯伊伯带的一颗蕴含着有机物的彗星偶然撞击地球，才促使了地球生命的诞生。"首领接着说，"看上去，这些潜伏在彗星冰封的硬壳中的生命生长极为缓慢，几乎处于休眠状态，如今他们被太阳的热浪所激发，在温暖的蒸汽中加速进化。"

在接下来的时间中，柯伊伯带的生命如同雨后春笋般飞快地进化着。但在一千万年后，太阳停止了向外抛洒气体，裸露的核心开始向内坍塌。这样，弥散在太阳系的热量锐减，柯伊伯带的蒸汽开始急剧收缩，变成了一汪汪相互孤立的水洼，要不了多久，这些液态水将重新凝结成冰。人们难过地看到这些生命如同涸辙之鲋，在逐渐冰冷的水中徒劳地挣扎着。

但令人类感到不可思议的一幕出现了：每一块水洼像是被突然被赋予

了生命，缓慢地移动起来。原来，在每块水洼中数以百万计的微小生命相互纠缠在一起，同时黏和数量巨大的水分子，混聚成为一个个直径达几百千米的胶状共生体。在此后的上百万年中，这些共生体像是蔓延在太阳系内斑斑点点的海藻，以不易察觉的速度向光源推进着。

就在这些生命即将抵达木星轨道的时候，处在向白矮星坍塌过程中的太阳猝然开始迸发紫外光，人们看到紫外辐射就如同一双无形的巨手，迅速地拆开了水分子，庞大的共生体旋即分解、脱落。在转瞬间，木星轨道外的空间中横七竖八地堆着共生体破碎的尸体，然而尚未死亡的生命仍前赴后继地向木星扑涌。让人们感到欣慰的是，最终有一小部分生命奇异地落入了木卫二大气层。此时经历了氦闪冲击波洗礼的木卫二已变得气候宜人，适合生命生存。就这样，生命在木卫二广袤的天地中生存了下来，经过漫长艰辛的进化，形成了略微复杂的形体。

在随后飞速演进的画面中，人们看到太阳彻底走向了死亡；人们看到稀疏的遥遥星辰像是被捻灭的灯芯，逐一熄灭，人们看到木星的光辉逐渐暗淡，木卫二又变成了一片冰天雪地的世界。而一成不变的只有那些永不停歇的翻飞的羽状生命，它们在翻飞中默默衰老、死亡，掉落在大地，最终变为腐殖。而新生的生命则不断地破壳而出，在淡淡的木星光下继续飞舞……

猛然间，流动的太阳系影像在人们的意识中定格，慢慢隐去了。

人们像是从迷梦中惊醒，在此后很长的一段时间里，仍沉浸在一种激荡的心绪中，忽然间他们不约而同地吟唱了起来，参差不齐的调子叠汇在一起，低沉、轻盈，山峦一般连绵起伏，像是一首穿越了重重时光隧道而至的远古牧歌。

他们一边吟唱着，一边从四面八方会聚，交织成一面光彩缤纷的大网，光网逐渐收缩，变为一个急速涌动的暗红色涡旋。涡旋中，一条条意识就像是闪光的鳗鱼，急剧摆动着，迸发出巨大的能量。能量汇集在一起，要不了多久就将到达撕裂时空的能级。那时他们将开始新的跃迁。

鬼方能感觉到涡旋的色彩和亮度正在飞一般地加深。就要这样离开银河系了？他多少有些失望，他犹豫不定地抖动着，心底像是在期待着什么——猛地，一个强烈的念头钻入他的意识中，令他感到既害怕又解脱，但很快他下定了决心，他要一个人留下来。

他纵身一跃，就像是从篝火中偶尔蹿出的一束火花，悄然离开了沸腾的涡旋。

"鬼方，你要干什么？"首领紧张地问，他紧随着鬼方跃了出来。

"头儿，我想留在这里。"

"留在这里，你疯了吗？你想留在这荒芜、一成不变的地方？"首领不安地望着鬼方，浓稠的黑暗勾勒着他倔强的闪耀着的身影，"为什么？难道……难道你喜欢像个感情丰沛的家伙，整天沉湎于一片废墟？或是俯瞰木卫二上那些渺小的生命？"

"头儿，为什么——我说不上来——我只是有些腻烦了永无止境的穿梭，我想静静地……"他嗫嚅着，最后他意识到他不得不加重语气，"我想我必须留下来！"

首领明白他已经无法阻拦了，况且人类本来就仅仅是结伴而行，作为高度自由、个性迥异的个体，谁也无法凌驾于别人之上。"我们该走了。"首领无奈地说，在他身后，翻腾的旋涡已呈现出深深的绛紫色，在四维时空中震荡出道道涟漪。

就在首领汇入旋涡的一瞬，旋涡痉挛般颤动起来——跃迁开始了。鬼方默默望着同伴们飞快收缩并最终消失于无形，他清楚自己再也不可能回到他们当中了。

六

　　他就像一个自由自在、乐不思蜀的孩子，终日惬意地徜徉在茫茫银河系中。他会像闪电般飞快穿过一个个混沌的尘埃云，掠过一个个空漠的星系，那些灰暗的星球，仿佛是一张张在黑暗中时隐时现的苍白脸庞；有时，他也会放慢速度，就像一道彩虹，优哉游哉地缓行，群星柔和的引力就如同一只滑润润的手，轻拂着他的身躯；而有时，他会故意去靠近黑洞边缘，在那里，黑洞引力一波接一波地拍打着他，令他的身躯呼吸似的一伸一缩，这会让鬼方获得一种奇妙的感觉，仿佛自己的意识又回到了血肉之躯，重新获得了血液潮汐般的脉搏，以及胸腔中扑扑起伏的心脏。

　　就这样，鬼方如同幽灵般在银河系中穿梭游弋，漫无目的，无暇思考，也无须思考。亿万星辰在他视线中一闪而过，就像一支行色匆匆的殡葬队伍，都在不可逆转地走向毁灭。在他游历的地方，他再也没能找到他所期待的生命。终于有一天，他感到了困乏和孤独。于是，他再度回到了太阳系。

　　视野中的木星让他感到惊讶，记忆中的那个橙色的圆盘像是笼罩上了一层暗影，呈现出暗淡的红褐色，弥散出的若有若无的光亮令他感受不到一丝热量。他很快断定，木星体内燃烧的氢已所剩无几，很快就将无法维持热核反应了。

　　木星快死了。

　　他怅然地望着木卫二，那些羽状生命在阴沉天空下疯狂扑涌，要不了多久，它们的世界就将永远地黑暗下来，永远地。他仿佛看到了这些美丽纤细的生命在沉沉黑暗中挣扎着死去的样子。他就像是深陷在一场破灭的梦幻中，他感到了恐惧。必须拯救它们，他想。

他跃出了太阳系。在两百光年外，他寻找到了一颗褐矮星，体形比木星略大，像石头一般冰冷——它比木星更加接近死亡的边缘。他要用这颗矮星去撞击木星，这就像在燃尽的火堆上加上一把木屑，两颗星球在剧烈的撞击中会艰难地融为一体，最终引发新的一轮热核反应。按鬼方估算，诞生的新星至少将燃烧上二十亿年。

他满怀期望地用他所能聚集的全部能量场打开了一个通向太阳系的超巨型虫洞。曲窄晃动的虫洞中，蔚蓝色的光线跳动着飞掠而过，矮星在鬼方指引下缓慢，却又坚定不移地奔向太阳系。但渐渐地，他感到越来越吃力了，闪熠的身体变得晦暗不明，每坚持一秒，就会消耗掉巨大的能量。虫洞界面逐渐变得不稳定起来，像是不断坍塌的隧道，紧紧地挤压着他；矮星弥散出的微弱光亮也不再柔和，针刺一般的光咬噬着他、灼烧着他。他的意识开始变得模糊不清起来，但他仍顽强地移动着。

能量的不断耗散，让他就像是一条正在蜕皮的蛇，记忆和知觉如同剥裂的蛇皮，纷纷扬扬地离他而去。他身躯的轮廓逐渐地模糊黯淡，上面的色彩正在飞一般地变浅、变淡。再也回不去了，他对自己说。

虫洞中巨大的物质波动急速减弱。他脱离了虫洞，立即感受到木星爪子一般袭来的引力。速度加快的矮星径直撞向了木星，同时失去支撑的鬼方就像是一片羽毛，轻飘飘地，在茫茫虚无中没有方向地飘忽着。过了一会儿，他听到了"扑哧"一声，就像是冰层胀破发出的闷响，紧接着又响起一阵阵爆裂声、噼啪声以及轰隆声。他努力集中起残存的意识碎片，尽管视线依然模糊，但他终于看见了不远处撞在一起的木星和矮星。矮星深嵌入了木星内部，而木星被压缩成一个半月形，两者看上去就像是揉捏在一起的两块淤泥。此时，剧烈的闪光此起彼伏地穿过他已变得透明的身躯，他意识到热核反应已经启动了，两颗濒临死亡的矮星终于融成一颗光亮的新星。

他顺着光，蜷缩着，不自由地移向新星。新星的样子让他想起了那个上升时期的太阳，那个遥远的黄金时代，以及光亮下晶莹湛蓝的地球。他将目光转向了木卫二，在木卫二上，光与热的狂暴正鞭子般地抽打着飞舞的羽状生命。它们有的凄厉地鸣叫着，有的在热浪中痛苦地死去。但更多的生命，在升腾起的浓密白色蒸汽和冰壳山崩地裂的破碎声中，拼命地扑棱翅膀，追逐着暴涨的光芒。他们中的大部分会顽强地存活下去，他相信。

不知不觉间，他发现自己已到达了新星身躯的边缘。此时他身旁全是一片片白晃晃的毫无刺痛感的闪光，像海洋一样萦绕着他。所有的意识都离他远去了，恍惚中他只感觉周围所有的光，已经看不到了的木卫二，甚至整个太阳系、整个宇宙，都化作一种甜蜜而迷醉的感觉，紧紧地包裹着他。最后，他将自己轻烟一般的身体注入了新星。

这样，所有活下来的羽状生命都将在他的注视下，继续飞翔。

生存实验

王晋康

若博妈妈说今天——2200年4月1日，是我们大伙儿的十岁生日，今天不用到天房外去做生存实验，也不用学习，就在家里玩，想怎么玩就怎么玩。伙伴们高兴极了，齐声尖叫着四散跑开。我发觉若博妈妈笑了，不是她的铁面孔呈现出笑容，而是她的眼睛在笑。但她的笑纹一闪而过，随即心事重重地看着孩子们的背影。

　　天房里有六十个孩子。我叫王丽英，若博妈妈叫我小英子，伙伴们都叫我英子姐。我的伙伴有白皮肤的乔治，黑皮肤的萨布里，红脸蛋的索朗丹增，黄皮肤的大川良子，鹰钩鼻的优素福，金发的娜塔莎……我是老大，是所有人的姐姐，不过我比最小的孔茨也只大了一小时。

　　若博妈妈是所有人的妈妈，可她常说她不是真正的妈妈。真正的妈妈的身体是血肉做的，像我们每个人一样，不是像她的铁身体这样坚硬冰凉。真正的妈妈胸前有一对乳房，能流出又甜又白的奶汁，小孩儿都是吃奶汁长大的。你说这有多稀奇，我们都没吃过奶汁，也许吃过但忘了。我们现在每天吃"玛纳"，圆圆的，有拳头那么大，又香又甜，每天一颗，由若博妈妈发给我们。

　　还有比奶汁更稀奇的事呢。若博妈妈说我们中的女孩子，长大了都会做妈妈，肚子里会怀上孩子，胸前的小豆豆会变大，会流出奶汁。十个月后孩子生出来，就喝这些奶汁。这真是怪极了，小孩子怎么会钻到肚子里呢？小豆豆又怎么会变大呢？从那时起，女孩子们老琢磨自己的小豆豆长大没长大，或者趴在女伴的肚子上听听有没有小孩子在里边说话。不过若博妈妈叫我们放心，她说这都是长大后才会出现的事。

还有男孩子呢？他们也会生孩子吗？若博妈妈说，不会，他们不会生孩子，胸前的小豆豆也不会变大。不过必须有他们，女孩子才会生孩子，所以他们被叫作"爸爸"。可是，为什么必须有他们，女孩子才能生孩子呢？若博妈妈说："你们长大后就知道了，到十五岁后就知道了。可是你们一定要记住我的话！记住男人女人要结婚，结婚后女人生小孩，用乳房喂他长大；小孩长大还要结婚，再生儿女，一代一代传下去！你们记住了吗？"

我们齐声喊："记住了！"孔茨又问了一个怪问题："若博妈妈，你说男孩胸前的小豆豆不会长大，不会流出奶汁，那我们干吗长出小豆豆呀，那不是浪费嘛。"这下把若博妈妈问愣了，她摇摇脑袋说："我不知道，我的资料库中没有这个问题的答案。"若博妈妈什么都知道，这是她第一次被问住，所以我们都很佩服孔茨。

不过只有我问到了最关键的问题。"若博妈妈，"我轻声问，"那么我们真正的爸爸妈妈呢，我们有爸爸妈妈吗？"

若博妈妈背过身，透过透明墙壁看着很远的地方。"你们当然有，肯定有。他们把你们送到这儿，地球上最偏远的地方，来做生存实验。实验完成后他们就会接你们回去，回到被称作'故土'的地方。那儿有汽车（会在地上跑的房子），有电视机（有小人在里边唱歌跳舞的匣子），有香喷喷的鲜花，有数不清的好东西。所以，咱们一块儿努力，早点把生存实验做完吧。"

我们住在天房里，一个巨大透明的圆形罩子从天上罩下来，用力仰起头才能看到屋顶。屋顶是圆锥形的，太高，看不清楚，可是能感觉得到。因为只有白色的云朵才能飘到尖顶的中央，如果是会下雨的黑云，最多只能爬到尖顶的周边。这时可有趣啦，黑沉沉的云层从四周挤着屋顶，只有中央部分仍显出透明的蓝天和轻飘飘的白云，只是屋顶变得很小。下雨了，汹涌的水流从屋顶边缘漫下来，再顺着直立的墙壁向下流，就像是挂了一圈水帘，但屋顶仍阳光明媚。

天房里罩着一座孤山，一个眼睛形状的湖泊——我们叫它眼睛湖，其他地方是茂密的草地。山上只有松树，几乎贴着地皮生长，树干纤细扭曲，却非常坚硬，枝干上挂着小小的松果。老鼠在树网下钻来钻去，有时也爬到枝干上摘松果，还会用圆圆的小眼睛好奇地盯着你。湖里只有一种鱼，手指头那么长，圆圆的身子，我们叫它白条儿鱼。

若博妈妈说，在我们刚生下来时，天房里有很多树，很多动物，包括天上飞的小鸟，都和我们一样，是从"故土"带来的。可是两年之间它们都死光了，如今只剩下地皮松、节节草、老鼠、竹节蛇、白条儿鱼、屎壳郎等寥寥几种生命。我们感到很可惜，特别是可惜那些鸟儿。让我们更感到惊奇的是，鸟儿怎么能在天上飞呢？那多自在呀。我们想破头皮，也想不出鸟儿在天上飞的景象。萨布里和索朗丹增至今不相信这件事，他们说一定是若博妈妈逗我们玩的——可若博妈妈从没说过谎话。那么一定是若博妈妈看花眼了，把天上飘的树叶什么的看成活物了。他俩还争辩说，天房外的树林里也没有会飞的东西呀。我们早就知道，天房内外的动植物是完全不同的。天房外有——可是等等再说它们吧，若博妈妈不是让我们尽情玩儿吗？咱们抓紧时间玩吧。

若博妈妈说："小英子，你带大伙儿玩，我要回控制室了。"控制室是天房里唯一的房子，妈妈很少让我们进去。她在那里给我们做玛纳，还管理着一些奇形怪状的机器，是做什么"生态封闭循环"用的。但她从不给我们讲这些机器，她说你们用不着知道。对了，若博妈妈最爱坐在控制室的后窗，用一架单筒望远镜看星星，看得可入迷了。可是，她看到了什么，也从不讲给我们听。

孩子们自动分成几拨儿，索朗丹增带一拨儿，他们要到山上逮老鼠，烤老鼠肉吃。萨布里带一拨儿，他们要到湖里游泳，逮白条儿鱼吃。玛纳很好吃，可是每天吃也吃腻了，有时我们就摘松果、逮老鼠和竹节蛇，换换口味。我和大川良子带一拨儿，有男孩有女孩。我提议捉迷藏，大家都同意了。这时有人喊我，是乔治，正向我跑来，他的那拨儿人站成一排站在一旁。

大川良子附在我耳边说："他肯定又找咱们玩土人打仗，别答应他！"乔治在我面前站住，讨好地笑着："英子姐，咱们还玩土人打仗吧，行不？要不，给你多分几个人，让你赢一次，行不？"

我摇头拒绝："不，我们今天不玩土人打仗。"

乔治力气很大，手底下还有几个力气大的男孩，比如恰恰、泰森、吉布森等，分拨儿打仗他老赢，我、索朗丹增、萨布里都不愿同他玩打仗。乔治央求我："英子姐，再玩一次吧，求求你啦。"

我总是心软，他可怜巴巴的样子让我无法拒绝。忽然我灵机一动，想出一个主意："好，和你玩土人打仗。可是，你不在乎我多找几个人吧？"乔治高兴了，慷慨地说："不在乎！不在乎！你在我的手下挑选吧。"我笑着说："不用挑你的人，你去准备吧。"他兴高采烈地跑了。大川良子担心地悄声说："英子姐，咱们打不过他的，只要一打赢，他又狂啦。"

我知道乔治的毛病，不管这会儿他说得多好，一打赢他就狂得没边儿，变着法子折磨"俘虏"——让你爬着走路，让你当苦力，给你画黑屁股。偏偏这又是游戏规则允许的。我说良子你别担心，今天咱们一定要赢！你先带大伙儿做准备，我去找人。

索朗丹增和萨布里正要出发，我跑过去喊住他俩："索朗，萨布里，今天别逮老鼠和捉鱼了，咱们合成一伙儿，跟乔治打仗吧。"他们两人还有些犹豫，我鼓动他们，"你们和乔治打仗不也老输嘛，今天咱们合起来，一定把他打败，教训教训他！"

他们两人想了想，高兴地答应了，接着我们商量了打仗的方案。这边，良子已带大伙儿做好准备，拾一堆小石子和松果当武器，装在每人的猎袋里。天房里的孩子一向光着上身，腰里围着短裙，短裙后有一个猎袋，装着匕首和火镰（火石、火绒）。玩土人打仗用不着这两样玩意儿，但若博妈妈一直严厉地要求我们随身携带。有一次，乔治和安妮把匕首、火镰弄丢了，若博妈妈甚至用电鞭惩罚他们。电鞭可厉害啦，被它抽一下，就会疼得摔倒在地，浑身抽搐，疼到骨头缝里。乔治那么蛮勇，被抽过一次后，看见电鞭就发抖。若博妈妈总是随身带着电鞭，不过一般不用它，但那次她怒气冲冲地吼道："记住这次惩罚的滋味！记住带匕首和火镰！忘了它们，有一天你会送命的！"

我们很害怕，也很纳闷。在天房里生活，我们从没用过匕首和火镰，若博妈妈为什么这样看重它们？不过，不管怎么说，从那次起再没有人丢失这两样东西。即使再马虎的人，也会时时检查自己的猎袋。

我领着手下来到眼睛湖边，背靠湖岸做好准备。我给大伙儿鼓劲："不要怕，我已经安排好埋伏，今天一定能打败他们。"

按照规则，我派孔茨站到土台上喊："凶恶的土人哪，你们快来吧！"乔治他们怪声叫着跑过来。等他们近到十几步远时，我们的石子和松果像雨点般飞过去，有几个的脑袋被砸中了，哎哟哎哟地喊，可他们非常蛮勇，脚下一点不停。这边几个伙伴开始发慌，我大声喊："别怕，和他们拼！援兵马上就到！"大伙儿冲过去，和乔治的手下扭作一团。

乔治没想到这次我们这样拼命，他大声吼着："杀死野人！杀死野人！"混战一场后，他的人毕竟有力气，把我们很多人都放倒了。乔治也把我放倒了，他用左肘压着我的胸脯，右手掏出带鞘的匕首压在我的喉咙上，得意地说："降不降？降不降？"

按平常的规矩，这时我们该投降了。不投降就会被"杀死"，那么，这一天你不能再参加任何游戏。但我高声喊着："不投降！"猛地把他掀下去。这时后边传来一阵凶猛的喊杀声，索朗丹增和萨布里带领两拨儿人赶到，俩人收拾一个，很快把乔治他们全降服了。索朗丹增和萨布里把乔治摔在地上，用带鞘匕首压着他的喉咙，兴高采烈地喊："降不降？降不降？"

　　乔治从惊呆中醒过神，恼怒地喊："不算数！你们喊来这么多帮手！"

　　我笑道："你不是说不在乎我们人多吗？你说话不算数吗？"

　　乔治狂怒地甩开索朗和萨布里，从鞘中拔出匕首，恶狠狠地说："不服，我就是不服！"

　　索朗丹增和萨布里也被激怒了，因为游戏中不允许匕首出鞘。他们也拔出匕首，怒气冲冲地说："想要赖吗？想拼命吗？来吧！"

　　我忙喊住他们两个，走近乔治。乔治两眼通红，咻咻地喘息着。我柔声说："乔治，不许耍赖，大伙儿会笑话你的。快投降吧，我们不会给你们画黑屁股，我们只在屁股上轻轻抽一下。"

　　乔治犹豫了一会儿，悻悻地收起匕首，低下脑袋服输了。我用匕首砍下一根细树枝，让良子在每个俘虏屁股上轻轻抽一下，宣布游戏结束。恰恰、吉布森他们没料到惩罚这样轻，难为情地傻笑着——他们赢时可从没轻饶过俘虏。乔治还在咕哝着："约这么多帮手，我就是不服。"不过我们都没理他。

　　红红的太阳升到头顶，索朗问："下边咱们玩什么？"孔茨逗乔治："还玩土人打仗，还是三拨儿收拾一拨儿，行不？"乔治恼火地转过身，给他一个脊背。萨布里说："咱们都去逮老鼠，捉来烤着吃，真香！"我想了想，轻声说："我想和乔治、索朗、萨布里和良子到墙边，看看天房外边的世界。你们陪我去吗？"

　　几个人都垂下眼皮，一朵黑云把我们的快乐淹没了。我知道黑云里藏着什么——恐惧。我们都害怕到"外边"去，连想都不愿想。可是，从五岁开始，除了生日那天，我们每天都得出去一趟。先是出去一分钟，再是两分钟，三分钟……现在增加到十五分钟。虽然只有十五分钟，可那就像一百年一千年一样漫长难熬。我们总觉得，这次出去后就回不来了——的确有三个人没回来，他们的尸体被若博妈妈埋在透明墙壁的外面，后来那些地方长出三株肥壮的大叶树。所以，天房的孩子们从五六岁开始，就知道什么是死亡，知道死亡每天在陪着我们。

我说："虽说出去过那么多次，但每次都只顾喘气啦，从没认真看外边是什么样子。可是若博妈妈说，每人必须通过外边的生存实验，谁也躲不过的。我想咱们该提前观察一下。"

索朗说："那就去吧，我们都陪你去。"

从天房的中央部分走到墙边，快走需两个小时。得快些走，赶在晚饭前回来。我们绕过山脚，地势渐渐平缓，到处是半人高的节节草和芨芨草，偶尔可以看见一棵孤零零的松树，比山上的地皮松要高一些，但也只是刚盖过我们的头顶。草地上老鼠要少得多，大概因为这儿没有松果吃，偶尔见一只立在土坎上，抱着小小的前肢，用红色的小眼睛盯着我们。有时，不经意间能看到一条竹节蛇嗖地钻到草丛中。

"墙"到了。

立陡的墙壁，直直地向上伸展，伸到眼睛几乎看不到的高度后慢慢向里倾斜，形成圆锥状屋顶，墙壁和屋顶浑然一体，没有任何接缝。红色的阳光顺着透明的屋顶和墙壁流淌，天房内每一寸地方都沐浴在明亮的红光中。但墙壁外面不同，那里是阴森森的世界。

墙外长着完全不同的植物，最常见的是大叶树，粗壮的主干下粗上细，一直伸展到天空，从根部直到树梢都长着硕大的暗绿色叶子。大叶树的空隙中长着暗红色的蛇藤，光溜溜的枝上长着小小的鳞状叶子，它们顺着大叶树蜿蜒爬行，到顶端后就脱离大叶树，高高地昂起脑袋，等到与另一根蛇藤碰上，互相扭结着再往上爬，所以它们总是比大叶树还高。站在山顶上往下看，大叶树的暗绿色阴影中到处昂着暗红色的脑袋。

大叶树和蛇藤也蛮横地挤迫着我们的天房——擦着墙壁或吸附在墙壁上，几乎把墙壁遮满了。

有一节蛇藤忽然晃动起来——不是蛇藤，是一条双口蛇。我们出去做生存实验时偶尔碰见过。双口蛇的身体鲜红，用一张嘴吸附在地上或咬住树干，身体自由地屈伸着，用另一张嘴吃大叶树的叶子。等到附近的树叶吃光，再用吃东西的这张嘴吸附在地上，腾出另一张嘴向前吃过去，身体就这样一屈一拱地往前。现在，这条双口蛇的嘴巴碰到了墙壁，它在品尝着什么东西，嘴巴张得大大的，露出整齐的牙齿，样子实在令人心怵。良子吓得躲到我身后，索朗不在乎地说："别怕，它是吃树叶的，不会吃人。它也没有眼睛，再说它还在墙外边呢。"

双口蛇试探了一会儿，发现啃不动坚硬的墙壁，便缩回身子，在枝叶中消失了。我们都盯着外面，心里沉甸甸的。我们并不怕双口蛇，不怕大叶树和蛇藤围出来的黑暗。我们害怕的是外面的空气。

那稀薄的氧气不足的空气。

那儿的空气能把人"淹死"，让人无处可逃。我们张大嘴巴、张圆鼻孔用力呼吸，但是没用，仍是难以忍受的窒息，就像魔鬼在掐着我们的喉咙，头部剧疼，黑云从脑袋向全身蔓延，逼得你把大小便拉在身上。我们无力地拍着门，乞求若博妈妈让我们进去，可是不到规定时刻她是不会开门的，三个伙伴就这样憋死在外边……

这会儿看到墙外的黑暗，那种窒息感又来了，我们不约而同地转过身，不想再看外边。其实，经过这几年的锻炼，这十五分钟我们已经能熬过来了，可是——每天一次啊！每天，我们实在不想迈过那道密封门，可是好脾气的妈妈这时总扬着电鞭，凶狠地逼我们出去。

这十五分钟沉甸甸地坠在心头，即使睡梦中也不会忘记。而且，这个担心的后面还连着一个模模糊糊的恐惧：为什么天房内外的空气不一样？这点让人心里不踏实。我不知道为什么不踏实，但就是担心。

我逼着自己转回身，重新面对墙外的密林。那里有食物吗？有没有吃人的恶兽？外面的空气是不是到处一样？我看啊看啊，心里有止不住的忧伤。我想，今后的日子里，一定还有什么灾难在等着我们，谁也逃脱不了。

我们五人及时赶回控制室。红太阳已经很低了，红月亮刚刚升起。在粉红色的暮霭中，伙伴们排成一队，从若博妈妈手里接过今天的玛纳。发玛纳时，妈妈常摸摸我们的头顶，问问我们今天干了什么，过得高兴吗。伙伴们也会笑嘻嘻地挽住妈妈的腰，扯住她的手，同她亲热一会儿。尽管妈妈的身体又硬又凉，我们还是想挨着她。若博妈妈这时十分和蔼，一点不像拿着电鞭时凶巴巴的样子。

我排在队伍后边，轮到我了，若博妈妈拍拍我的脑袋问："你今天玩土人打仗，联合索朗和萨布里把乔治打败了，对吗？"我扭头看看乔治不乐意地梗着脖子，便说："我们人多，开始是乔治占上风的。"

若博妈妈又拍拍我："好孩子，你是个好孩子，你们都是好孩子。"

玛纳分完了，我们很快把它吞进肚里。若博妈妈说："都不要走，我有重要的事情要告诉大家。"我的心忽然沉下去，我不知道她要说什么，但下午那种沉重的预感又来了。六十个伙伴都聚过来，六十双眼睛在粉红色的月光下闪亮。若博妈妈的目光扫过我们每个人，严肃地说："你们已经过了十岁生日，已经是大孩子了。从明天起你们要离开天房，每七天回来一次。这七天每人只发一颗玛纳，其余食物自己去寻找。"

我们都傻了，慢慢转动着脑袋，看着前后左右的伙伴。"若博妈妈一定是开玩笑，不会真把我们赶出去。""七天！七天后所有的人都要憋死啦！""若博妈妈，你干吗要用这么可怕的玩笑来吓唬我们呢？"

可是，妈妈的声音变得严厉起来："记住是七天！明天是 4 月 2 号，早上太阳出来前全部出去，到 4 月 8 号早上太阳升起后再回来，早一分钟我都不会开门。"

乔治狂怒地喊："七天后我们会死光的！我不出去！"

若博妈妈冷冰冰地说："你想尝尝电鞭的滋味吗？"她摸着腰间的电鞭向乔治走去，我急忙跳起来护住乔治，乔治挺起胸膛与她对抗，但他的身体分明在发抖。我悲哀地看着若博妈妈，想起刚才有过的想法：某个灾难是我们命中注定的。我盯着她的眼睛，低声说："妈妈，我们听你的吩咐，可是——七天？"

若博妈妈垂下鞭子，叹息一声："孩子们，我不想逼你们，可是你们必须尽快通过生存实验，否则就来不及了。"

晚上我们总是散布在眼睛湖边的草地上睡觉，今晚大伙儿没有商量，自动聚在一块儿，身体挨着身体，头顶着头。我们都害怕，睁大眼睛不睡觉。红月亮已经升到天顶，偶尔有一只小老鼠从草丛里跑过去。朴顺姬忽然把头钻到我的腋下，嘤嘤地哭了："英子姐，我害怕。"

我说不要怕，怕也没有用。若博妈妈说得对，既然能熬过十五分钟，就能熬过七天。我们生下来，我们活着，就是为了这个生存实验呀，谁也逃不掉。乔治怒声说："不出去，咱们都不出去！"萨布里马上接话："可是，妈妈的电鞭……"乔治咬着牙说："把它偷过来！再用它……"

大伙儿都打了一个寒噤。在此之前，从没人想过要反抗若博妈妈，乔治这句话让我们胆战心惊。很多人仰头看着我，我知道他们在等我发话，便说："不，我想该听妈妈的话，她是为咱们好。"

乔治怒气冲冲地啐一口，离开我们单独睡去了。我们都睁着眼，过了很久才睡着。

早上我们醒了，外边是难得的晴天，红色的朝霞在天边燃烧，蓝色的天空晶莹澄澈。有一段时间我们几乎忘了昨晚的事。我们想，这么美好的日子，那种事不会发生的。可是，若博妈妈在控制室等着我们，提着一篮玛纳，腰里挂着电鞭。她喊我们："快来领玛纳，领完就出去！"

我们悲哀地过去，默默地领了玛纳，装在猎袋里。若博妈妈领我们走了两个小时，来到密封门口。墙外，黏糊糊的浓绿仍在紧紧地箍着透明的墙壁，阴暗在等着吞噬我们。密封门打开了，空气带着啸声向外流，若博妈妈说过，这是因为天房内空气的压力比外边大。一只小老鼠借着风力，嗖地穿过密封门，消失在绿荫中。我怜悯地想，它这么心甘情愿地往外跑，大概不知道外边的可怕吧。

　　所有伙伴都哀求地看着若博妈妈，祈望她在最后一刻改变主意。可是，她脸上一直冷冰冰的，非常严厉。我只好带头跨过密封门，伙伴们跟在后边。当孔茨最后出来后，密封门唰地关闭，啸声被截住了。

　　由于每天进出，门外已被踩出一个小小的空场，我们茫然地待在这个空场里，不知道下一步该往哪儿走。窒息的感觉马上袭来，它挤出肺内最后一点空气，扼住喉咙。眼前发黑，我们张大嘴巴喘息着。忽然朴顺姬嘶声喊着："我……受不……了啦……"

　　她捂着胸口，慢慢倒下去，我和索朗赶紧俯下身。她的面孔青紫，眼珠凸出，极度的恐惧充溢在瞳孔里。这是怎么回事？我们出来还不到五分钟，可是平时她忍受十五分钟也没出意外呀。我们急急喊着："顺姬，快吸气！大口吸气！"

　　没有用。她的面色越来越紫，眼神已开始失去焦点。我急忙跑到密封门前，用力拍着："快开门！快开门！顺姬要死啦！若博妈妈，快开门！"索朗已经把顺姬抱到门边。索朗丹增是伙伴中最能适应外边空气的，若博妈妈说这是因为遗传，他的血液携氧能力比别人强。他把顺姬举到门边，可是那边没有动静。若博妈妈像石像一样立在门内，不知道她是否听到我们的喊声。我们喊着，哭着，忽然，一股臭气冲出来，是顺姬的大小便失禁了。她的身体慢慢变冷，一双眼睛仍然圆睁着。

　　门还是没有开。

　　伙伴们立在顺姬的尸体旁垂泪，没人哭出声。我们已经明白，妈妈不会来抚慰我们。顺姬死了,不是在游戏中被"杀死",是真的死了,再也不能活过来。天房通体透明,充溢着明亮温暖的红光,衬着这红色的背景,墙壁那边的若博妈妈一动不动。天房、家、若博妈妈,这些字眼从懂事起就种在我们心里,是那样亲切,可是今天它们一下子变得冰冷坚硬,冷酷无情。

我忍着泪说:"她不会开门的,走吧,到森林里去吧。"这时我忽然发现,我们出来已经很久,绝对超过十五分钟了,可是,我们只顾忙着抢救顺姬和为她悲伤,几乎忘了现在是呼吸着外面的空气。我欣喜地喊:"你们看,十五分钟早过去了,咱们再也不会憋死了!"

大家都欣喜地点头。虽然胸口还很闷,头昏,四肢乏力,但至少我们不会像顺姬那样死去了。顺姬很可能是死于心理紧张。确认这一点后,恐惧没那么入骨了。大川良子轻声问我:"顺姬怎么办?"

顺姬怎么办?记得若博妈妈说过,对死人的处理要有一套复杂的仪式,仪式完成后把尸体埋掉或者烧掉,这样灵魂才能远离痛苦,飞到一个流淌着奶汁和蜜糖的地方。但我不懂得埋葬死人的仪式,也不想把顺姬烧掉,我觉得那会使她疼痛的。我想了想,说:"用树叶把她埋起来吧。"

我取下顺姬的猎袋,挎在肩上,吩咐伙伴砍下很多枝叶,把尸体盖得严严实实。然后我们离开这儿,向森林走去。

大叶树和蛇藤互相缠绕,森林里十分拥挤和黑暗,几乎没法走动。我们用匕首边砍边走。我怕伙伴们走失,就喊来乔治、索朗、萨布里、娜塔莎和优素福,我说咱们还按玩游戏那样分成六队吧,咱们六人是队长,要随时招呼自己的手下,不要走失。几个人爽快地答应了。我不放心,又特意交代:"现在不是玩游戏,知道吗?不是玩游戏!谁在森林中走失谁就会死去,再也活不过来了!"

大伙儿看看我,眼神中是驱不散的惧意。只有索朗和乔治不太在乎,他们大声说:"知道了,不是玩游戏!"

当天我们在森林里走了大约一百步。太阳快落下了，我们砍出一片小空场，又砍来枝叶铺在地下。红月亮开始升起来，这是每天吃饭的时刻，大家从猎袋中掏出圆圆的玛纳。我舍不得吃，我知道今后的六天中不会有新的玛纳了。犹豫了一会儿后，我用匕首把玛纳分成三份，吃掉一份，把其余的小心地装回猎袋。这一块玛纳太小了，吃完后更是勾起我的饥饿，真想把剩下的两块一口吞掉。不过，我终于战胜了诱惑。我的手下也都学我把玛纳分成三份，可是有三人没忍住，又悄悄把剩下的两块吃了。我叹口气，没有管他们。

这是我们第一次在天房之外过夜。在天房里睡觉时，我们知道天房在护着我们，为我们遮挡雨水，为我们提供充足的空气，还有妈妈给我们制造玛纳。可是，忽然之间，这些依靠全没了。尽管很疲乏，我们还是惴惴地睡不着，越睡不着越觉得肚子饿。索朗忽然触触我："你看！"

借着从树叶缝隙中透出来的月光，我看见十几条双口蛇分布在周围。白天，当我们闹腾着砍树开路时，它们都惊跑了，现在又好奇地聚过来。它们把两只嘴巴吸附在地上，身子弯成弧形，安静地听着宿营地的动静。索朗小声说："明天捉双口蛇吃吧。我曾吃过一条小蛇崽，肉发苦，不过也能吃。"

我问："能逮住吗？双口蛇没眼睛，可耳朵很灵。还有它们的大嘴巴和利牙，被咬一口可不得了。"索朗自信地说："没事，想想办法，一定能逮住的。"身边有窸窣的声音，是孔茨醒了。他仰起头惊叫道："这么多双口蛇！英子姐，你看！"双口蛇受惊，四散逃走，身体一屈一拱，一屈一拱，很快消失在密林中。

天亮了，阳光透过茂密的枝叶射下来，变得十分微弱。林中阴冷潮湿，伙伴们个个缩紧身体，挤成一团。索朗丹增紧靠着我的脊背，一只手臂还搭在我的身上。我挪开他的手臂，坐起身。顺着昨天开出的路，我看见天房，那儿，早晨的阳光充满密封的空间，透明的墙壁和屋顶闪着红光。我呆呆地望着，忘了对若博妈妈的恼怒，巴不得马上回到她身边。

但我知道，不到七天，她不会为我们开门的，哪怕我们全死在门外。想到这里，我不由得怨恨起来。

我喊醒乔治他们，说："今天得赶紧找食物，好多人已经把玛纳吃光了，还有六天呢。我和娜塔莎领两队去采果实，乔治、索朗你们带四个队去捉双口蛇，如果能捉住一条，够我们吃三四天的。"大伙儿同意我的安排，分头出发。

森林中只有大叶树和蛇藤，枝叶都不能吃，又苦又涩，我尝了几次，都忍不住呕吐起来。它们有果实吗？良子发现，树的半腰挂着一嘟噜一嘟噜的圆球，我让大伙儿等着，向树腰爬去。大叶树树干很粗，没法抱住，好在这种树从根部就有分权，我蹬着树权，小心地向上爬。稀薄缺氧的空气使我的四肢酥软，每爬一步都要使出很大的力气。我越爬越高，树叶遮住了下面的同伴。斜刺里伸来一根蛇藤，围着大叶树盘旋上升，我抓住蛇藤喘息一会儿，再往上爬。现在，一串串圆圆的果实悬在我的脸前，我在蛇藤上盘住腿，抽出匕首砍下一串，小心地尝尝。味道也有点发苦，但总的说来还能吃。我贪馋地吃了几颗，觉得肚子里的饥火没那么炽烈了。

我喊伙伴："注意，我要扔大叶果了！"我砍下果实，瞅着树叶缝隙扔下去。过了一会儿，树底下传来高兴的喊声，他们已尝到大叶果的味道了。一棵大叶树有十几串果实，够我们每人分一串。

我顺着蛇藤往下溜，大口喘息着。有两串大叶果卡在树权上，我探着身子把它们取下来。伙伴们仰脸看着我。快到树下时我实在没力气了，手一松，顺着树干溜下去，结结实实地摔在地上。等我从昏晕中醒来，听见伙伴们焦急地喊："英子姐，英子姐！英子姐你醒啦。"

我撑起身子，伙伴们团团围住我。我问："大叶果好吃吗？"大伙儿摇着头："比玛纳差远啦，不过总算能吃吧。"我说："快去采摘，乔治他们不一定能捉到双口蛇呢。"

到下午，我们每个人的猎袋都塞满了。我带着伙伴选了一块稀疏干燥的地方，砍来枝叶铺出一个窝铺，然后让孔茨去喊其他队回来。孔茨爬到一棵大树上，用匕首拍着树干，高声吆喝："伙伴——回来哟——玛纳——备好喽——"

过了半个小时，那几队人从密林中钻出来，个个疲惫不堪，垂头丧气，手里空空的。我知道他们今天失败了，怕他们难过，忙笑着迎过去。乔治烦闷地说："没一点收获，双口蛇太机警，稍有动静它们就逃之夭夭。"他们转了一天，只围住一条双口蛇，但在最后当口又让它逃跑了。索朗骂着："这些瞎眼的东西，比明眼人还鬼灵呢。"

我安慰他们："不要紧，我们采了好多大叶果，足够你们吃啦。"孔茨把大叶果分成四十份，每人一份。乔治、索朗他们都饿坏了，大口大口地吃着。我仰着头想心事，刚才乔治讲双口蛇这么机灵，勾起了我的担心。等他们吃完，我把乔治和索朗叫到一边，小声问："你们还看到别的什么野兽吗？"他们说："没看见，英子姐你在担心什么？"我说："是我瞎猜呗。我想双口蛇这么警惕，大概它们有危险的敌人。"他们两人的脸色也变了："不管怎么样，以后咱们得更加小心。"

大家都乏透了，早早睡下。不过，我一直睡不安稳，胸口像压着大石头，骨头缝里又困又疼。我梦见朴顺姬来了，用力把我推醒，恐惧地指着外边，喉咙里嘶声响着，却喊不出来。远处的黑暗中有双绿荧荧的眼睛，在悄悄逼近——我猛然坐起身，梦境散了，朴顺姬和绿眼睛都消失了。

我想起可怜的顺姬，泪水不由得涌出来。

身边有动静，是乔治，他也没睡着，枕着双臂想心事。我说："乔治，我刚才梦见了顺姬。"乔治闷声说："英子姐，你不该护着若博妈妈，真该把她……"我苦笑着说："我不是护她。你能降住她吗？即使你能降住她，你能管理天房吗？能管理那个'生态封闭循环系统'吗？能为伙伴们制造玛纳吗？"

乔治低下头，不吭声了。

"再说，我也不相信若博妈妈是在害我们。她把咱们六十个人养大，多不容易呀，干吗要害咱们呢？她是想让咱们早点通过生存实验，早点回家。"

乔治肯定不服气，不过没有反驳。但我忽然想起顺姬窒息而死时透明墙内若博妈妈那冷冰冰的身影，不禁打了一个寒战。即使为了逼我们早点通过生存实验，她也不该这么冷酷啊。也许……我赶紧驱走这个想法，问乔治："乔治，你想早点回'故土'吗？那儿一定非常美好，天上有鸟，地上有汽车，有电视，有长着大乳房的妈妈，还有不长乳房可同样亲我们的爸爸。有高高的松树、鲜艳的花，有各种各样的玛纳……而且没有天房的禁锢，我们可以到处跑到处玩。我真想早点回家！"

索朗、良子他们都醒了，向往地听着我的话。乔治刻薄地说："全是屁话，那是若博妈妈哄我们的。我根本不信有这么好的地方。"

我知道乔治心里烦，故意唱反调，便笑笑说："你不信，我信。睡吧，也许五天后我们就能通过生存实验，真正的爸妈就会来接咱们。那该多美呀。"

第二天，我们照样分头去采大叶果和捉双口蛇。晚上乔治他们回来后比昨天更疲惫，更丧气。他们发疯地跑了一天，很多人身上都挂着血痕，可是依然两手空空。好强的乔治简直没脸吃他的那份大叶果，脸色阴沉，眼中喷着怒火，他的手下都胆怯地躲着他。我心中十分担心，如果捉不到双口蛇，单单靠大叶果的营养毕竟有限，常常吃完就饿，老拉稀。谁知道妈妈的生存实验要延续多少轮。五十九个人的口粮呀。不过我把担心藏在心底，高高兴兴地说："快吃吧，说不定明天就能吃到烤蛇肉了！"

第三天仍是扑空，第四天我决定跟乔治他们一块儿行动。很幸运，我们很快捉到一条双口蛇，但我没想到搏斗是那样惨烈。

我们把四队人马撒成大网，朝一个预定的地方慢慢包抄，常常瞥见一条双口蛇在枝叶缝隙里一闪，迅即消失了。不过不要紧，索朗他们在另外几个方向等着呢。我们不停地敲打树干，也听到另外三个方向高亢的敲击声。包围圈慢慢缩小，忽然听到了剧烈的扑通扑通声，夹杂着吱吱的尖叫，叫声十分刺耳，让人头皮发麻。乔治看看我，加快行进速度。他拨开前面的树叶，忽然呆住了。

前边一个小空场里有一条巨大的双口蛇，身体有人腰那么粗，有三四个人那么长，我们从没见过这么大的双口蛇。但这会儿它正在垂死挣扎，身上到处是伤口，流着暗蓝色的血液。它疯狂地摆动着两个脑袋，动作敏捷地向外逃跑，可是每次都被一个更快的黑影截回来。我们看清那个黑影，那是只——老鼠！当然不是天房内的小老鼠，它的身体比我们还大，嘴尖，胡须粗硬，一双圆眼睛闪着阴冷的光。虽然它这么巨大，但相貌分明是老鼠，这没任何疑问。也许是几年前从天房里跑出来的老鼠长大了？这不奇怪，有这么多双口蛇供它吃，还能不长大吗？

巨鼠也看到了我们，但根本不屑理会，仍旧蹲伏在那儿，守着双口蛇逃跑的路。双口蛇只要向外一蹿，巨鼠马上以更快的速度扑上去，在蛇身上撕下一块肉，再退回原处，一边等待一边慢条斯理地咀嚼。它的速度、力量和狡猾都远超双口蛇，所以双口蛇根本没有逃生的机会。乔治紧张地对我低声说："咱们把巨鼠赶走，把蛇抢过来，行不？够咱们吃四天啦。"

我担心地望望阴险强悍的巨鼠，小声说："打得过它吗？"乔治说，我们四十个人呢，一定打得过！双口蛇终于耗尽了力气，瘫在地上抽搐着。巨鼠踱过去，开始享用它的美餐。它是那么傲慢，根本不把四周的人群放在眼里。

三个方向的敲击声越来越近，索朗他们都露出头。该是进攻的时候了，我们却很犹豫。这时，一件意外的小事促使我们下定了决心。一只小老鼠溜过来，东嗅嗅西嗅嗅，看来是想分点食物。这是只普通的老鼠，也许就是三天前才从天房里逃出的那只。但巨鼠一点也不怜惜同类，闪电般扑过来，一口咬住小老鼠，咔嚓咔嚓地嚼起来。这种对同类的残忍激怒了乔治，他大声吼道："打呀！打呀！索朗，萨布里，快打呀！"四十个人冲过去，团团围住巨鼠，巨鼠的小眼睛里露出一丝胆怯，它放下食物，吱吱怒叫着与我们对抗。忽然它向孔茨扑过去，咬住孔茨的右臂，孔茨惨叫一声，匕首掉在地上。它把孔茨扑倒，敏捷地咬住他的脖子。我尖叫一声，乔治怒吼着扑过去，把匕首扎到巨鼠背上。索朗他们也扑上去。经过一场剧烈的搏斗，巨鼠逃走了，背上还插着那把匕首，血迹淌了一路。

我把孔茨抱到怀里，他的喉咙上有几个深深的牙印，向外淌着鲜血。我用手捂住伤口，哭喊着："孔茨！孔茨！"他慢慢睁开无神的眼睛，想向我笑一下，可是牵动了伤口，又晕过去了。

那条巨大的双口蛇躺在地上，但我一点也不快乐。乔治也受伤了，左臂上两排牙印。我们砍下枝叶铺好窝铺，把孔茨抬过去。萨布里他们捡来干树枝，索朗带人切割蛇肉。生火费了很大的劲儿，尽管每人都能熟练地使用火镰，但这儿不比天房内，稀薄的空气老是窒息了火舌。最后，火总算生起来了，我们用匕首挑着蛇肉烤。也许是因为饿极了，虽然蛇肉有股怪味，但每个人都吃得津津有味。

我把最好的一串烤肉送给孔茨，他艰难地咀嚼着，轻声说："不要紧，我很快会好的……我很快会好的，对吗？"

我忍着泪说："对，你很快会好的。"

乔治闷闷地守着孔茨，我知道他心里难过，他没有杀死巨鼠，匕首也让巨鼠带走了。我从猎袋里摸出顺姬的匕首递给他，安慰道："乔治，今天多亏你救了孔茨，又逮住这么大的双口蛇。去，烤肉去吧。"

深夜，孔茨开始发烧，身体像着了火，他喃喃地喊着："水，水。"可是我们没有水。大川良子和娜塔莎把剩下的大叶果挤碎，挤出那么一点点汁液，摸索着滴到孔茨嘴里。周围是深深的黑暗，黑得就像世界已经消失，只剩下我们浮在半空中。我们顺着来路向后看，已经太远了，看不到天房，那个总是充盈着红光的温馨的天房。黑夜是那样漫长，我们在黑暗中沉呀沉呀，总沉不到底。

孔茨折腾了一夜，好不容易才睡着。我们也疲惫不堪地睡去。

叽叽喳喳的说话声把我惊醒。天光已经大亮，红色的阳光透过密林，在我们身上洒下一个个光斑。我赶紧转身去看孔茨，盼望着这一觉之后他会好转。可是没有，他的伤势更重了，他全身滚烫，眼睛紧闭，怎么喊也没有反应。我知道是那只巨鼠把什么细菌传给他了，若博妈妈曾说过，土里、水里和空气里到处都有细菌，谁也看不见，但它能使人得病。乔治也病了，左臂红肿发热，但病情比孔茨轻得多。我默默思索了一会儿，对大家说："今天是第五天，食物已经够吃两天了，我们开始返回吧。但愿……"

但愿若博妈妈能提前放我们进天房，用她神奇的药片为孔茨和乔治治病。但我知道这是空想，妈妈的话从没有更改过。我把蛇肉分给每个人，装在猎袋里，索朗、恰恰、吉布森几个力气大的男孩轮流背孔茨，五十九人的队伍缓慢地返回。

有了来时开辟的路，回程容易多了。太阳快落时我们赶到密封门前，几个女孩抢先跑过去，用力拍门："若博妈妈，孔茨快死了，乔治也病了，快开门吧。"她们带着哭声喊着，但门内没一点声响，若博的身影也没出现。

小伙伴们跑回来，哭着告诉我："若博妈妈不开门！"我悲哀地注视着大门，连愤怒都没力气了。实际上我早料到会是这种结果，但我那时仍抱着万分之一的希望。伙伴们问我怎么办。索朗、萨布里怒气冲冲，更不用说乔治了，他的眼睛里冒着火，几乎能把密封门烧穿。我疲倦地说："在这儿休息吧，收拾好睡觉的窝铺，等到后天早上吧。"

伙伴们恨恨地散开。有了这几天的经验，一切都有条不紊地进行。蛇肉烤好了，但孔茨紧咬嘴唇，怎么劝也不吃。我想起猎袋里还有两小块玛纳，掏出来放到孔茨嘴边，柔声劝道："吃点吧，这是玛纳呀。"孔茨肯定听见了我的劝告，慢慢张开嘴，我把玛纳掰碎，慢慢塞进他嘴里。他艰难地嚼着，吃了半个玛纳。

我们迎来了日出，又迎来了月出。第七天的凌晨，在太阳出来之前，孔茨咽下最后一口气。他在濒死中喘息时，乔治冲到密封门前，用匕首狠狠地砍着门，暴怒地吼道："快开门！你这个硬邦邦的魔鬼，快开门！"

透明的密封门十分坚硬，匕首在上面滑来滑去，没留下一点刻痕。我和大川良子赶快跑去，把他拉回来。

孔茨咽气了，不再受苦了，现在他的表情十分安详。五十八个小伙伴都没有睡，默默团坐在尸体周围，我不知道他们的内心是悲伤还是仇恨。当天房的尖顶接受第一缕阳光时，乔治忽然清晰地说："我要杀了她。"

我担心地看看门那边——不知道若博妈妈能否听到外边的谈话——小心地说："可是，她有铁做的身体。她可能不会死的。"

乔治带着恶毒的得意说："她会死的，她可不是不死之身。我一直在观察她，知道她怕水，从不敢到湖里，也不敢到天房外淋雨。她每天还要更换能量块，没有能量她就死啦。"

他用锋利的目光盯着我，分明是在询问，你还要护着她吗？我叹息着垂下目光。我真不愿相信妈妈在戕害我们，她是为我们好，是逼我们早点通过生存实验……可是，她竟然忍心让朴顺姬和孔茨死在她的眼前，这是我无法为她辩解的。我再次叹息着，附在乔治耳边说："不许轻举妄动！等我学会控制室的一切，你再……听见了吗？"

乔治高兴了，用力点头。

密封门缓缓打开，嗤嗤的气流声响起来，若博妈妈大声喊："进来吧，把孔茨的尸体留在外面，用树枝掩埋好。"

原来她确实在天房内观察着孔茨的死亡！就在这一刻，我心中对她的最后一点依恋咔嚓一声消失了。我取下孔茨的猎袋，指挥大家掩埋了尸体，然后把恨意咬到牙关后，随大家进门。若博在门口迎接我们，我说："妈妈，我没带好大家，死了两个伙伴。不过，我们已学会采摘果实和猎取双口蛇。"

妈妈亲切地说："你们干得不错，不要难过，死人的事是免不了的。乔治，过来，我为你上药。"

乔治微笑着过去，顺从地敷药、吃药，还假作天真地问："妈妈，吃了这药，我就不会像孔茨那样死去了，对吧？"

"对，你很快就会痊愈。"

"谢谢你，若博妈妈，要是孔茨昨晚能吃到药片，该多好啊。"

若博妈妈给每人做了身体检查，凡有外伤的都敷上药。晚上分发玛纳时，她宣布："你们在天房里好好休养三天，三天后还要出去锻炼，这次锻炼为期——三十天！"刚刚缓和下来的空气马上凝固了。伙伴们你看看我，我看看你，目光中尽是惧怕和仇恨。乔治问："若博妈妈，这次是三十天，下次是几天？"

"也许是一年。"

"若博妈妈，上次我们出去六十个人，回来五十八个。你猜猜，下次回来会是几个人？下下次呢？"

谁都能听出他话中的恶毒，但若博妈妈假装没听出来，仍然亲切地说："你们已基本适应了外面的环境，我希望下次回来还是五十八个人，一个也不少。"

"谢谢你的祝福，若博妈妈。"

吃过玛纳，我们像往常一样玩耍，谁也不提这事。睡觉时，乔治挤到我身边睡下。他没有和我交谈，一直瞪着天房顶上的星空。红月亮上来了，给我们盖上一层红色的柔光。等别人睡熟后，乔治摸到我的手，掰开，在手心慢慢画着。他画的第一个字母是K，然后在月光中仰头看我，我点点头表示理解。他又画了第二个字母I，接着是LL。KILL（杀死）！他要把杀死若博的想法付诸行动！他严厉地看着我，等我回答。

我真不知道该怎么办。若博这些天的残忍已激起我强烈的敌意，但她的形象仍保留着过去的一些温暖。她抚养我们这一群孩子，给我们制造玛纳，教我们识字、算算术，为我们治病，给我们讲很多关于地球那边的故事。我不敢想象自己真的会杀死她。这不光涉及对她一个人的感情，在我内心深处一直有一个不甚明确的看法：若博妈妈代表着地球那边同我们的联系，她一死，这条纤细的联系就全断了！

乔治看出我的犹豫，生气地在我手心画一个惊叹号。我知道他决心已定，不会更改，而且他不是一个人，他代表着索朗丹增、萨布里、恰恰、泰森等，甚至还有女孩子们。我心里激烈地斗争着，拉过乔治的手写："等我一天。"

乔治理解了，点点头，翻过身。我们就这样不声不响地看着夜空，想着各自的心事。深夜，我已蒙眬入睡，一只手摸摸索索地把我惊醒。是乔治，他把我的手握到他手心里，然后慢慢凑过来，亲亲我。

我想，也许这就是若博妈妈讲过的男女之爱？也许乔治吻过我以后，我肚子里就会长出一个小孩，而乔治就是他的爸爸？这个想法让我有点胆怯，我努力把乔治从怀中推出去。乔治服从了，翻过身睡觉，但他仍紧紧拉着我的右手。我抽了两次没抽出来，也就由他了。

第二天早上醒来，我的手还在他的掌中。因为有了昨天的初吻，我觉得和乔治更亲密了。我抽出右手，乔治醒了，马上又抓住我的手，在手心中重写了昨天的四个字母：KILL！他在提醒我不要忘了昨晚的许诺。

伙伴们开始分拨玩耍，毕竟是孩子啊，他们要抓紧时间享受今天的乐趣。但我觉得自己长大了，作为大伙儿的头头，一份沉甸甸的责任压在我的身上，这份责任让我大了二十岁。

我敲响控制室的门，心中免不了内疚。孩子中，若博妈妈最疼爱我，现在我要利用这份偏爱去刺探她的秘密。妈妈打开门，疑惑地看看我，我忙说："若博妈妈，我想跟你谈一件事，不想让别人知道。"

妈妈点点头，让我进屋，把门关上。我很少来控制室，早年来过两三次，已经没有什么印象了。控制室里尽是硬邦邦的东西，很多粗管道通到外边，几台机器静伏在地上。后窗开着，有一架单筒望远镜，那是若博妈妈终日不离身的宝贝。这边有一座控制台，嵌着一排排红绿按钮，我扫了一眼，最大的三个按钮下写着："空气压力/成分控制""温度控制""玛纳制造"。

怕若博妈妈起疑，我不敢看得太贪婪，忙从那儿收回目光。若博妈妈亲切地看着我——令我痛苦的是，她的亲切里看不出一点虚假，她问道："小英子，有什么事？"

"若博妈妈，有一个想法在我心中很久很久了，早就想找你问问。"

"什么想法？"

"若博妈妈，你常说我们在地球最偏远的地方，可是——这儿真的是在地球上吗？"

若博妈妈意外地看着我："哟，这可是个新想法。你怎么有了这个想法？"

"我看到一些蛛丝马迹，它们一点点加深了我的怀疑。比如，天房内外的东西明显不一样，树木呀，草呀，动物呀，空气呀。打开密封门时，空气会嗤嗤地往外跑，你说是因为天房内的气压比外边高，还说天房内的一切和地球那边是一样的。那么，'地球那边'的气压也比这儿高吗？它们为什么不嗤嗤地往这边跑？"

"真是新奇的想法。还有吗？"

"还有，你给我们念书时，曾提到'金色的阳光''洁白的月光'，可是，这儿的太阳和月亮都是红色的。为什么？这边和那边不是一个太阳和月亮吗？"

"哦，还有什么？"

"你说过，一个月的长短大致等于从满月经新月再到满月的一个循环。可是，根本不是这样！这儿从一个满月到下一个满月只有十六天，可是在你的日历上，一月有三十天或者三十一天。若博妈妈，这是为什么？"

我充满期待地看着她。我提出这些问题原本是想转移她的注意力，好趁机开始我的侦察，但现在这些问题真的把我吸引住了。因为，这些疑问本来就埋在心底，当我用语言表达出来后，它变得更加清晰。若博妈妈静静地看着我，很久没有回答，后来她说："你真的长大了，能够思考了。但是很遗憾，你提的问题在我的资料库里没有现成答案。等我想想再回答你吧。"

"好吧。"我也转移话题，指着望远镜问，"若博妈妈，你每天看星星，为什么从不给我们讲星星的知识呢？"

"这些知识对你们用处不大。世上的知识太多了，我只能讲最有用的。"

我扫视一下四周："若博妈妈，为什么不教会我用这些机器？这最实用嘛，我就能帮你多干点活啦。"

我想，这个大胆的要求肯定会激起她的怀疑，但似乎没有，她叹了口气说："这也是没用的知识，不过，你有兴趣，我就教你吧。"

我绝没想到我的阴谋会这样顺利得逞。若博妈妈用一整天的时间，耐心讲解屋内的一切：如何控制天房内的氧气含量、气压和温度，如何操纵生态循环系统并制造食用的玛纳，如何开启和关闭密封门，如何使用药物……下午她还让我实际操作，制造今天的玛纳。其实操作相当简单，在写着"玛纳制造"的那排键盘中，按下启动钮，生态循环系统中净化过的水、二氧化碳和其他成分就会进入制造机，一个个圆圆的玛纳就从出口滚出来。等到滚出五十八个，按一下停止钮就行了。

我兴奋地说："我学会了！妈妈，制造玛纳这么容易，为什么不多造一些呢？为什么让我们那么艰难地出去找食物呢？"

若博笑笑，没回答我的问题，只是说："今天是你制造的玛纳，你向大伙儿分发吧。"

我站在若博妈妈常站的土台上，向排队经过的伙伴分发玛纳，大伙儿都新奇地看着我，我一边发一边骄傲地说："是我制造的玛纳，若博妈妈教会我了。"

乔治过来了，我同样告诉他："我会制造玛纳了。"乔治点点头，重复一遍："你会制造玛纳了。"我忽然打了一个寒战。我悟到，虽然我们两人在说同一句话，但所说的深层含意却不同。晚上，乔治悄悄拉上我，向孤山上爬去。今天月色不好，一路上磕磕碰碰，走得相当艰难。终于到了。他领我走进山腰一个山洞，阴影中已经有五六个伙伴，我贴近他们的脸，辨认出是索朗、萨布里、恰恰、娜塔莎和良子。我的心开始往下沉，知道这次秘密会议意味着什么。

乔治沉声说："我们的计划应该实施了，英子姐已经学会制造玛纳，学会控制天房内的空气循环系统。该动手了。要不，等若博再把我们赶出去三十天，说不定一半人死在外边。"

大家都看着我，他们一向喜欢我，把我看作他们的头头。现在我才知道，这副担子对一个十岁的孩子来说太重了。我难过地说："乔治，难道没有别的路可走吗？今天若博妈妈把所有控制方法都教给我了，一点也没有起疑心。如果她怀着恶意，她会这样干吗？"

良子也难过地说："我也不忍心。若博妈妈把我们带大，给我们讲地球那边的故事……"

恰恰愤怒地说："你忘了朴顺姬和孔茨是怎么死的！"

索朗丹增也说："我实在不能忍受了！"

乔治倒比他们镇静，摆摆手制住他们，问我："英子姐，你说怎么办？你能劝动若博妈妈，不再赶咱们出去吗？"

我犹豫着，想到朴顺姬和孔茨濒死时若博的无情，知道自己很难劝动她。想起这些，我心中的仇恨也烧旺了。我咬着牙说："好吧，再等我一天，如果明天我劝不动她，你们就……"

乔治一拳砸在石壁上："好，就这么定！"

第二天，没等我去找若博妈妈，她就把我喊去了。她说既然你已开始学了，那就趁这两天学透吧，也许有用呢。她耐心地又从头教一遍，让我逐项试着操作。我却有点心不在焉，盘算着如何劝动妈妈。我知道没有退路了，今天如果劝不动妈妈，一场血腥的屠杀就在面前，要么是若博死，要么是乔治他们死。

下午，若博妈妈说："行了，你已经全部掌握，可以出去玩了。小英子，你是个好孩子，比所有人都知道操心，你会成为一个好头人的。"

我趁机说："若博妈妈，不要赶我们出去，好吗？至少不要让我们出去那么长时间，顺姬和孔茨死了，不知道下回轮到谁。天房里有充足的空气，有充足的玛纳。生存实验慢慢来，行吗？"

妈妈平静地说："不，生存实验一定要加快进行。"

她的话非常决绝，没有任何回旋余地。我望着她，泪水一下子盈满眼眶。妈妈，从你说出这句话开始，我们就成为敌人了！若博妈妈似乎没看见我的眼泪，淡然说："这件事不要再提，出去玩吧，去吧。"我沉默着，勉强离开她。忽然吉布森飞快地跑来，很远就喊着："若博妈妈，快，乔治和索朗用匕首打架，是真的用刀。有人已受伤了！"

若博妈妈急忙向那边跑去，我跟在后边。湖边乱糟糟的，几乎所有孩子都在这儿，人群中，索朗和乔治都握着出鞘的匕首，恶狠狠地挥舞着，脸上和身上血迹斑斑。若博妈妈解下腰间的电鞭，怒吼着"停下！停下"，然后挥舞着电鞭冲过去。人群立即散开，等她走过去，人群又飞快地在她身后合拢。

我忽然感受到一种诡异的气氛，扭过头，见吉布森得意地笑着。一瞬间我明白了，我想大声喊："若博妈妈快回来，他们要杀死你！"可是，想起我对大伙儿的承诺，想想妈妈的残忍，我把这句话咽到了肚子里。

那边，乔治忽然吹响尖厉的口哨，后边合围的人群轰然一声向若博妈妈拥过去。前边的人群应声闪开，露出后面的湖面。若博停脚不及，被人群推到湖中，扑通一声，水花四溅，她的钢铁身体很快沉入清澈的水中。

我走过去，扒开人群，乔治、索朗他们正充满戒备地望着湖底，看见我，默默地让开。我看见若博妈妈躺在水底，一道道小火花在身上闪烁，眼睛惊异地睁着，一动也不动。我闷声说："你们为什么不等我的通知？不过，不说这些了。"

乔治冷冷地问："你劝动她了吗？"我摇摇头，乔治冷笑道，"我没有等你，我早料到结果啦。"

很长时间，我们就这么呆呆地望着湖底，体会着如释重负的感觉——当然也有隐约的负罪感。索朗问我："你学会全部控制了吗？"我点点头。"好，再也不用出去受苦了！"

吉布森问："现在该咋办？我看得选一个头人。"

索朗、萨布里和良子都同声说："英子姐！英子姐是咱们的头人。"但恰恰和吉布森反驳道："选乔治！乔治领咱们除掉了若博。"

乔治两眼灼灼地望着我，看来他想当首领。我疲倦地说："选乔治当头人吧，我累了，早就觉得这副担子太重了。"乔治一点没推辞，"好，以后干什么我都会和英子姐商量的。英子姐，明天的生存实验取消，行吗？"

"好吧。"

"现在请你去制造今天的玛纳，好吗？"

"好的。"

"从今天起给每人每天做两个，好吗？"

我没有回答。让伙伴每天多吃一个玛纳，这算不了什么，但我本能地感到这中间有某种东西——乔治正用这种办法树立自己的权威。不过，我还没来得及回答，水里忽然泼刺一声，若博妈妈满面怒容地立起来，体内噼噼啪啪响着火花，动作也不稳，但她还是轻而易举地跨到乔治面前，卡住他的喉咙把他举起来。大家都吓傻了，索朗、恰恰几个人扑过去想救乔治，若博电鞭一挥，几个人全倒在地上抽搐着。乔治抱住妈妈的手臂，用力踢蹬着，面色越来越紫，眼珠开始暴突出来。我没有犹豫，疾步跑过去扯住妈妈的手臂，悲切地喊："若博妈妈！"

妈妈看看我，怒容慢慢消融，眼睛里有种说不清道不明的东西。最终，她痛苦地叹息一声，把乔治扔到地上。乔治用手护着喉咙，剧烈地咳嗽着，脸色渐渐复原。索朗几个爬起来，虚势以待，又惧又怒地瞪着妈妈。妈妈悲怆地呆立着，身上的水在脚下汪成一摊。然后她头也不回地走出人群，向控制室方向走去。走前她冰冷地说："小英子过来。"

乔治他们疑虑地看着我，我知道，我们之间的信任已经有裂缝了。我该怎么办？在势如水火的妈妈和乔治他们之间，我该怎么办？我想了想，走到乔治身边，轻轻抚摸他受伤的喉咙，低声说："相信我，等我回来。好吗？"

乔治的喉咙还没办法讲话，他咳着，向我点点头。

我紧赶几步，扶住步态不稳的若博妈妈。我无法排解内疚，因为我也是谋害她的同谋犯，但我又觉得，乔治对她的反抗是正当的。妈妈的身体越来越重，进了控制室，她马上顺墙溜下去，坐在地上。她摇摇手指，示意我关上门，让我坐在她旁边。

我不敢直视她。我怕她追问：你事先知道他们的密谋，对吗？你这两天来学习控制室的操作，就是为杀死我做准备，对吗？但若博妈妈什么也没问，她喘息了一会儿，平静地说："我的职责到头了。"

"我的职责到头了。"她重复着，"现在我要对你交代一些后事，你要一件件记清。"

我言不由衷地安慰她:"你不会死,你很快会好的。"

她怒气冲冲地说:"不要说闲话!听好,我要交代了。你要记住,记牢,三十年五十年都不能忘记。"

我用力点头,虽然心里免不了疑惑。妈妈开始说:"第一件事,这里确实不是地球。"

虽然这正是我的猜想,但乍一听到她的确认,我仍然十分震惊:"不是地球?这儿是什么地方?"

"不知道。我每天都在看星图,想利用资料库中的天文资料确认所处的星系。但是不行,这儿与资料库中的任何星系都对不上号。所以,这个星球离地球一定很远很远。它的环境倒是与地球很接近的,公转、自转、卫星、大气、绿色植物……这种机遇非常难得。我估计,它与地球至少相距一亿光年以上。"

我无法理解一亿光年是多么巨大的数字,但我知道那一定非常远非常远,地球的父母们永远不会来看我们了。此前虽然他们从未露面,但一直是我们的心理依靠,若博妈妈这番话把我们的这点希望也彻底埋藏了。

"第二件事,我一直扮演着全知全晓的妈妈,其实我也什么都不知道。我几乎和你们同时醒来,醒来时,六十三个孩子躺在天房里,每人身上挂着名字和出生时刻。我不知道你们(和我)是从哪里来的,是谁送来的,我只能按信息库的内容去猜测。信息库是以地球为模式建立的,我的设定任务是照顾你们,让你们在一代人的时间中通过生存实验,在这个星球生存繁衍。这些年,我一直在履行这项设定的任务赋予我的职责。"

我悲哀地看着她,第二个心理依靠又无情地倒塌。原来,全知全晓的妈妈只是一个所知有限、功能有限的低级机器人。我阴郁地问:"是地球上的父母把我们抛弃到这儿?"

她摇摇头:"不太像。在我的资料库中,地球还不能制造跨星系飞船，不能跨越这么远的宇宙空间航行。很可能是……"

"是谁？"

若博妈妈改变了主意："不知道，你们自己慢慢猜测吧。"

我的心越来越凉，血液结成冰，冰在咔咔嚓嚓地碎裂。我们是一群无根的孩子，父母可能在一亿光年外，甚至可能已经灭绝。现在，只有五十八个十岁的孩子被孤零零地扔在一个不知名的行星上，照顾他们的是一个什么都不知道的机器人妈妈——连她也可能活不长了。这些事实太可怕了，就像是一座慢慢向你倒过来的大山，很慢很慢地将你埋葬——可是你却逃不掉。我哭着喊："妈妈你不要说了，妈妈你不会死的！"

她厉声说："听着！我还没有说完。知道为什么逼你们到天房外面去吗？不久前我检查系统时发现，天房的能量马上就要枯竭了，只能维持不到十天了。我不知道这是为什么。资料库中设定的天房运转年限是六十年，那样，我可以用一生的时间来训练你们，逐步熟悉外边。可是……我真的不知道为什么会这样！"她沉痛地说，"这些天我一直在尽力检查，但找不到原因。你知道，我只是一个粗通各种操作的保姆。"

我悲伤地看着妈妈，原来妈妈的"残忍"是为了我们尽快成长啊。事态这样紧急，她知道只有彻底斩断后路，我们才能没有依恋地向前走。妈妈，我们错怪你了，你为什么不早点告诉我们呢！我握着妈妈冰凉的手，泪水汹涌奔流。

妈妈平静地说："我的职责已经到头了，本来还能让你们再回来休整一次，再给你们做三天的玛纳。现在……天房内的运转很快就要关闭，小英子，忘掉这儿，领着他们出去闯吧。"

"妈妈，我们要和你在一起！……我们带你一块儿出去！"

妈妈苦笑了："不行，妈妈吃的是电能，在这个蛮荒星球上找不到电能……去吧，这些年我一直在观察你，你心眼好，有威信，会成为一个好头人，只是，在必要时也得使出霹雳手段。把我的电鞭拿去吧。"

她解下电鞭交给我。我知道已没有退路，啜泣着接过电鞭，缠在腰上。若博妈妈满意地闭上眼。过一会儿，她睁开眼说："还有几句话也要记住，作为部落必须遵守的戒律吧。"

　　"我一定记住，说吧。"

　　"不要忘了我教你们的算术和文字。找一个人把部落里该记的事随时记下来。"她补充道，"天房里还有很多纸笔，够你们使用三五十年了。至于以后……你们再想办法吧。"

　　"我记住了。"

　　"等你们到十五岁就要生孩子，多生孩子。"

　　我迟疑着没有回答。"若博妈妈，怎样才能生孩子？就在前天乔治吻了我，当时我感到身体内有一种非常奇妙的感觉。这样就能把孩子生下来吗？"

　　"不，吻一吻不会怀孕。至于怎样才能生孩子，再过两年你们自然会知道的。好了，该说的话我说完了。我独自工作了十年，累了。你走吧。"

　　我含泪退出去，若博妈妈忽然睁开眼，补充一句："电鞭的能量是有限的，所以——每天拎着，但不要轻易使用。"

　　她又闭上眼。

　　我退出控制室，怒火在胸中膨胀。若博妈妈说不要轻易使用电鞭，但我今天要大开杀戒。伙伴们都聚在控制室周围，茫然地等待着。他们不知道若博妈妈会怎样惩罚他们，不知道他们的英子姐会站在哪一边。当他们看到我手中的电鞭时，目光似乎同时变暗了。我走到人群前，恶狠狠地吼道："凡领头参与今天密谋的，给我站出来！"

　　回应我的只有惊慌和沉默。少顷，乔治、索朗、恰恰和吉布森勇敢地走出来，脸上挂着冷笑，挂着蔑视。剩下的人提心吊胆地看着电鞭，但他们分明是站在乔治一边的。我没有解释，对索朗、恰恰和吉布森每人抽了一鞭，他们倒在地上，痛苦地抽搐着，但没有求饶。我拎着电鞭向乔治走去，此刻乔治目光中的恶毒和仇恨是那样炽烈，似乎一个火星就能点着。我闷声不响地扬起鞭子，一鞭，两鞭……五鞭。乔治在地上打滚，抽搐，喉咙里发出非人的声音。伙伴们都闭上眼，不敢看他的惨相。

我住手了，喊："大川良子，过来！"良子惊慌地走出队列，我把电鞭交给她，命令："抽我！也是五鞭！"

"不，不……"良子摆着手，惊慌地后退。我厉声说："快！"

我的面容一定非常可怕，良子不敢违抗，胆怯地接过电鞭。我永远忘不了电鞭触身时的痛苦，浑身的筋脉都皱成一团，千万根钢针扎着每一处肌肉和骨髓。良子恐惧地瞪大眼睛，不敢再抽，我咬着牙喊："快抽！这是我应得的，谁让我们谋害若博妈妈呢！"

五鞭抽完了。娜塔莎和良子哭着把我扶起来。乔治他们也都坐起来，目光中不再有仇恨，而是充满迷惑和胆怯。我叹口气，放软声音，悲愤地说："都过来吧，都过来，我把若博妈妈告诉我的话全都转告你们。我们都是瞎眼的东西！"

两个小时后，我、乔治、索朗、萨布里和娜塔莎走进控制室，跪在若博妈妈面前，其他人跪在门外。若博妈妈闭着眼，一动也不动。我们轻声唤她，但她没一点反应。也许她不想再理我们，自己关闭了生命开关；也许她的身体已经被水彻底损坏，失去生命。不管怎样，我还是伏在她耳边轻声诉说："若博妈妈，我们都长大了，再也不会干让你痛心的事。我们已经商定马上离开这里，把这儿剩余的能量全留给你用。这样，也许你还能坚持几年。等能量全部耗尽后，请你睡吧，安心地睡吧。我们会常来看你，告诉你部落的情况。也许有一天我们会发现制造能量的办法，那时你将得到重生。妈妈，再见。"

若博妈妈没有动静。

我们最后一次向她行礼，悄悄退出去。我留在最后，按若博妈妈教我的办法关闭了天房所有的能源。两个小时后，我们赶到密封门处，用人力打开密封门，等五十八个人都走出来，又用人力把它复原。其实这没有什么用处，天房的生态封闭循环系统关闭后，要不了多久，里面的节节草、地皮松、白条儿鱼和小老鼠都会死亡，这儿会成为一座豪华安静的坟墓。

我们留恋地望着我们的天房。正是傍晚时分，红太阳和红月亮在天上相会，共同照射着晶莹透明的房顶，使它充盈着温馨的金红。我们要离开了，但我们知道，天房永远是我们心里的祖庭。

我带着伙伴复诵若博妈妈留下的训诫：

"永远不要丢失匕首和火镰。"

"永远不要丢失匕首和火镰。"

"永远记住算数的方法和记载历史的文字。"

"永远记住算数的方法和记载历史的文字。"

"多生孩子。"

"多生孩子。"

第五条是我加的："每人一生中回天房一次，朝拜若博妈妈。"

"每人一生中回天房一次，朝拜若博妈妈。"

我走近乔治，微笑道："算术和文字的事就托付给你啦。"乔治背着一捆纸张和笔，简短地说："我会尽责，并把这个责任一代代传下去。"我亲亲他："等咱们够十五岁时，我要和你生下部落的第一个孩子。"又对索朗说，"和你生下第二个。你们还有要说的吗？"

"没有了。我们听你的吩咐，尊敬的头人。"

"那好，出发吧。"

一行人向密林走去，向不可知的未来走去，把若博妈妈一个人留在寂静的天房里。

卡门

夏笳

传说中，从太阳系尽头一直通往人马座的星途上，每一间酒吧里都有卡门的身影。

卡门永远歌声嘹亮，舞姿曼妙，檀木般乌黑的长发里插着大束的茉莉花或者金合欢，香气馥郁醉人；卡门的皮肤像金子般闪闪发亮，细长的眼睛闪着猫样的光彩，湿润的嘴唇半开半闭，露出杏仁般细碎的白牙；卡门身穿古老的波希米亚风情的舞裙，暗红色的花边从腰间一直拖到赤裸的脚边，破旧的披肩上布满大大小小的窟窿，一旦音乐声响起，你便能看见它们像注入了生命般飞舞在卡门的手臂与肩膀间。

如果你是来往于星途中的远航者，我是说，无论是礼教森严、措辞谨慎的贸易商，还是训练有素、冷酷无情的雇佣兵，或者神情疲惫、穷困潦倒的新移民，甚至那些九死一生、终生颠沛流离的拓荒者，只要踏出飞船，呼吸到岩石与烈酒的气息，都不能不迫切思念着卡门的身影。或许她只是静静地坐在某个光影暧昧的角落里，指尖的烟草弥漫出幽蓝的光雾；或者她斜倚在吧台边，伶牙俐齿地跟七八个围在四周不怀好意的男人们斗嘴，而最终谁也别想占她的便宜；或者她一眼看到了你，便像只猫一样无声无息地拨开人群走过来，向你昂起她小巧的下巴："嘿，地球老乡，"她总是一眼就能看出你出生长大的地方在你身上留下的烙印，"让我给你算一卦，算算你这一路上还能迷住几个好姑娘。"

然而就算她已经喝得两眼迷蒙，坐在你大腿上东摇西晃，又是唱又是笑，可只要音乐声响起……啊，只要音乐响起，你就只看见她像火焰般腾空而起，裙裾飞扬，手中的响板发出雨点般密集的声响，而地板也会在她的脚下律动，绽放出一轮又一轮令人心醉神迷的涟漪。

这就是关于卡门的传说，从星途开拓之初直到现在，足足流传了一个多世纪，然而又有谁能讲完关于卡门的故事呢？悲壮的、凄婉的、妖冶的、狂放的，连同卡门曼妙的身姿一同流传在每一代远航者的呓语中，生生不息。

说起来，就连我们这些从小生活在月球这种小地方，连太阳系都没出过的孩子都多少听过几个关于卡门的传说。虽然有关卡门、有关星途和远航者的一切都离我们相隔不知多少光年那么遥远，那些几代前流传下来的故事传到我们父辈那里时，早就被漫漫星途洗涤得面目全非，变得如同一切古老的神话歌谣般，既模糊又苍白。然而我们又怎能不向往那些浪漫、神秘、狂野而又残酷的故事呢？我们又怎能不向往那些闪烁在星途每一个角落中，艳名远扬的波希米亚女郎呢？要知道，这么多年来，哪怕是最保守、最潦倒的移民姑娘，一到了盛大的节日，也要纷纷在头发里插上一大束山茶花或者别的什么，扮出风情万种的样子来呢。

以上这一切就是卡门·纳瓦罗到来之前的情况。

卡门到来的时候正是阴郁的春天，我们拥出教室，看见一个消瘦而苍老的男人紧紧拉着一个同样消瘦的年轻姑娘出现在甬道尽头，后者乱蓬蓬的短发四处飞翘，身穿大了不止一号的网格衫，弓着腰低着头，用一种典型的地球移民才有的笨拙脚步，跌跌撞撞地走着。

走到近处时，男人停下步子，凌厉的灰色眼睛缓缓从我们每个人身上扫过，最后又停在姑娘身上，一言不发地在她背上拍了两下，转身离去了。

我们好奇地围成一圈盯着新来的姑娘看，她一个人站在原地，目光呆滞，两眼紧盯着自己破旧的鞋尖。

老师走上前去拉住她的手，和颜悦色地对她说："跟大家介绍一下自己吧。"

姑娘抬了抬眼皮，仍旧是盯着脚尖，用一种异常古怪的口音慢吞吞地回答道："我叫卡门，卡门·纳瓦罗。"

消息传遍整个月城后，来看卡门的人数不胜数，最初是隔壁班的孩子，然后是他们的姐妹和父母，最后连那些严肃的僧侣也不远万里赶来，假装不经意地从附近经过。老师总是尽量和和气气地把他们劝走，请他们不要破坏正常的教学秩序，然而走了一批之后还会再来一批，谁让她是我们这里从古到今独一无二的卡门呢？又是谁让她偏偏要到月球这沉闷乏味的地方来的呢？我们从出生起就住在巴掌大小的地下城里，面对着灰褐色的岩石和混凝土，呼吸的是循环系统滤出的温吞吞的空气，很多人一辈子连星空都没见过，也从没想过要去看什么星星或是飞船——星际酒吧或者卡门那都只是传说中的东西罢了。

结果呢，我们的卡门小姐让所有人都失望透顶了，她简直比月球上所有的平庸加起来还要平庸，比所有的乏味加起来还要乏味。她苍白瘦小的脸上看不见泼辣与倔强，默默无光的黑眼睛里也没有火焰在燃烧，连她的身材也像还没发育完全似的干瘪瘦小，远远比不上我们这些早熟的月球姑娘，虽说她跟我们大家都是一样的十五六岁。

最让人难以忍受的还是她的口音，永远是那么慢吞吞的，仿佛有意放慢了的录音那样低沉，一字一句地回答那些被问了无数遍的问题："是的，我是卡门，我从地球上来……不，我哪儿也没去过……是的，纳瓦罗先生是我父亲。"

至于跳舞之类的，根本没人问过她，卡门的走路姿势比哪一个地球佬都要难看。也有那么一两个捣蛋鬼跟在她后面模仿她的步子，或者从她身边跳来跳去地取笑她。

直到有人看到纳瓦罗先生递交给移民局的申请表，才多少解释了一些事情——卡门有先天性心脏病，在地球的重力下活不过二十岁，于是大家对她身上的最后一丝幻想也就此消失殆尽了。

很长一段时间里，你都只能看见卡门一个人坐在角落里，眼睛盯着桌子下面自己的双脚，仿佛要看着自己一天天长在那里一样。

在整个月城居民失望并淡漠卡门的日子里，或许只有我是个例外。

那时候我也是十五六岁，头发短得像个小男生，姿色只能算中等，内心深处却时不时有种莫名的火光闪耀，比最会招蜂引蝶的姑娘还要狂野。

卡门到来之后的那个春天里，我心里的火光终于炽烈地燃烧起来，仿佛一颗火星溅落在干草丛里。

无数次，我假装不经意地用余光扫过她瑟缩在角落里的身影，短发披散在她苍白的脖颈上，嶙峋的脊柱轮廓在皮肤下蜿蜒起伏。我的心脏在胸腔里怦怦作响，仿佛不受微弱的引力控制一般。

“卡门……卡门……”我在心中反复默念着，仿佛这简单的音节具有不可思议的魔力，无论她来自何方，无论外貌多么平庸，这与生俱来的魔力都与她的姓名一样深深烙在她的血液中，我始终固执地相信着，幻想着。

然而最初的日子里，无论周围人如何围观、羞辱或者漠视卡门，我都始终不动声色，用一个年轻姑娘的全部忍耐力，还有全部残忍、羞怯和心怀叵测暗中观察这一切。

直到三个星期之后，趁没有人注意，我终于鼓足勇气，让口袋里的羽球不小心滚落到她脚边。

卡门把球捡起来握在手心里，我故意不看她的眼睛，假装并不在乎跟谁说话的样子，漫不经心地说：“听说这是从地球上流传过来的，可惜我玩得不太好。”

卡门一声不吭地看着我，我的心都快蹦出来了，赶紧加上一句：“你会玩吗？”

沉默了一会儿，卡门垂下眼睛，轻声说："是的，我会。"

我们的友谊就从这句话开始。

许多人都以为羽球是种再简单不过的玩具，靠电磁手套把小球控制在两只手掌之间的空间内，那些看不见的磁力线无比微妙地牵引着小球，仿佛在惊涛骇浪间翻转腾挪，是一种简单精妙而又刺激的游戏，几年前曾在月球上流行过一段时间，后来大家很快就转向其他更加疯狂的体育运动了。然而只有真正内行的人才知道，那些更加精细微妙的玩法是多么奇妙无穷，又是多么容易上瘾。

我自以为算是个中高手，结果意外地发现，类似这种完全与引力无关又很适合一个人自娱自乐的掌上运动，卡门比我更精于此道。

接下来的几个星期里，我们只要一到课余时间就心照不宣地坐在没有人注意的楼梯拐角下，连续玩上好久。两个人在聚精会神地玩游戏时会很少顾及别人的口音问题，最初我们只是默不作声地相互较量，偶尔说两句话，后来逐渐变成无话不谈。

除了玩羽球，卡门还教我其他更加古老的地球游戏，比如立体象棋，甚至翻手绳，这些傻乎乎的过时游戏让我们两个都乐此不疲。

时至今日很难确切地解释清楚，我锲而不舍地试图与卡门建立友谊的原因何在，一切与浪漫有关的传说在她身上都毫无复活的迹象。但从另一角度来说，卡门确实与众不同，她笨拙、羞怯，有些不善表达，却拥有那种只有习惯了长期孤独的人才具有的奇妙特质，令人忍不住想要去探寻她的内心世界。

有时你坐在她身边，如此之近地凝视她颤动的睫毛和敏感的嘴唇，会恍惚中以为来到古老的童话世界，遇见一位受诅咒的公主，一个被禁锢的女巫。然而一瞬间幻象散去，你看见的仍只是那个苍白、瘦弱，需要你陪伴和保护的小卡门。

表面上看来，我们的友谊并没有多么的热火朝天。卡门不住校，来去都有纳瓦罗先生接送，午餐时她也只是独坐一隅，默默克服那些对她来说难以下咽的月球蔬菜。我不止一次看见一些男孩和女孩成群结队拥过去，呼啦啦围成一片，假模假样地问："说说你在地球上的生活如何，卡门小姐。"

卡门放下勺子，望着他们慢慢地说："地球上……没有什么不一样的，我们也住在城市里，不过城市是在地面上的，偶尔能看见天空，晚上有……星星。"

"星——星——"那些家伙们哈哈大笑，故意拖长了声调模仿她，末了还挨个把黏糊糊的甘蓝杂烩菜全堆在她盘子里，然后扬长而去。

等这一切结束了之后，我才默默地端着盘子在她旁边坐下，把炸红肠叉给她，说："星星怎么了，卡门？"

她低着头："星星很模糊，一般都看不见，除非下过雨。"每次提到星空她都会凝视着我的眼睛，"你要亲自去看了才知道，如果能从一片黑暗中找到一颗闪闪发光的小星星，会是非常神奇的感觉，仿佛它为你才在那里闪烁了那么久。你会一直想到底是什么让它这么与众不同。"

"我们可以上到地面去看，卡门。"我突然想到一个好主意，"他们说从月球表面看星星，每颗都看得很清楚。"

卡门摇摇头："纳瓦罗先生不会同意的。"

于是，剩下的时间里我们就只是低头克服各自的甘蓝杂烩菜，浪费粮食的罪过可是很大的。

现在不得不说到纳瓦罗先生。

纳瓦罗先生多少算是个神秘的人物，他自称是卡门的父亲，然而卡门却从来只是称呼他纳瓦罗先生。他在移民局的档案几乎是一片空白，有人猜测他要么曾经身居要职，要么就是一位拓荒者——前者自然受到严密保护，而后者终生穿行在星域最荒凉的边疆，与炽热的恒星、危机四伏的陨石、恐怖的黑洞、陌生的种族甚至逃犯、星际海盗、奴隶贩子，诸如此类一切危险的事物殊死搏斗。传说他们中有许多世代相传的机密，却都在退休后把自己充满传奇色彩的履历销得一干二净。

纳瓦罗先生据说四十多岁，但看上去还要苍老得多，他的相貌……怎么说呢，总之令人一见之下十分难忘。他的身材又高又瘦，肤色很深，双手骨节突出，牙齿白而坚固，眼窝深陷。按照月球上的审美观倒也算有几分英俊，然而他却是我所见识过的最专横的男人，从没有任何一个月球男人会像他那样沉默冷酷、深居简出，也没有人会如此严酷地监管自己十六岁的女儿。

卡门的心脏病成了他监管一切的理由和借口，很多时候他甚至根本不用去监管什么。卡门的任何举动都足以令他不快，令他原本就阴沉的眼神变得更加冰冷，所以卡门就什么都不敢做，不敢参加体育活动，不敢唱歌跳舞，不敢跟男孩子们嬉笑，甚至不敢穿漂亮衣服，不敢跟大家一起喝下午茶。

我不止一次对卡门说过："老天，我不知道你们地球上是怎么搞的，在这儿十二三岁的姑娘就能搬出去自己住了，他怎么还能这样管着你？！"

卡门只是垂下眼睛摇摇头，她也真逆来顺受得离谱。

如果不是因为巧克力松饼，我大概也不至于发展到如此记恨纳瓦罗先生的地步。巧克力松饼是卡门无数次答应我的。

"如果这轮让你赢了，"她总是说，"我就请你吃我亲手烤的地球风味巧克力松饼，哇——"她怪模怪样地做出一个垂涎欲滴的表情。或者是为了甘蓝胡萝卜杂烩菜，或者是因为线性代数作业，诸如此类的事情，但是巧克力松饼没有一次能够兑现，一切只不过是口头说说的游戏而已。

然而一天下午，卡门却突然提出请我去她家做客。

"纳瓦罗先生去了移民局办公事，要明天才能回来。"她一本正经地宣布，"卡门准备在家烤巧克力小松饼和鲜奶布丁，不知道有没有谁愿意赏光？"

那原本是一个愉快的下午。我第一次来到卡门家，惊讶地发现房子摆设比最循规蹈矩的月球居民家里的还要简洁，只有简易厨房加厕所，还有一间小小的房间，白天做客厅晚上当卧室，除了最基本的几件折叠家具外，几乎连一件多余的东西也没有。我简直禁不住以为住在这里的人只靠呼吸空气就能过活了。

尽管如此，卡门还是神奇地用最简单的几样原料烤出了松饼和布丁。我们把所有家具都收进壁柜里，坐在一尘不染的光洁地板上吃点心，喝袋装红茶，简直比那些贵妇还要快活。

那个时候，隐藏在墙壁里的灯把最轻柔的光芒均匀地布满整个房间，灯光笼罩在卡门黑得发蓝的头发上，仿佛一盏轻盈明亮的花冠。我凝望着卡门，禁不住微笑起来。

"怎么？"卡门看见我的表情，连忙使劲擦嘴，看是不是有点心渣留在上面。

"我只是想，"我一本正经地宣布，"一个独一无二的美妙下午！我与整个月城中独一无二的卡门小姐坐在她家的地板上共饮下午茶，何等荣幸！"

卡门别过头去不说话，脸不由自主涨得通红。我笑了笑，禁不住叹了口气，靠过去轻轻拉拉她已经垂到肩头的头发，她转过头来看着我。

"卡门，你不属于这里。"我轻声说，"你生来是一个小女巫，难道还算不出自己的命运吗？"

卡门抿紧嘴唇，这使得她的脸色更加红了，最终她只是摇摇头，望着天花板，轻轻地叹息了一声。

"你知道吗？"沉默了一阵后，她开口说道，"有时候我觉得，自己并不是真正的卡门。"

我惊讶地望向她，她犹豫了一下，把她的储物柜拉开，从一个隐藏得很好的夹层里取出一张全息照片。

　　"这是搬家的时候发现的，千万别告诉别人。"

　　我接过照片，已经猜到会看见什么：年轻的纳瓦罗先生与艳丽的波希米亚女郎的合影。前者穿着几十年前拓荒者们流行的银蓝色紧身服，一双易怒的灰眼睛注视着他的情人；女郎身穿袒胸露臂的长裙，一只丰腴的臂膀环绕在他胸前，手腕上印着一个紫红的刺青，仿佛一簇熊熊燃烧的火焰。她妖娆地旋转扭动着，充满挑逗，神情却像只野猫般桀骜不驯，若即若离。

　　我把照片还给卡门，看她低着头，指尖从照片上缓缓抚过，仿佛想抚平所有埋藏在过去的、或许永远不为人知的秘密。

　　"你看，我什么都没有，没有艳丽的脸庞，没有婀娜的舞姿，"她轻声说，"重要的是我甚至没有身份，有谁会相信我真的是卡门呢？"

　　"其实你们还是很像的。"我故意这样安慰她，"或许你真的是他们的女儿呢。"

　　"那不可能。"卡门摇摇头，"我宁愿不是这样。"

　　"或许你仅仅是另外一个。"我继续猜测，"我听说不是每个卡门都能去星际酒吧跳舞，有些有钱人会私人注册一个，甚至为自己的喜好在基因上动点小手脚，虽然这些都是违法的……"

　　卡门仍是低着头，神情愈加彷徨了。

　　"我不知道。"她说，"从没有人告诉我这些……纳瓦罗先生……我不知道，有的时候我甚至觉得他恨我。"

　　"也许仅仅是不希望你离开他。"我说，"有些人表达感情的方式是有些与众不同。"

　　"我能去哪里……"她苦笑一声，"我的身体……"她突然停住了，手放在心口，面色惨白地盯着地板上凌乱的影子。

　　"你刚才说谁会动手脚？"她用微弱得近乎耳语的声音说道。

我伸出手去扶住她瘦弱的肩膀，惊愕地望着她。

在我不知该怎样回答之前，卡门已经转过脸，惨淡一笑道："算了……没什么。"我们共同陷入沉默，许久。我勉强笑了笑，故意揉乱她的头发，然后顺势躺倒在温暖光洁的地板上，把杯子碟子全部推到一边。

"算了，忘掉吧，无论命运怎样安排，你永远是我的小卡门。"我懒懒地说。

于是卡门也在我旁边躺下来，把她小小的头放在我的肩膀上。我们就这样肩膀抵着肩膀躺在地板上，望着天花板上一动不动的黑影，以及没喝完的红茶反射出的颤动的光波，忘记了时间的流逝。钟表无声地跳跃，四周一片寂静，只有我们彼此的呼吸声弥漫开来，暖暖地布满整个房间。

是的，那本来还能算是一个梦境般美好的下午，却最终以噩梦收场。当天晚上，纳瓦罗先生提前回到家中，意外地发现地板上凌乱的杯子、剩下的红茶点心以及两个熟睡的女孩。几秒钟的错愕之后，他一把拽起睡眼惺忪的我，干净利落地丢出了门外。

在一片黑暗中，我只看清了他一双深不见底的灰眼睛，然而却把一切憎恶、轻蔑、冷酷都包含在其中，以至让我一瞬间完全丧失了抵抗力。很久之后我才明白了，他为什么能对卡门施加那样严酷的影响。

第二天早晨我早早地在学校门口等待着，最终看见卡门像往常一样被纳瓦罗先生送来学校，只是吃饭的时候我才发现，她的手腕上多了两个青灰的指印。

这次我一声不响地把她的甘蓝炖菜全舀到自己盘子里，心里暗暗发誓总有一天要报复。

转眼间又是一个多月过去了，一切平淡无奇，然而空气中的温度却在逐渐改变。短暂的夏天到来时，整个月城都不再死灰沉寂，而是换了一副崭新的面貌。

卡门一如既往地穿着过时的网格衫坐在她的角落里，仿佛对四周装扮得妖娆火辣的少男少女们视若无物，然而我走过去坐下的时候，她却带着些许揶揄的目光打量着我几乎全部暴露在外的双腿，淡淡地笑着说："好漂亮的裙子啊。"

我扮个鬼脸，凑过去扯扯她的头发，说："小姐，你也该注意一下潮流了吧。"

她笑着推开我的手，我却紧追不放，拉住她的衣角："不知道今天下午可否赏光逃学，跟随我行动呢？"

"逃学？为什么？"

"因为，"我坐直身子，假装一本正经地说，"今天是解放日。"

无论最初在这一天里，是谁解放了什么，或者是谁被解放了，对月城人来说解放日只意味着为数不多的那么几样东西：酒、狂欢、夏天，还有生命、解放身心，诸如此类。

整个下午，我和卡门都在沿着街道漫无目的地晃悠，街道两侧挂起光怪陆离的彩灯和旗帜，还有无数造型夸张诡异的花环，构造出各种意义不明、透视超常的几何造型，空气里弥漫着馥郁的花香。我摘下一大丛洁白的栀子花插在卡门蓬松的头发里，那副样子不知怎的有几分不伦不类。

我耸耸肩，笑着说道："你看起来美极了，亲爱的。"

这是一个美丽而疯狂的夏夜。傍晚降临时，城市关闭了公共照明系统，各处的灯光却一盏一盏亮起来，拼凑出一团五彩斑斓的夜色。人们纷纷走上街头，无论十一二岁的男孩女孩还是五六十岁的中年人，无不穿着最为暴露的奇装异服，随着逐渐响起的音乐摆动身体，裸露的皮肤上用热敏材料涂绘着的不同风格的纹路图案，因为激动而开始闪闪发光。然而这一切还只是热身运动而已，为了度过一年中唯一的狂野夏夜而调整好心情和身体。

我紧拉着卡门在人群中穿行，感觉到她的手心又湿又冷，我的手中却热滚滚的满是汗水。四周飘荡着无数鬼魅一般荧光闪烁的人影，靠近时却能感受到灼热的汗气、酒气和欲望的气息，从每一个毛孔里散发出来，醺醺酽酽地混杂作迷蒙的一片，又再次被我们吸入身体，烧灼着每一个细胞。

最终我们到达了自由广场，这里已经完全变成了一片闪烁光焰和鼓点的海洋，男男女女都像沐浴在水汽中般湿漉漉滑腻腻，紧贴在一起最大限度地扭动肢体。音乐撼动空气，将它们分解为疯狂与热情的元素，时不时有身强力壮的少男少女们像鱼一般高高跃起，在人群上方几米的地方翻转腾挪，动作狂野美妙。光线抛洒在他们起伏的肌肉轮廓上，仿佛具有生命一般。

我抑制住自己想要随着人潮一起摇摆身体的欲望，转向卡门的耳边大喊："在这儿等我一下，我去买点喝的！"

卡门僵硬地点点头，汗水从她苍白的额头一直流到脖子里，她的头发被空气濡湿了，一缕缕地粘在脸上。

我冲到广场边缘，从自动贩卖机里取出两罐冰凉得扎手的"迷幻绿妖"，平常这些含大量酒精的饮料是在正规途径里很难买到的。当我回到原地时，卡门仍然僵直地站在那儿，两眼闪着迷乱的光，她头发上的栀子花已经开始枯萎了，散发出愈加浓艳的气息。

我塞给她一罐，说道："喝点吧，小东西，会让你感觉好点。"

其实我心里也紧张得要命，酗酒，狂欢，眼前的一切混杂在一起，显得如此不真实，一瞬间纳瓦罗先生阴沉的目光浮现在我脑海中，随即又被手中饮料诱惑人心的冰凉洗涤一空。

我们双双把泛着泡沫的荧光绿色液体一口气灌进肚里，浓烈的酒精在胃里灼烧开来，沿着胸膛一直冲上喉咙和大脑，感觉整个人都快要炸开了。我扔掉罐子，大声问卡门："想跳舞吗？"

卡门剧烈地呛出一串咳嗽，向我摇摇头，她的双颊红艳得像火烧一样。

我禁不住高声大笑起来，脑中开始有一片云雾旋转飘荡。就在这时，一群少男少女从旁边经过，其中一个朝这边看了一眼，我认出他们是学校里那几个经常和卡门过不去的家伙。

　　就在我还没决定该怎么应对的时候，他们已经迅速向着猎物围了过来，我下意识地向前一步，挡在卡门面前。

　　"嘿，看看这是谁！"一个男孩兴高采烈地拨开我的肩膀吆喝着，"伟大的卡门小姐，难道没有人请你跳舞吗？"

　　一群人哈哈大笑起来，你一下我一下地伸出手来推她的肩膀，在上面留下一道道混合着汗渍的光斑。

　　一个女孩轻盈地跳出来，开始随着音乐摇摆身体，她闪闪发光的胸口被涂成炫目的金红色，仿佛两条热带鱼般在浸透了汗水、近乎透明的紧身吊带装下晃动。紧接着，又有几个人加入了舞蹈的行列，手臂相互缠绕着，在我们周围穿行，并故意用肩膀和臀部去碰撞卡门。男孩们把自己的女孩子高高举起，轻松地抛给同伴，然后转身接住下一个。他们闹了一会儿，最终手拉手围成一个圈，边转圈子边一起大喊大叫着，连成一片晃动的光影和声音："卡门小姐不跳舞……卡门小姐不跳舞……卡门——卡门——"

　　我奋力伸出手想推开他们，然而却被紧紧困在中间。这时卡门从后面拉住我的手，她的指尖冰凉，手心滚烫。

　　我惊异地回过头，正迎上她的眼睛，里面有莫名的光焰在燃烧，她的脸颊愈加红艳，嘴唇却仿佛死人那样苍白，抿出一道倔强而轻蔑的曲线。当周围的大合唱逐渐弱下去的时候，卡门终于张开嘴，用一种异常清澈冷漠的声音说道："想见识一下吗？"

　　接下来发生的事情是我永生难忘的，卡门松开我的手，不慌不忙地捏住网格衫的带子轻轻一拉，让一侧领口滑到肩膀以下，露出赤裸的脖颈和胳膊，另一只手将长裙的下摆提到腰间。

　　乐声定格了半个拍子。

随即是电闪雷鸣。

卡门腾空而起，在空中转了五六个圈，一轮炽热的光波夹杂着风声呼啸从她身上甩出来，辐射向四面八方。

最初我只能看清卡门发间白得耀眼的栀子花，紧接着，随着激烈的鼓点，她的脚尖和脚跟在地面上轻盈灵动地敲击，仿佛在水面上起伏荡漾一般。她的肩臂和腰肢扭动得那样曼妙、那样有力，像是有无数道电流从她身上蜿蜒流淌。她的下巴高高扬起，嘴角挂着骄傲的微笑，睁得大大的眼睛仿佛穿透了一切，望着无尽的远方，然而眼中的光芒却愈加艳丽，令人不敢直视。

就在短短的一瞬间，她变成了另一个卡门，一个埋藏在她基因与命运深处的、熊熊燃烧的卡门，像风一样轻快、火一样灼热、电一样凌厉、光一样明艳。

我呆呆地站在原地注视着她，卡门如入无人之境般自由奔放地舞蹈着，所到之处人们都纷纷停下脚步，同我一样茫然地注视着她跃动的舞步。

突然之间，有人在背后狠狠地抓住我的肩膀，痛得我差点叫出声来。我回过头，正看见纳瓦罗先生那张阴沉的脸，同样充满惊异和茫然的神情，他低声嘶喊道："她在干什么？！你这个小巫婆！你对她做了什么？！"

我颤抖了一下，仅仅是一下而已，随即突然领悟到他的力量已经彻底失效了——被一种远比他更加强大的、不可抗拒的生命的本能击得粉碎。我鼓起勇气大声说道："你看不出来吗？卡门在跳舞！"

纳瓦罗先生恶狠狠盯着我，我从不知道一张脸上能混杂着如此多的情感：震惊、憎恶、愤怒、失望、悲哀、无可奈何、筋疲力尽以及那种深深的绝望。他的五官都彻底塌陷了下去，变得像个风烛残年的老人般松弛无力。

一瞬之间我心里充满了报复的快感，夹杂着些许怜悯。然而就在这时，一朵栀子花轻柔地弹在我的眉心，将我的视线转了个向。卡门正伫立在我面前，明艳的唇边绽放出胜利的笑容，额头与脸颊上燃烧着令人心悸的殷红，正向我伸出她苍白的手。

随后她就倒下了，在我还没来得及将手放在她的手心上之前。

广场上一片混乱，忽明忽暗的光影疯狂地搅作一团，我被挤在人群中东摇西摆，只隐约看见纳瓦罗先生迈着沉重的脚步走过去，抱起卡门瘦弱的身躯消失在混乱的光影和声音中。这时我才发现自己的手仍然停留在半空中，指间夹着那朵已经枯萎的栀子花。

以上这一切就是我最后一次见到卡门的情景，自那夜之后，她就和纳瓦罗先生一起消失得无影无踪，月城恢复了原先的平静，而短暂的夏天也即将结束。

关于卡门的去向有数个不同的版本：一种说法是，纳瓦罗先生带着她连夜搭乘飞船回到了地球，并在监护病房里度过余生；另一种说法是他们去了木卫六，那里是一个更加单调、严寒、冷漠的世界。

当然流传最广、也是我最为喜欢的结局是关于通往人马座的星途以及酒吧的——卡门一个人去了那里，踏着她悠扬激昂的舞步，续写无数关于卡门的传说中的一个，尽管她已经留下了一个如此明艳不羁的传说在月球上永世流传。

夏季里的最后一天，我一个人穿着太空服来到月球表面，看见远方明亮的蓝色地球刚刚从地平线上升起，它的光芒洒在四周那些寂寥、荒凉的环形山表面，是如此哀婉动人。我向另一侧望去，漆黑的太空中悬挂着无数大大小小的群星，静静地从几百光年或者几万光年以外送来它们微弱的光芒。

我把已经风干的栀子花留在一块岩石下，转身离去。身后，我的卡门在漫天星光后向我绽放她最灿烂的微笑。

未来不高兴

赤色风铃

一

一份上市公司的调研报告所能提供的娱乐价值，在被折成纸飞机扎进废纸篓时便达到了极限，此后操作碎纸机的人和把残骸拖走做窝的老鼠，都不可能对它再有所开发了。

陈一又从文件夹上取下一页，继续展示这门即将失传的手艺活。

这是传说中"黄金十年"的第二年，全球经济高速发展，所有银行都在疯狂放贷，所有企业都在加速扩张，所有人都在义无反顾地往投资市场里冲。书店里卖得最好的、微博点击量最高的、大街小巷谈论最多的，就是股票及其相关的一切。

几个经济学专家祭出一堆凡人看不懂的公式，费力地判断一家公司的投资价值或预测一份期货的未来走势。可同样的事，几个买菜大娘一聚头，得出的准确率有过之而无不及。

这是个少有的抢钱时代，花花绿绿的票子漫天飞舞，人们抬头举手，像下雪天的小孩子般欢快地跳着蹦着。

临近下午三点股市收盘时间，陈一给女友发了个短信，然后按照计划挂出最后一批买单。

趴了一整天的分时走势线顿时呈九十度上蹿，漂亮的"眼镜蛇"动作非让意志不坚定的"小散"户们肚肠悔得乌青不可。

一天的激烈战斗又结束了，陈一舒服地靠在椅子上，把视线从第二台显示器挪到第三台上。见到有同事的社交软件的个性签名改成了"做多！只要做多！"，他顺手就把个性签名改成了"买下地球"！

时下有一种人，自身其实什么也不是，但在外行看来，他们之于证券市场，就像游戏管理员之于网络游戏一样伟大。他们就是基金公司的交易员，外行叫操盘手，也就是陈一这种人。

传说他们怀揣着巨额现金，眼神坚定地盯着显示器，手指灵活地敲击着键盘，偶尔会机械地举起咖啡杯，凑近泛着冰冷微笑的嘴唇。

"嗡嗡……"手机在桌上欢快地跳了跳，差点儿跳到地上。一定是刚刚低位买进的女友乐晕了头，发短信庆祝一下。陈一拿过手机，心想告诉过她许多次了，有些事说得越少……

不是女友发来的。陌生的短信，那肯定是中大奖了。

陈一刚换过手机号，知道的人还不多。自从去年股市高涨以来，他的亲戚数量也随大盘指数翻了两番，找他咨询股票的人摩肩接踵，让他烦不胜烦。

短信的第一句："我们知道事情真相了。"

哟！新骗术。陈一再往下看，只有一串数字，银行账号也没这么短的。你骗钱可以，但你别侮辱我的智商啊！

陈一调动拇指，想把短信删掉……

这数字似乎有一点点眼熟？利用大脑的运算惯性，得出的结果使陈一的拇指僵住了。

这是他女友在证券公司的交易账号。

二

陈一对"家徒四壁"有了新的解释：家里房子没有精装修过，只有光秃秃四面墙，形容经济条件一般，小日子过得马马虎虎。

利用下班后的时间，陈一开着车，带着女友又去看了一个新开的楼盘，大步向"家徒四壁"的美好生活迈进。

大约一年前，女友借她妈妈之口向陈一发出了最后通牒：没房免谈。

陈一怎么说也算是白领阶层，工作了七八年，算来算去挣得也不少，不过要追上飞涨的房价还是有点儿难度。要不是这一波股市大涨，身价倍增，陈一肯定得换女友了。

售楼处竟然挤得和菜市场一样，也不知哪里来的这么多有钱人。都说房价已经高得远远偏离了实际价值，但从人们的购买热情来看，此说法显然毫无根据。

售楼小姐说："先生见过我们公司的楼盘有不增值的吗？哪里哪里三个月就涨了两成，哪里哪里不到三年已经翻番了……我手上这两套，要是有钱早就自己买下来了，稳赚不赔啊……"

听得看房的人热血沸腾，恨不得马上下单签约，生怕被别人抢走。

房子是很奇妙的东西，当你交了首付签了合同，会发现人生突然就有了方向，好比孙猴子套上了金箍圈，叫你往西就得往西，去也得去，不去也得去！于是，辞职跳槽不敢想了，休闲娱乐不敢去了，高档商场不敢逛了，生活立马就安稳下来了。

在回来的路上，陈一和女友商量着，他们付首付没有任何问题，但得把部分股票抛掉。这下他女友又有点儿舍不得了："都说日本当年本币升值引发了十年牛市，我们这才几年啊！"

"人家十年的路我们用一年就已经走完了。"陈一对女友说，"要不然我们还怎么超越别人？"

"那为什么你们公司还在不断买进？还抢着参与增发、融资？"

"因为银行门口有人排着长队塞钱给我们，现在大家都骑虎难下了。谁都知道现在这个价位买股票很傻，但谁都相信自己不会是最傻的那个人，这就叫'搏傻'。这种专业术语跟你讲你也不懂。"

女友哈哈地乐得不行。"我要再等一段时间看看。"她最后敲定。

"随你吧！"陈一笑了笑，"一个泡泡在破裂之前是没有人知道它能吹多大的。"

在金融体系极度发达的国家，那里超高的资本利用率使他们不会遇到陈一所面对的抉择。没钱买房子？银行贷给你啊！信贷记录欠佳？没关系，我们这里还有次级贷款。然后这份债权被转换成债券，反复地打包，做成花里胡哨的金融衍生品卖到世界各地。只要房地产行业持续景气，此游戏就能永远玩下去……都说发达国家的人是今天花明天的钱，但他们花起钱来那魄力就好像明天根本不存在一样。

不得不佩服华尔街精英们的高超手艺，硬是把一块钱掰成了十块用。这说明一麻袋的玉米做成爆米花后，肯定也可以养活更多的人。

晚上准岳母烧了一桌好菜，陈一吃饱喝足，照例要和连股票是什么都说不清的准岳父侃一会儿股票。在这钱多人傻的时代，有个在基金公司工作的女婿可是相当有面子的。

老头子无知者无畏，乱棍打死老师傅。这一波牛市让他赚得盆满钵满，早已不知风险为何物。他让陈一帮忙盘算一下，看自己的房子抵押给银行能贷多少钱，本钱大了才能赚得更快。老头子踌躇满志，说得唾沫横飞，陈一汗毛直竖，听得脊梁骨上直冒冷气。

经过陈一三个小时的专业级风险教育，老头子才心不甘情不愿地放弃了所谓的投资计划。临走陈一还不忘故作神秘地提醒一句："内部消息，不要外传！"

其实他知道，老头子明天一早见了邻居的第一句话肯定是："阿拉（我）跟侬（你）港（讲），阿拉有个消息……"

陈一从女友家中出来时已经很晚，距自己租的公寓楼还有不少的路程。小时候看黑白电视机里有人开着汽车上班，爽啊！现在才知道，慢悠悠地蹬着自行车的那份悠闲，也是很难得的。

打开车载收音机，里面播报着地球另一头如火如荼的战况："道琼斯工业指数盘中攻破四万四千点……十月交易轻质原油期货突破每桶八十美元，创近期新高……伦敦金属交易所铜价大幅拉升……"

都疯了吗？不用说，明天股市开盘又是一通猛拉猛涨，股民们仿佛生活在了永远幸福的童话故事里。

全球火爆的经济好似一桌丰盛的晚宴，由跑得最慢的人买单。目前的情况是，先前跑掉的原以为占了便宜，但一看鱼翅羹端上来了，一会儿鲍鱼汤又端上来了，听说后面还有佛跳墙，受不住诱惑的人就又壮着胆掺和进来，如此反复，账单越拉越长。

最终会有一个人，狂吃海喝之余一抬头：咦！怎么没人了？好像旁边等着收钱的伙计不是人似的。

不是我们贪婪，是这世界诱惑太多。陈一疲惫地打开一截车窗，让外面的凉风灌进来，冷却自己焦躁不安的内心。那天的神秘短信一直让他如芒在背，浑身都不舒服。

每个行业都有自己的"潜规则"，就是那些你知道、我知道、大家都知道，但不能说的东西。在基金这个行业里，这种东西就叫"老鼠仓"。所谓"老鼠仓"，就是利用公司内部的信息优势，让个人资金先于公有资金在暗地里进行操作，从中牟利。理论上这与贪污和盗窃无异。

当然，理论与实际还是有较大差距的。

"嗡嗡……"手机短信又来了，按照墨菲定律，陈一这次肯定是没跑了。

　　"我们知道事情真相了。"简短的文字下是两串证券交易账号。

　　陈一的车子差点儿撞上立交桥的护栏。这是他挂在朋友名下的小金库。对方到底想干什么？！

三

　　一夜没睡好，陈一猛灌几口浓咖啡，强打着精神。他的脸具有很好的欺骗性，属于那种表情与内心不搭界的类型，铁矿石谈判要是请他去，早就摆平了。

　　九点半，股指毫无悬念地跳空高开，一路上扬，不断刷新历史高点。不难想象，人头攒动的证券交易大厅里，人们欢呼雀跃笑靥如花。

　　办公室的小隔间里，陈一迷惘地盯着显示器，在这非理性的时代，理性的人都迷惘。他的一只手端着半杯咖啡，一只手转着钢笔，心中盘算着如何用最快速最隐蔽的方法转移自己的"小金库"。

　　"哼！我就不回短信，看能把我怎么样！"陈一摆出一副死猪不怕开水烫的架势，那该死的短信肯定还会找上门来。

　　果然。"我们只是展示一下能力，你的小金库和我们一毛钱的关系都没有。"

　　"你们想怎样？"陈一终于忍不住了，要来的终究得面对。

　　"希望你能帮我们做点儿事。"对方语气平和。

　　"你们找错人了。我只是个普通的交易员，给不了你们任何好处。"

　　"我们会给你足够的权限。"

　　"要我做什么？"陈一基本认定自己遇上黑吃黑的了，听口气，对方的胃口还不小。

"建设人类美好的未来。"

"什么意思？"

"就是字面意思。"

咖啡杯掉到了地上，钢笔掉到了地上，陈一也掉到了地上。

他今天根本没带手机。

近六十年来，全球经济高速发展，所有人都从经济的高速增长中捞到了好处，人人都是赢家。那么，谁是输家？总得有个输家不是……

现在好了，输家找上门来了。

按理说，随着经济的发展，社会财富不断积累，未来的人肯定要比现在的人富裕。但目前的情况是，现在的穷人们却要为未来的富人们的利益做出牺牲，这种事还被某人定义为是"节能环保"的事。

更可恶的是，穷人们节衣缩食，富人们却并不领情，他们显然认为直接冲进穷人家抢夺更方便。谁也不曾料到，未来的不肖子孙们能将啃老精神发挥到如此登峰造极的程度。

如果有人能把你的大脑改造成一部手机，那么他所说的任何话都没有理由怀疑。

自称来自未来的那个人还在陈一的脑子里折腾着，弧光四溅、铁屑横飞，动静比造一艘航空母舰还要大。

"随便发条短信试试。"未来人在陈一的脑子里说。

陈一皱着眉，给女友发了条短信："老婆，逃命吧！"

"嗯，这一块看来好了。"未来人又换了套工具捣鼓一通，"再控制你的电脑试试。"

屏幕上的光标神经质地抖了两下，几个文件夹"咣"一声打开，又"咣"一声关闭。

"灵敏度高了一点儿。"陈一说，"音响效果也不对，开个文件夹像开个破铁箱似的。"

"慢慢就习惯了。"未来人"咣"地关上机箱盖子，不打算再调试了。"我们已经将你的大脑与一台超级计算机建立了量子纠缠，此计算机的运算能力比你们这个时代所有计算机的总和还要强大一百倍。"

"我有个问题不太明白，你们是……"

未来人打断了陈一的话——真的是"打断"："这种思维断裂的感觉非常难受。我们为你建了个'帮助'文件夹，以满足你的好奇心，你自己有空慢慢看。""我还没答应要帮你们呢！"陈一底气不足地说。

"哈哈！"未来人发出一串怪异的笑声，"你根本没有选择的余地。"

四

问：你们是基于什么物理学原理实现时间旅行的？

答：我们并不真正存在于你们的时代，只是与你们的世界建立了一些量子纠缠。宇宙是非定域的，纠缠态不受时间和空间的限制。

问：关于时间悖论问题，你们是如何解决的？比如外祖父悖论……

答：我们没有能力解决这个问题，此项工程由专业公司承揽。基本方法是依靠某种对时空的负反馈修复机制，将输出的"非所需"信号反馈回输入端，从而在根本上阻止输出信号发生不希望看到的偏移。

问：有多少个我这个时代的人在为你们工作？

答：就你一个。

陈一裹着毯子躺在沙发上，心不在焉地看着电视，大脑连接着全球三十多个主要外汇市场。

在未来的超级计算机面前，各国中央银行的安全系统完全形同虚设。陈一哼哧哼哧地将有如天文数字的现金搬进搬出，这比从自己口袋里掏钱还要方便。干完了再把痕迹抹得干干净净，外汇市场本来就是个零和游戏。

世界外汇交易市场有着惊人的容量，其一天的交易额比全球第四大经济体一年的国内生产总值还要大，再壮实的金融巨鳄在里面也不过是只小虾米罢了。

随着地球的自转，陈一像一头快乐的蓝鲸，张着大嘴，摆动着尾巴，从一个市场游进另一个市场。惊慌失措的虾米们四散奔逃，造成悲剧无数，但它们并没有能力理解蓝鲸的存在。

电视中，证券分析师们义正词严地预测着未来：短暂的调整更有利于后市的上涨，宏观经济向好的大方向并没有改变！

陈一觉得这些专家所做的和自己所做的并没有什么差别，都是害死现代人，为未来人腾出更多的资源。

陈一的每次资本运作，都会引来千百万推波助澜的跟随者，而且他们都相信这完全是自己的判断。甚至连陈一也怀疑，自己到底在里面扮演着什么角色，似乎潮流如此，与他的努力根本没有关系。

在过去的一个月里，全球主要股指同时达到了顶点，正在或快或慢地向下滑行。同时，商品期货却还在一个劲地往上蹿，油价一次又一次上调，大肉排一天比一天薄。停滞的经济，伴随着全球性的通货膨胀，脑子灵光点儿的人应该已经看到大崩塌前掉落的小石子了。

两百美元一桶的石油啊！一年前这不过是个多头吓空头的玩笑罢了，现在却已被国际炒家们轻松地踩在了脚下。

当石油三十美元一桶时所有人都在喊贵，真涨到两百美元就没人喊了。耗油大国们低着头去别人家里狂挖，管他多少钱一桶，先把别人的用光肯定不会错。繁忙的霍尔木兹海峡船来船往，有运油的，有抢油的，好不热闹。

对于这种用一桶少一桶的化石燃料，有人说只能再用一百年，有人说还能再用一百年。大家都担心，在不久的将来石油会被消耗殆尽。

用光了怎么办？

骑骆驼呗！

"你们那个时代还有石油吗？"陈一问正在密切关注局势发展的未来人。

"博物馆里还有几桶……在人类历史上，也就你们这个短暂的时代有石油可供挥霍，所以我们要打击这一时期的经济。"

"现在都涨到一百多一桶了，最后还是没有剩余？"陈一不明白到底要涨到多少，才能把人类伸出的手吓回去。

"历史远比你想象的要强悍。好比一加一等于二，不管用的是'一''１'，还是'壹'，对结果都没有任何影响。要想改变历史，需要集结非常强大的变量，这就是你所要做的。"未来人镇静地说，一副胸有成竹的样子。

"我算是对任务难度有了全新的认识。"陈一起身为自己泡了杯红茶，天凉了喝这个不错。"没有了石油，你们依靠什么作为能源？"

"有段时间靠玉米，后来折腾出了可控核聚变，苦日子才算告一段落。现在好了，我们依靠进口反物质作为能源，很便宜的。"

"进口？"陈一用了半秒钟才反应过来，"外星人！"

"当然是外星人了，此次地球改造工程的主承建方就是星宿一装潢设计公司。"

"最近的外星人住在哪里？长什么样？"陈一一阵兴奋，心想，能亲眼看看就好了。

"住得可近了，我们一抬头就能看到。巴纳德人已经把月球涂成了红色，以示主权。他们长得怪模怪样，和抽水马桶差不多。"

听他的口气，未来的人类显然对外星人没什么好感。

"为什么月球会被外星人占据？"陈一气愤地问，"这种强盗行为有人管没人管啊？！"

"还不是你们不争气……按照银河星系联盟的领土公约，一颗星星的所有权归最初定居者所有。少壮不努力，只能后下手的遭殃了。"未来人无奈地叹了口气，"我们曾经请星际犯罪团伙在火星上堆过一个人脸，原以为可以把人类的目光吸引到火星上，但结果你也知道了。"

"他们那活儿没做好，只有从某个特定角度看才像人脸。"陈一告诉他。

"懒人总是有很多借口睡大觉。"未来人的语气中满是深深的怨念。

"如果我现在说服人类政府在月球和火星上设立定居点，又会如何？"陈一问，他相信自己可以做到，谁要是敢反对，就把他的信用卡刷爆。

"这是违法的。此次地球改造工程事先都得申请星系联盟行星管理处批准，并在他们的监管下进行。"

"这是什么法律，怎么总是我们吃亏！"陈一气得嗓子冒烟，灌下一大口红茶。

"外星人制定游戏规则，当然就地球人吃亏了。"未来人说，"想知道宇宙中的暗物质是什么东西吗？"

"嗯……"

"你先把茶吞下去，等一下喷出来就难看了。"

"什么东西？"

"收费资源。"

"啊……"陈一脑子那么灵光，竟也一时没反应过来。

"我们没有向物权人支付费用，当然就什么也看不到了。"

"这么小气？看来文明程度与道德水准并没有任何必然的关联。"

"想知道人类文明失去火星的后果吗？"未来人说，"听上去后果很糟糕。由于人类文明所占的太阳系行星比例过小，没能达到拥有投票权所必需的最低下限。巴纳德人和比邻人合伙算计我们，他们将各自在太阳系的权益合并后，就取得了对太阳系的绝对控股权。最终结果就是人类世界每分每秒都得为太阳光付钱给他们……"

"我肺都要气炸了！"陈一从沙发上跳起一尺多高。

当晚，欧美股指一泻千里，华尔街的投资者们怀疑自己的眼睛出了问题。强势美元从此被画上了一个超大的句号，全球经济正式进入冬季。

五

阳光灿烂，白晃晃的路面上热浪滚滚，行道树上的知了烦躁不安地叫个不停。在这炎热的季节里，国际投资市场流传着一个飞流直下三千点的预言，将一大群人吓得小手冰凉。

此笑话的编造者正躲在车站的影子里，看着同路的公交车又过去一辆。

"为什么你不去坐？"未来人问。

"我在等那辆乙醇动力的。"陈一回答。

"不差你这一点儿的。"

"我图个心理安慰。"陈一手搭凉棚望着路的另一头，"石油都涨到一百五十美元了，你们那里的剩余储量多少总该增加一点儿吧？"

"没什么变化，历史哪儿有那么容易改变。"

"这也太难了。"陈一擦了擦额头上渗出的汗珠，"我有一点儿不太明白，既然你们已经不使用地球上的自然资源了，那要我们节约它们又有什么意义？"

"一颗有着丰富自然资源和物种多样性的行星，总是要值钱一点儿的。"未来人说，"人类政府已经决定要把地球抵押给联盟银行，用贷款购买人类文明的第二颗行星。"

"这么巧，我也正打算买房子呢！"陈一说。

"你住得已经相当宽敞了……"未来人羡慕地说，"我们这里两百多亿人全挤在一块儿，日子简直没法过了。政府说了，就是砸锅卖铁也得尽快买一颗行星，再傻等下去，以后更买不起了。"

"在你们的词典里，对于'家徒四壁'这个成语是如何解释的？"陈一没头没脑地问。

"这个词我好像在政府的《人类文明远景目标展望》中见过。"未来人无厘头地回答。

说话间，那辆墨绿色的乙醇动力公交车有气无力地过来了，看上去完全不像是能承载人类未来的样子。

超市里凉快，前来纳凉的人堆满了过道。

猪肉又涨价了！牛奶也涨价了！坊间传闻鸡鸭鱼的价格都有极大的上涨空间！

卖食用油的架子上空空荡荡的，有消息人士称明天售价就要上调了。

越来越多的价格联盟坚不可摧，如果你跑不赢 CPI，那么用不了多久吃碗方便面就算过年了。

嘿嘿，陈一在心里坏笑着。全球商品期货已被哄抬到了匪夷所思的高度，颤悠悠地摇晃着，观赏性极佳。都知道要塌，但前来瞻仰的人还是越聚越多。

陈一像搭积木一样摆弄着全球经济，不管摆出什么惊世骇俗的反重力造型，经济学家们都能用言简意赅的话语解释得清清楚楚，仿佛他们早就猜到了似的。

但不变的未来依然如故，陈一甚至在考虑要不要发动一场世界大战。

"没用的，战争只会加速资源的消耗。"未来人说。

"你我所在的时空之间真的有关联吗？"陈一问，"不会是哪里搞错了吧？"

"不会错的，你并没有改变任何本质的东西。正因为我们知道这事很难，所以才要你帮忙。"未来人听上去也没什么信心了。他透过陈一的眼睛看着他逗弄盆子里的小龙虾。"我们这里也有很多小龙虾养殖场，小龙虾出口现在是地球经济的一大支柱。"

"外星人也爱吃这东西？"陈一夹起一只张牙舞爪的小龙虾，"这种东西在有些国家泛滥成灾，在有些国家却是供不应求的美味。"

"地球出口的小龙虾有两大消费群，一个是昴星团文明，一个是与之敌对的文明。"未来人说，"前者买去当宠物，后者买去当食物。小龙虾长得太像昴星人了。"

"哈哈！"陈一笑出声来，引发了一场集体围观事件。

"我知道改变未来的方法了！"陈一突然说，"要打破一加一等于二的顽固结果，最理想的方法不是改变数值的表达方式，而是运算的公式！也就是要改变人们看待事物的眼光。"

陈一把小龙虾放回它的同伴们中间，未来还得靠它们出口创汇呢。

吹够了超市里的免费空调，集齐了下星期的补给品，陈一向出口走去。要是排队有钱领也就忍了，但在超市里却能看到排队花钱的反人性奇观。

排在前面的几百个人都被告之收银机坏了，他们咒骂着向两旁的队伍转移，只有陈一逆流而上。

"收银机坏了。"正在等待维修人员的收银员说。

"你再试试。"陈一把货物从购物车中依次拿出来。自己为了人类的未来呕心沥血，谋点儿小福利应该不算过分……

在过去的一年里，不管对经济学有没有兴趣，大家肯定都听说过一个叫"次贷危机"的东西。此物将招惹它的投资者们揍得鼻青脸肿，打遍全球未逢敌手，巨大的破坏力给无数人留下了不可磨灭的心灵和肉体创伤。

很快，大家又将认识一个新朋友——"金融海啸"。

六

"世界人民是一家"，只有当百年不遇的经济危机袭来，人类才真正明白这句话的含义。在危机面前谁也别想独善其身，只要你生活在地球上，别人就会想尽办法把你拉下水。北极熊们幸好没有外汇结余，要不然也得被迫减肥。

在那个遥远的经济暴涨时期，做汽车的不好好做汽车，做飞机的不好好做飞机，都扎堆去掺和金融，以为找到了发家致富的捷径。现在从云端一头栽下来，轻者头破血流，重者一命呜呼，惨不忍睹。

那些世界顶级金融机构发行的债券、期权，竟也像路边摊上卖的水果篮一样，看似价钱公道外观精美，但你可千万别拆开。

无可争辩的事实证明，世界名校出品的 MBA（工商管理硕士）也不过如此，同样可以轻易被过度放贷导致的虚假繁荣所蒙骗。受骗上当还不是最可怕的，最可怕的是从此以后所有人都对你的智商有了充分的了解。

现在怎么办？

还会喘气的再扎堆跑去各自政府那里哭穷呗！

只是轻轻一推，一堆莫名其妙的东西在压力差的作用下轰然倒地，壮观的场面把陈一吓了一大跳，想不到效果这么好。

无数天神级的公司，传奇般的企业，屹立百年的金字招牌，竟也说破产就破产，资本世界真是太残酷了。

但是，如果某些新兴国家以为可以乘人之危捡些便宜，那绝对是连墙都没有的——更别说门了。

发达国家们把自己那点儿值钱的家当捂得严严实实。银行不行了，由政府贴钱支撑；工厂不行了，由政府出资收购；矿山不行了，由政府买单合并。肥水岂能流入外人田！

经过几轮轰轰烈烈的输血急救，股权多次倒手后，人们惊奇地发现：嘿！竟然都变成国有企业了！

这一天，陈一正带着女友和开发商购房协议，他们已经敲定了自己的爱情小窝。

未来人"咣"一声冲进来。"终于有效果了！"他兴奋地说，"化石燃料和矿物都已大量增加，动植物种类也丰富多了！"

"我就知道这一招可行。"陈一不以为然地笑了笑，"改变了全球资源的所有权，自然就什么都保留下来了。"

"地球的评估价已经上升到了一个相当可观的数值，抵押贷款后能够买到地段相当不错的新行星了！"未来人高兴地说，"政府决定把贷款购买的新行星再次抵押，如此反复，我们就能住得越来越宽敞了。"

陈一签字的笔扭了一下，"一"字变成了一张不高兴的小嘴。

"万一无法还贷怎么办？"陈一问，"资金链的任何一环断裂了怎么办？"

"没事，星系联盟内行星的市场行情三十万年以来都没有下跌过，稳赚不赔。"

"怎么都这么说……"

"最后再告诉你一个好消息，你已被评为人类世界有史以来贡献第二大的人。"未来人听上去像是开始告别了。

"我对谁得了第一很好奇。"

"发明'环保'的人呗！"

"这个贡献确实没法比。"

"政府已经决定，在每一颗人类世界的新行星上都为你竖一座塑像，保证比狮身人面像还要壮观。"

"可不要竖太多了。"陈一说，"另外，别忘了继续好好养殖小龙虾。"

　　"星系联盟的经济景气着呢！"未来人语气坚定地说，"不要动，我把最后的工作完成。"

　　陈一还想说什么，却突然忘了要说的话，接着打算对谁说也记不起来了，最后连"想说"也不想了。

七

　　过年前，陈一结婚了。

　　虽然年终奖金全让金融海啸给冲跑了，但至少由于工作出色陈一没有被"裁员滚滚"，反而还往上爬了好几级，小日子过得可比全球经济滋润多了。

　　天刚黑下来，外面就开始"砰砰"地燃放烟花。他老婆在阳台上招呼他去看，过了今天再想玩就又得等明年了。

　　"今年的烟花明显比往年少了。"他老婆说。

　　"经济危机了嘛，能省就省了。"轰然炸开的烟花照亮了陈一抬起的脸，"听说前两天又有业主跑去开发商那里闹腾了……"

　　"提到这个我就伤心，才几个月，房子竟然就贬值了两成！"他老婆不高兴地噘着嘴。